S·I·R

Simplicity 단순 Ignorance 무식 Radical 과격

S.I.R. 2

최영채 판타지 장편 소설

초판 1쇄 찍은 날 § 2002년 8월 5일
초판 1쇄 펴낸 날 § 2002년 8월 15일

지은이 § 최영채
펴낸이 § 서경석

편집장 § 문혜영
편집 § 장상수 · 박영주 · 김희정 · 권민정 · 이종민
마케팅 § 정필 · 강양원 · 김규진 · 안진원

펴낸곳 § 도서출판 청어람
등록번호 § 제1081-1-89호
등록일자 § 1999. 5. 31
어람번호 § 제1-0269호

주소 § 경기도 부천시 원미구 심곡1동 350-1 남성B/D 3F (우) 420-011
전화 § 032-656-4452   팩스 § 032-656-4453
http://www.chungeoram.com
E-mail § eoram99@chollian.net

값 7,500원

ISBN 89-5505-431-9 (SET)
ISBN 89-5505-433-5 04810

최영채 판타지 장편소설

S·I·R

Simplicity ⟲단순   Ignorance ⟲무식   Radical ⟲과격

2   검은달 교단

도서출판

청어람

목
차

② 검은 달 교단

제1장   **주교** / 7

제2장   **슬픈 과거** / 35

제3장   **메디안의 심통** / 65

제4장   **새로운 일행** / 95

제5장   **샤리프 델 시미니언** / 125

제6장   **다크 드래곤** / 151

제7장   **이게 사랑인가?** / 183

제8장   **닭살 커플** / 215

제9장   **화인워커에 대한 보고서** / 245

제10장   **암살** / 277

제1장

주교

주교

자신들의 전면에서 들려온 소리에 가장 먼저 반응을 보인 것은 역시 렉스였다.

"뭐? 신성한 대지? 미친놈, 개 풀 뜯어먹는 소리 하고 자빠졌네. 이 따위 지저분한 땅이 성지라고? 낄낄낄, 지나가던 지렁이가 웃다가 허리 부러질 소리 하고 있어, 정말. 낄낄낄."

렉스의 엄청나게 빠른 말에 처음 어리둥절한 표정을 짓던 상대는 발작적으로 후드를 벗었다. 그러자 드러난 얼굴은 약 40대로 보이는 갸름한 인상의 중년인이었다.

안색이 약간 창백한 것을 제외하면 어디서나 흔히 볼 수 있는 얼굴이었다.

"주교님, 저놈들입니다! 바로 저놈들이 제 일을 방해하고 우리 검은달 교단의 형제들을 해친 놈들입니다!"

그때까지 후드를 벗지 않고 있던 사람들 가운데 일행들의 얼굴을 발견한 한 사내가 앞으로 나서며 일행들을 향해 손가락질하며 외쳤다. 가만히 목소리를 들어보니 슈피리어라고 불렸던 늙은이가 분명했다.

게다가 조금 전까지 환각 상태에 있던 신도들이 어느새 정신을 차렸는지 주교라고 불렸던 자를 호위라도 하듯 그의 주위에 늘어서 있었다.

슈피리어의 말을 들은 주교는 금세 얼굴이 붉어졌다.

"감히 우리 교단에서 하는 일을 방해하다니, 아모데우스님의 심판이 두렵지도 않단 말이냐! 내 오늘 너희들에게 아모데우스님께 불경한 죄가 얼마나 큰 죄인지 똑똑히 가르쳐 주마!"

말을 마친 주교는 양손을 비비며 낮은 음성으로 주문을 빠르게 외기 시작했다. 그러자 그의 양손에서 검은 연기 같은 것이 뿜어져 나와 급속도로 주위에 퍼짐과 동시에 그 연기를 흡입한 신도들의 눈빛이 이상을 보이기 시작했다.

상황이 이상하게 변하고 있다고 느낀 렉스는 재빨리 도네에게 말을 건넸다.

"도네, 저 작자들 표정을 보니까 간단하게 끝날 문제가 아닌 것 같아. 그러니까 크레이와 함께 빨리 피하는 것이 좋을 거야."

"지금 나더러 이 자리에서 도망가라는 거야?"

자신의 말에 그녀의 자존심이 상했다는 것을 눈치 챈 렉스는 폴리모프를 한 그녀와 지낸 시간이 너무 길어 자신도 모르게 그녀를 인간으로 생각하고 있었다는 것을 깨닫고는 재빨리 말꼬리를 돌렸다.

"이 정도 가지고 도네까지 손을 쓸 필요는 없잖아. 나랑 안드레이, 둘이서 아주 작살 낼 테니까 도네는 조금 떨어진 곳에서 구경이나 하란 말이지."

"렉스의 말이 맞습니다. 이곳은 저와 렉스만 있어도 충분합니다. 그러니 크레이와 함께……."

"트랜스미션!"

안드레이의 말이 끝나기도 전에 도네가 시동어를 외쳤고 그 순간 크레이의 모습은 감쪽같이 사라졌다. 하지만 도네는 여전히 화가 난 표정으로 서 있었다.

"좋아. 난 손 하나 까딱하지 않을 테니까 둘이서 잘해봐. 얼마나 볼거리를 제공하는지 내가 확실히 지켜보겠어."

도네의 고집스런 말에 안드레이는 순간 렉스를 보았고, 렉스가 고개를 젓는 모습을 보고는 곧 몸을 돌려 주교를 노려보았다.

다행히 도네의 계획이 성공해 검은 달 교단의 수뇌부를 찾은 것까지는 좋았는데 과연 그를 순순히 잡을 수 있을지 의문이었다. 게다가 조금 전 그의 손에서 피어난 연기를 마신 신도들의 눈빛이 변한 것도 은근히 신경이 쓰였다.

"이봐, 안드레이. 내가 최대한 막을 테니까 자네는 저 주곤지 밥그릇인지를 꼭 잡아."

렉스의 말에 비록 고개를 끄덕이기는 했지만 안드레이는 신도들 때문에 마음을 놓을 수가 없었다.

클레이모어를 뽑아 든 렉스는 딱딱하게 굳은 표정으로 자신을 노려보고 있는 신도들을 같이 노려봤다. 아니, 그들의 표정보다는 그들의 눈빛이 점점 핏빛으로 변하는 것을 보고 있다는 것이 정확했다.

심호흡을 한 렉스는 전면을 향해 달려갔다. 그와 함께 자신을 노려보고 있는 한 남성 신도의 쇄골을 클레이모어의 칼등으로 사정없이 내려쳤다. 클레이모어의 자체 무게에다 렉스의 힘까지 실렸으니 상대의 쇄골에서는 당연히 '우두둑' 하고 뼈 부러지는 소리가 들렸어야 정상이었다. 하지만……

챙!

뜻하지 않은 상황에 렉스는 황급히 뒤로 물러섰고, 공격을 받은 상대는 멀쩡한 모습으로 렉스를 노려보고 있었다.

뒤로 물러선 렉스는 너무나 황당한 사태에 잠시 굳어버린 듯 멍하니 남성 신도를 바라보았다. 그러자 이번에는 공격을 받은 남성 신도가 렉스를 향해 걸음을 옮기기 시작했다. 그런 그의 손에는 한 자루의 대거가 들려 있었다.

"지금 너, 대거를 들고 날 상대하겠다는 거야?"

"흐흐흐, 지금 이들은 우리들의 영원한 주인이신 아모데우스님의 가호를 받고 있다. 어쭙잖은 실력으로는 신도들의 몸에 생채기조차 입힐 수 없을 것이다."

주교의 말에 렉스의 얼굴이 딱딱하게 굳어졌다.

될 수 있으면 희생을 줄이려고 칼등으로 상대를 공격한 것인데 지금과 같은 상황이라면 생각을 바꾸지 않을 수 없었다. 재차 심호흡을 한 렉스가 검을 비스듬히 치켜들자 검은 순식간에 푸르스름한 기운에 휩싸였다.

렉스의 검술 실력이 자신의 예상을 훌쩍 뛰어넘자 주교는 깜짝 놀랐지만 렉스는 눈앞의 상대를 집중했다. 드워프인 화인워커의 말대로라면 이 클레이모어로 자르지 못할 것은 아무것도 없다. 하물며 검기까지 사용한다면야 더 이상 말할 필요도 없었다.

렉스는 힘차게 클레이모어를 휘둘렀고, 남성 신도는 아무런 두려움도 없이 왼쪽 팔뚝을 내밀어 클레이모어를 막으려 했다.

스윽—

조금 전과는 달리 미약한 소리와 함께 사내 팔뚝은 간단하게 잘려 나갔다. 그와 동시에 잘려 나간 팔에서 분수처럼 선혈이 뿜어졌다. 하지만 이번 역시 렉스의 예상과는 다른 상황이 벌어졌다. 사내는 아무런 고통도 느끼지 못하는지 무표정한 얼굴로 자신이 공격을 받음과 동시에 대거를 힘껏 찔렀던 것이다.

휘익—

날카로운 소리와 함께 대거는 렉스의 목을 향해 휘둘러졌고, 황급히 피하기는 했지만 예리한 칼날에 몇 가닥의 금발이 잘려 허공에 날렸다. 헛바람을 들이킨 렉스는 재빨리 검을 거꾸로 들고 휘둘러 상대의 목을 잘랐다.

사내는 목이 잘리고도 잠시 동안 쓰러지지 않은 채 마구 대거를 휘둘렀다. 하지만 결국 목이 잘린 사람은 결코 살 수 없다는 사실을 증명이라도 하듯 앞으로 쓰러졌고 격렬한 경련과 함께 지면을 붉게 물들였다.

바람에 풍겨지는 비릿한 피 냄새.

렉스는 순간 욕지기가 치미는 것을 느꼈지만 억지로 참았다. 그리고 대체 주교란 녀석이 무슨 짓을 한 것인지는 모르지만 그의 주술 때문에 사내의 몸이 단단해진 것만은 분명했다.

만약 조금 전 신도들이 마셨던 검은 연기 때문에 몸이 이렇게 변한 것이라면 다른 신도들의 몸 역시 엄청 단단하게 변해 있을 것이다.

조금 전 사내를 상대할 때 전해진 손의 느낌대로라면 검기를 사용하지 못하는 사람은 이들의 공격을 막을 수는 있어도 결코 이들을 죽일 수는 없을 것이란 사실을 깨달았다.

자신을 포위하고 있는 300여 명의 광신도들.

그들의 눈빛이나 태도를 보면 지금 자신이 어떤 상황에 처해진 것인지 전혀 인식하지 못하고 있는 것이 분명했다. 자신의 목숨을 보호하기 위해서라도 어쩔 수 없이 저들을 향해 검을 휘둘러야만 되는 상황이었다.

자신과 동료들의 안전을 위해서 하는 수 없이 저들을 무력화시켜야 한다고 스스로에게 암시를 건 렉스는 클레이모어를 잡은 손에 힘을 주었다.

목표는 광신도들의 손에 들려 있는 대거.

지면을 향해 클레이모어를 내린 렉스는 조용히 눈을 감고는 호흡을 가다듬었다. 그리고 그의 숨소리가 점점 작아진다고 느끼는 순간 그의 몸은 쏜살같이 전면을 향해 달려갔다.

렉스가 달려오는 모습을 발견한 신도들은 조금의 두려움도 없이 손에 든 대거를 휘두르며 렉스를 공격했다. 하지만 그들의 팔이 움직이기도 전에 푸른색 검기에 싸인 클레이모어가 그들의 대거를 든 손목을 훑고 지나갔고 맥없이 잘린 손목이 지면에 뒹굴었다.

상처에서 쏟아져 나온 선혈이 당장 지면을 붉게 물들었다. 하지만 그들은 고통을 전혀 느끼지 못하는지 잘린 손목을 그대로 휘두르거나 남은 손으로 다시 대거를 집어 들고 렉스를 공격했다.

뒤에서 그 모습을 지켜보던 안드레이는 렉스에게 위험하다는 말을 하려고 했다. 하지만 렉스의 태도가 신중해진 것을 발견하고는 렉스의 싸움에 정신을 팔고 있는 주교에게 조용히 다가가기 시작했다.

주교의 주위에 있던 신도들은 마치 썩은 지푸라기를 베듯 사정없이 클레이모어를 휘두르는 렉스에게 모든 신경이 집중되어 있어 미처 안드레이가 다가오는 것을 발견하지 못했다.

주교와의 거리가 약 20파렌 정도 떨어졌을 때 번개처럼 달려가던 안드레이는 뭔가가 자신의 앞을 가로막고 있다는 사실을 깨닫고는 황급히 걸음을 멈췄다. 하지만 깨닫는 것이 너무 늦어 그만 보이지 않는 무엇과 충돌하고 말았다.

쾅!

안드레이의 몸은 주교를 향해 달려갈 때보다 더욱 빠른 속도로 뒤로 날아갔고, 가까스로 몸을 세운 안드레이의 안색은 창백하게 변해 있었다. 그런 안드레이를 바라보는 주교의 눈에선 희미하게 비웃음이 걸려 있었다.

"흐흐흐, 너 같은 쥐새끼가 뭘 노리는지 내가 모를 거라고 생각했느냐? 가소로운 놈. 오늘 너희 연놈들을 잡아 감히 신의 대리인인 우리에게 대항한 죄를 묻겠다. 너희는 저기 있는 저 계집을 잡아와라!"

주교의 지시에 렉스 일행과 마주쳤던 슈피리어가 10여 명의 신도들과 함께 도네를 사로잡기 위해 그녀에게로 향했다. 어째서 일전에 그녀를 포로로 잡았을 때 자신과 함께 워프를 하지 않은 것인지 그 이유는 알 수 없지만 이미 한번 사로잡았던(?) 전력이 있기에 슈피리어는 자신만만한 표정으로 도네에게 달려들었고, 그 뒤를 신도들이 따랐다.

렉스가 싸우는 모습을 열심히 구경하던 도네는 10여 명의 사람들이 자신을 향해 달려오자 그들의 속셈을 당장 눈치 챌 수 있었다.

물론 그들처럼 보잘것없는 상대들에게 손을 쓰고 싶은 생각도 없었지만, 그렇다고 자신을 귀찮게 하는 인간들의 행동을 보고 참을 정도로 마음씨 착한 도네도 아니었다.

가볍게 숨을 들이킨 도네는 매직 미사일의 스펠을 캐스팅했다. 그러자 그녀의 몸 주위에 50파레스 정도의 길이를 가진 막대 모양의 뿌연 빛덩어리가 서너 개 생겼다.

일반적으로 알려진 매직 미사일의 특징은 클래스의 레벨이 올라가면 갈수록 선명해지며, 한 번에 발사할 수 있는 매직 미사일의 수도 올라 간다는 것이다. 또한 사정 거리 역시 클래스의 레벨이 올라가면 갈수록 길어지며 파괴력이나 명중률 또한 확연한 차이를 보이는 것이었다.

이제 마법을 배우기 시작한 1클래스 급의 수련 마법사들이라고 해도 한두 개 정도의 매직 미사일은 만들 수 있었다. 그러니 도네의 몸 주위 에 떠 있는 서너 개의 매직 미사일을 발견한 슈피리어가 코웃음을 칠 수밖에 없었다. 그는 도네를 수련 마법사 수준이라고 단정하고 있었 다.

도네와의 거리가 30파렌 정도 떨어졌을 때 그들은 도네가 자신들을 손으로 가리키자 그 손짓에 따라 서너 개의 매직 미사일이 날아오는 것을 발견했다.

수련 마법사에 불과한 도네가 날린 매직 미사일에 자신들이 맞을 일 도 없었지만 수련 마법사가 만든 매직 미사일의 사거리가 10에서 15파 렌 정도인 것을 감안해 보면 아마도 자신들이 달려들자 당황해서 성급 하게 공격한 것 같았다.

슈피리어의 얼굴에 경솔한 미소가 떠오르는 순간 도네의 입가에도 먹이를 노리는 포식자의 싸늘한 미소가 걸렸다.

처음 슈피리어들을 향해 느린 속도로 날아오던 서너 개의 매직 미사 일은 순식간에 6개, 12개, 24개로 계속 늘어나더니 종래에는 수백 개 의 매직 미사일이 소나기처럼 그들의 머리 위로 쏟아져 내렸다.

퍼퍼퍼퍽!

콰콰콰쾅!

"크아악!"

"케엑~!"

"으악!"

수백 발의 매직 미사일의 공격의 받은 슈피리어와 신도들의 입에서는 처절한 비명이 튀어나왔고 그들의 몸에서는 섬광과 함께 폭음이 일었다.

피가 튀고, 살덩어리가 튀고, 그들이 걸쳤던 옷가지들이 갈가리 찢겨 사방으로 날아갔다. 그리고 잠시 후 흙먼지가 가라앉자 슈피리어들이 서 있던 곳의 지면에는 헤아릴 수 없이 많은 웅덩이가 패여 있었고 또한 붉게 물들었다.

인간의 상상력을 뛰어넘는 폭발력이었다.

"감히 하찮은 인간 따위가 누구에게 이빨을 들이미는 거야, 건방지게."

도네의 싸늘한 음성은 새벽 공기를 타고 주위에 울려 퍼졌다. 상상하지도 못했던 광경에 그래도 먼저 정신을 차린 사람은 그녀와 같이 보냈던 시간이 가장 긴 렉스였다.

렉스는 잠시 멍하니 그 모습을 바라보는 신도들의 무기 든 팔을 공격하면서도 찜찜한 생각을 버리지 못하고 있었다.

비록 상대가 암흑의 주술로 육체적으로는 강해졌다고 하지만 근본적으로는 아무런 무술을 익히지 못한 사람들이라는 사실을 알고 있었다. 그런 상대들에게 검을 휘둘러야 한다는 사실이 그의 마음을 한없이 불편하게 만들었다.

그러는 사이 신도들과 안드레이 사이에도 피가 튀는 접전이 벌어지고 있었다.

주로 상대들을 무력화시키려고 노력하는 렉스에 비해 안드레이의 검은 인정사정이 없었다. 또한 렉스를 통해 상대들의 몸이 비정상적으로 단단하다는 것을 깨달은 안드레이는 최초 검을 사용할 때부터 신도들의 목을 날렸다.

　두 사람이 빠른 속도로 신도들을 물리치는 모습에 신도들을 독려하던 처음 모습과는 달리 주교는 경악을 금치 못했다. 자신이 비록 뛰어난 실력을 가진 용병이나 기사들을 많이 보지는 못했지만 안드레이와 렉스의 실력이 보통이 넘는다는 것을 충분히, 그것도 뼈저리게 깨달을 수 있었다.

　계속해서 신도들을 독려해 그들을 사로잡을 것인가? 그렇지 않으면 후일을 기약하고 이 자리를 떠날 것인가?

　이제 남은 것은 자신의 선택뿐이었다. 하지만 그것도 문제가 전혀 없는 것은 아니었다.

　자신의 친위대 격인 '다크 루미니언' 들이 임무를 수행하기 위해 이곳에 없는 이상 신도들의 힘만으로 두 사람을 막기에는 역부족이었다. 그렇다고 마음 편하게 이 자리를 벗어날 수 있는 것도 아니었다.

　몇 년 동안 고생해서 만든 거점을 잃게 된다면 몇 년간의 노력이 물거품이 되는 것은 고사하고 상부에서 자신을 그냥 둘 리 만무했기 때문이다.

　주교가 잠시 고심하는 사이 렉스와 안드레이는 거의 반 이상의 신도들을 죽음으로 몰아넣고 있었다. 렉스도 될 수 있는 한 신도들의 목숨을 빼앗지 않으려던 처음 생각을 포기하고 가장 빠르게, 그러면서 가장 강한 공격으로 신도들의 생명을 빼앗았다.

　무표정한 얼굴로 자신의 목에서 뿜어져 나오는 선혈에는 아랑곳하지 않은 채 지금 렉스에게 공격을 퍼붓는 상대는 하얀 옷이 잘 어울리는 어린 소녀였다. 목에서 뿜어져 나오던 선혈이 잦아들자 소녀의 몸이 기우뚱하더니 지면으로 쓰러졌고, 몇 번의 경련을 일으키고는 그대로 움직임을 멈췄다.

소녀의 목에서 뿜어져 나온 선혈이 렉스의 얼굴을 타고 흘러내렸다. 하지만 렉스에게는 그 선혈을 닦을 시간도 없었다.

자신의 죽음을 도외시한 채 달려드는 검은 달 교단 신도들의 광태에 렉스는 정말 이가 갈릴 지경이었다.

아무리 약에 중독이 되고 주교의 주술에 정신이 팔렸다고는 하지만 이건 해도 너무했다. 죽는 순간까지 신도들은 자신이 지금 어떤 행동을 하고 있는 것인지 전혀 깨닫지 못했다.

그저 주교의 명령에 따라 안드레이와 렉스를 공격할 뿐이었다, 마치 실에 의해 조종되는 마리오네트처럼.

젊은 여인, 어린 소년, 건장한 중년 사내, 허리가 굽어진 할머니, 뚱뚱한 중년 부인, 근육질 몸매를 가진 청년…… 모두 무표정한 얼굴로 렉스와 안드레이를 향해 손에 들고 있는 대거를 휘두를 뿐이었다.

끊임없이 이어지는 신도들의 공격에 렉스의 가슴속 깊은 곳에서 뜨거운 무엇인가가 치밀어 올랐다.

"빌어먹을, 이런 지랄 같은 일이……. 이제 그만 덤비란 말이야! 그만!!"

그의 입에서 비명 같은 외침이 터져 나왔다.

그렇지만 무슨 변명을 해도 또 어떤 이유를 갖다 붙여도 자신이 어린 소녀의 목을 베고, 노인의 몸을 두 동강내고, 뚱보 아줌마를 죽인 것만은 분명한 사실이었다.

물론 자신의 생명을 보호하기 위해 어쩔 수 없이 검을 휘둘렀다고는 하지만 렉스가 그들의 생명을 빼앗은 것만은 사실이었다. 하지만 광신도들은 렉스가 죽은 이들에게 미안한 감정을 가질 시간적인 여유조차 허락하지 않았다.

이제 남은 신도들은 겨우 70여 명.

일반 신도들의 실력으로는 두 사람의 몸에 상처 하나조차 생기게 할 수 없었다.

이대로 간다면 신도들의 몰살은 기정사실.

주교는 결국 후일을 도모하기로 결심했다. 그는 한시라도 빨리 이곳을 벗어나기 위해 암흑의 스펠을 캐스팅했다. 하지만 그가 예기치 못한 상황 때문에 잊고 있던 사람이 있었으니, 바로 도네라는 존재였다.

그녀의 마법 실력이 상당하다는 것을 자신의 눈으로 보았으면서도 자신을 향해 점차 다가오는 두 명의 사내 때문에 잠시 잊고 있었던 것이다.

"다크 서클!"

주교는 힘차게 시동어를 외쳤지만 그 어디에도 다크 서클의 모습은 보이지 않았다. 갑작스런 사태에 주교는 황당해했고 주위를 두리번거리던 그의 눈에 경멸의 미소를 짓고 있는 도네의 모습이 들어왔다.

주교는 다크 서클이 생기지 않은 것과 그녀가 미소 짓고 있는 것에 무슨 연관이 있다는 것을 직감적으로 깨달았다.

"무슨 수작을 부린 것이냐?"

"수작? 미숙한 마법 실력을 탓할 생각은 하지 않고 감히 누구에게 시비를 거는 거야?"

"괘씸한 년!"

이를 부드득 간 주교는 왼손에 끼고 있던 반지로 도네를 겨누고는 신경질적으로 시동어를 외쳤다.

"다크 라이트닝!"

순간 주교의 몸 주위로 몰려드는 마나의 양이 겨우 3클래스 정도라는 것을 깨달은 도네는 가소롭다는 표정을 짓고 있었다. 하지만 자신을 향해 날아오는 검은 번개의 위력이 거의 5클래스를 상회하는 것을 확인하고는 깜짝 놀라지 않을 수 없었다.

"실드!"

콰콰콰— 쾅!

폭음과 함께 자욱하게 흙먼지가 일었고, 그 순간 주교는 도시 밖을 향해 달려나갔다. 그러면서 왜 자신의 마법이 실현되지 않은 것인지 생각했다. 하지만 그런 생각을 미처 끝낼 사이도 없이 그의 발걸음은 멈춰야 했다.

어느샌가 도네가 자신의 앞을 가로막은 채 싸늘한 비웃음을 짓고 있었기 때문이다.

"히트 앤드 런인가? 그 따위 쥐새끼처럼 얍삽한 방법이 나에게 통하리라 생각했나?"

계속해서 도네가 자신의 비위를 긁어대자 주교는 정말 미치고 팔짝 뛸 일이었다. 결국 더 이상 참지 못하고 미친 듯이 마법을 난사했다.

"다크 미사일! 다크 라이트닝! 다크 파이어 볼!"

수십 발의 매직 미사일과 번개, 그리고 파이어 볼이 도네를 향해 사정없이 날아들었지만 그 어느 것도 도네의 실드를 뚫지는 못했다.

도네의 태연한 모습에 주교의 마음은 더욱 급해졌다.

놀라운 검술 솜씨를 가진 안드레이와 렉스에게서 한시라도 빨리 몸을 피해야 하는데 얼굴만 예쁜 줄 알았던 도네까지 뛰어난 마법 실력으로 자신을 물고 늘어지자 정말 다급해서 미칠 지경이었다.

이제 겨우 20대 중반으로 보이는 도네가 뱃속부터 마법을 익혔다고 하더라도 거의 5클래스 급의 공격을 이렇게 간단하게 막아낸다는 것은 말도 안 되는 소리였다.

주교가 잠시 도네를 공격할 방법을 찾기 위해 고심할 때 누군가가 자신의 어깨를 건드리는 것을 느꼈다.

툭툭.

"응? 누구……."

퍽!

말과 함께 주교가 고개를 돌리는 순간 둔탁한 소리와 함께 고개가 돌렸을 때보다 더욱 빠르게 반대 편으로 돌아갔다. 그리고 그 순간 머리 속이 하얗게 변하며 주교는 의식의 끈을 놓았다.

털썩.

주교가 맥없이 지면에 쓰러지자 안드레이는 먼저 그의 입을 벌려 입 안을 조사했다. 잠시 후 이빨 사이에 끼어 있던 작은 독 주머니를 조심스럽게 뽑아낸 안드레이는 재차 그의 몸을 뒤지기 시작했다.

대거 한 자루와 거꾸로 매달린 별 모양의 펜던트 하나, 의미를 알 수 없는 부호로 가득 찬 작은 종이 하나, 그리고 마력 증폭 기능을 가진 반지 하나가 나왔다.

가지고 있던 가죽 끈으로 손을 묶은 후 안드레이는 도네에게 부탁을 했다.

"도네님, 이자의 마력을 잠시 봉인해 주실 수 있습니까?"

"그야 간단하지. 그런데 렉스는?"

안드레이의 질문에게 대꾸를 한 도네가 렉스가 있던 쪽으로 고개를 돌렸을 때 드래곤인 그녀도 전쟁터를 제외하고는 별로 본 적이 없는 처참한 광경이 펼쳐져 있었다.

목이 잘리고, 팔이 잘리고, 몸이 잘린 수백 명의 시체가 엉켜 쌓여 있었다. 그리고 그들의 몸에서 흘러나온 선혈이 붉게 지면을 물들이며 주위로 퍼져 나가고 있었다. 그리고 시신 사이에서 걸어나오는 피투성이가 된 렉스의 모습이 보였다.

치렁치렁했던 렉스의 금발은 신도들이 죽으면서 그들의 상처에서 뿌려진 선혈에 의해 한 덩어리로 굳어진 지 오래였고, 그의 얼굴을 타고 흘러내린 선혈은 마치 그들의 죽음을 애도하기라도 하는 듯 보였다. 또 그가 걸치고 있던 라이트 레더와 망토는 사방에서 뿌려진 선혈로 시뻘겋게 물들어 있었다.

하지만 무엇보다도 도네의 눈길을 끈 것은 렉스의 얼굴이었다. 그의 입가에 언제나 걸려 있던 미소는 이미 사라지고 없었으며 장난스런 빛으로 가득하던 그의 눈빛도 싸늘하게 식어 있었다.

무섭도록 싸늘하게 굳은 렉스의 표정은 10여 년 동안 함께 지내온 도네도 본 적이 없는 표정이었다.

렉스가 다가와 곁에 서자 도네는 아무런 말도 하지 않고 이동 마법의 시동어를 외쳤다.

"워프!"

도네의 시동어와 함께 네 사람은 도시 외곽의 숲 근처로 이동했다. 일행들이 먼저 도착했을 크레이를 찾고 있을 때 숲에서 걸어나오는 사람이 있었다.

가벼운 라이트 레더를 입은 40대 초반의 사내였다. 긴장한 안드레이는 유심히 상대를 살폈지만 투박한 메이스를 들고 있는 자세가 너무나 엉성한 것이 그가 무술을 익힌 적이 없다는 것을 금방 알 수 있었다.

그런 반면 상대는 갑자기 나타난 사람들의 온몸이 피투성이인 것을 발견하고는 흠칫 놀랐다.

"아니, 귀하는 하이얀 브로넨스의 프리스트인 바로크만님이 아니요?"

뜻밖에 상대가 자신을 알아보자 로니는 고개를 갸웃거리면서도 눈앞에 선 상대를 유심히 살펴보았다. 하지만 온몸에 묻은 선혈 때문에 전혀 상대를 알아볼 수 없었다. 게다가 얼굴까지 선혈로 범벅이 되어 있어 자신도 모르게 두려운 마음이 들어 뒤로 몇 걸음 물러섰다.

대체 얼마나 많은 피를 뒤집어써야 저렇게 전신이 피로 물들 수 있는 것인가를 생각하면 모골이 송연해질 뿐이었다.

그제야 자신의 모습이 엉망이란 것을 깨달은 렉스는 로니에게 아무런 말도 하지 못했다.

잠시의 대치 상황이 계속되자 도네는 우선 실프와 운디네를 소환해 렉스와 안드레이를 물로 씻겨주고 바람으로 말려주었다. 그제야 로니는 자신을 알아본 청년이 한 달 전 하이네브르크 시의 한 여관에서 만난 적이 있는 청년이라는 것을 깨달았다.

"당신은… 얼마 전에 만난 적이 있는 렉스님이시군요."

뜻밖에도 상대가 자신을 알아보자 렉스는 고개를 끄덕이면서도 그가 왜 이곳에 있는 것인지 이해를 할 수 없었다.

"한데 이곳에는 어쩐 일로……?"

"실은 이곳을 지나다가 숲에 쓰러져 있는 사람을 발견해 치료를 하던 중이었습니다."

로니가 말하는 사람이 크레이라는 것을 금방 알아챘다.

"게다가 아시는지 모르겠지만 저 도시에서 전해지는 느낌이 심상치 않아 잠시 망설이던 중이었습니다."

로니가 가리키는 곳을 바라보니 조금 전 자신들이 떠난 도시였다. 아마도 자신이 가진 신성력과는 다른 이질적인 힘을 느낀 듯했다.

크레이가 자신의 동료임을 밝히자 로니는 그들을 크레이가 있는 곳으로 안내했다.

작은 모닥불이 피워져 있었고 근처에 크레이가 편안한 상태로 잠들어 있었다. 잠시 크레이의 안색을 살핀 로니는 다시 일행들에게 눈길을 돌렸다.

정신을 잃고 있는 중년 사내가 하나, 온몸에 선혈을 뒤집어 쓴 사내가 둘, 그리고 무표정한 여자가 하나.

뭔가 비밀이 잔뜩 가지고 있는 듯 보였지만 쉽게 그 이유를 묻지 못하게 만드는 이상한 분위기가 그들을 감싸고 있었기 때문에 아무런 말도 할 수 없었다.

모닥불 근처에 앉은 렉스는 가만히 자신의 손을 바라봤다.

간간이 굳은살이 박혀 있는 근육질의 손이었다. 조금 전 운디네가 깨끗이 씻어주어 지금은 단 한 방울의 피도 묻어 있지 않았지만 그의 눈에는 아직도 선혈이 잔뜩 묻어 있는 것처럼 보였다.

비릿한 냄새와 끈적끈적한 선혈이.

비록 자신이 강해지기를 원하기는 했지만 결코 그런 무술도 모르는 자들을 베고, 죽이기 위해서는 아니었다. 그의 얼굴에 자책감이 떠올라 있는 것을 발견한 안드레이는 그에게 무슨 말을 해주어야 할지 고민이 되었다.

물론 그런 그의 마음도 개운한 것은 아니었지만 그래도 렉스보다는 나았다. 게다가 그는 검은 달 교단과 풀어야 할 원한이 있었으니까. 하지만 렉스는 달랐다.

어쩔 수 없는 상황이라고는 하지만 한두 사람도 아닌 수많은 사람들을, 그것도 무술도 익히지 않은 사람들을 해쳤으니 그의 심정이 지금 어떻다는 것을 충분히 짐작하고도 남았다.

"렉스, 이런 말이 아무런 위로도 안 된다는 것을 나도 알아. 하지만 이 말만은 꼭 해야겠네. 세상에는 하고 싶어도 할 수 없는 일이 있지만, 하기 싫어도 반드시 해야만 되는 일도 있는 거야. 그리고 오늘 너와 내가 한 일은 누군가는 반드시 했어야 할 일이었네."

"하지만 그들은 무술도 익히지 못한 평범한 사람들이었어."

렉스의 음성에는 힘이 없었다.

"그들이 원했든 원치 않았든 결과적으로 그들은 악마의 추종자가 되었고, 또 우리의 생명을 빼앗으려고 했어. 우린 스스로의 생명을 지키기 위해 그들과 싸웠고, 다행히 우리가 뛰어난 검술을 익히고 있었기에 무사할 수 있었던 거야. 물론 지금 자네 심정을 모르지는 않아. 하지만 익숙해지는 것이 좋을 거야. 이건 시작에 불과할 테니까."

안드레이의 말을 듣고 있던 도네는 어이가 없었다.

상심해 있는 녀석에게 위로를 해준 것까지는 좋은데 마지막 말은 대체 뭐란 말인가?

시작에 불과하니까 빨리 익숙해지라고? 뭐에 익숙해지라는 말인가? 피를 뒤집어쓰는 것? 아니면 싸움? 그것도 아니면 상대도 안 되는 녀석들을 가차없이 죽여 버리는 것?

도네는 여태껏 몰랐던 안드레이의 새로운 면을 발견한 것 같다는 느낌이 들었다.

묵묵히 안드레이의 말을 듣고 있던 렉스가 갑자기 고개를 들어 로니를 바라봤다.

"프리스트께서는……."

"그냥 로니라고 불러주십시오."

"로니님께서는 혹시 여행을 하다가 검은 달 교단이라는 이름을 들어 보셨습니까?"

렉스의 질문에 희미하게 미소를 짓고 있던 로니의 얼굴이 금세 딱딱하게 굳어졌다. 그의 태도가 급격하게 바뀌는 것을 발견한 세 사람은 그가 검은 달 교단에 대해 뭔가를 알고 있다는 것을 눈치 챌 수 있었다.

"지금 검은 달 교단이라고 하셨습니까?"

"그렇습니다."

"여러분들께서는 어떻게 검은 달 교단에 대해 알고 계시는 겁니까?"

딱딱하게 표정을 굳힌 로니의 얼굴을 보니 그도 검은 달 교단에 대해 뭔가를 알고 있는 것 같았다.

잠시 망설이던 렉스는 자신들이 어느 귀족가의 아들이 납치된 사건을 맡게 되었다는 이야기와 조사를 하던 과정에서 검은 달 교단과 연관이 되어 그들의 뒤를 쫓고 있음을 이야기해 주었다.

하지만 안드레이의 과거에 대한 이야기는 꺼내지 않았다.

상대가 검은 달 교단과 무슨 연관이 있는지도 모르고, 또한 안드레이의 과거는 개인적인 일이었기 때문이다.

"그럼 지금 전국적으로 벌어지고 있는 소년 납치 사건이 모두 검은 달 교단의 소행이란 말씀이십니까?"

로니의 반문에 안드레이와 렉스는 서로의 얼굴을 바라보며 의아한 표정을 지었다. 그런 두 사람의 표정을 발견한 로니는 천천히 자신이 알고 있는 이야기를 두 사람에게 해주었다.

"소년과 소녀들이 납치되기 시작한 것은 거의 10여 년 전부터입니다. 그것도……."

"잠깐! 소년과 소녀들이라면 여자 아이들도 납치가 되었다는 말씀이십니까?"

로니가 자신의 얼굴을 바라보며 머뭇거리자 안드레이는 황급히 자신을 소개했다.

"전 렉스와 같이 카로프 용병 길드에 소속된 용병 안드레이라고 합니다. 저는 여태껏 소년들만, 그것도 얼마 전부터 납치가 시작된 것으로 알고 있습니다만……."

"여러분들은 자주 신전을 찾으십니까?"

로니의 난데없는 말에 렉스와 안드레이는 머리 속이 복잡해졌다. 그런 두 사람의 표정을 발견한 로니는 미소를 지으며 입을 열었다.

"찾으신 적이 별로 없으신 모양이군요. 제가 여러분께 그런 이야기를 물은 것에는 나름대로의 이유가 있습니다. 여러분들처럼 힘이 있는 분들은 무슨 일이 생기거나 억울한 일을 당했을 때 아마 스스로의 힘으로 해결하려고 할 겁니다. 하지만 힘없는 사람들이 그들의 억울한 사연을 하소연할 수 있는 곳은 신전밖에 없습니다."

로니의 설명에 그제야 두 사람은 그가 하고자 하는 이야기를 짐작할 수 있었다.

"가진 힘이 없기에 억울한 일을 당해도 참아야 하며 설사 그 일을 영주에게 고발한다고 하더라도 잘잘못을 가려줘야 할 영주들이 그런 귀찮은 일을 떠맡는다는 것은 전혀 기대할 수 없는 일입니다. 결국 그들의 억울함과 호소를 들어줄 곳은 신전에 있는 프리스트들뿐입니다."

조용히 말을 이어가는 로니의 얼굴은 앞으로 있을 이야기의 중요함을 대변하기라도 하듯 붉게 물들어 있었다.

"각 신전에서 보고된 사항들과 2년에 한 번씩 있는 각 교단의 교황들의 최고 회의에서 거론된 보고서에 의하면 약 12, 3년 전부터 레트로니아 왕국 전역에서 어린아이들의 납치 사건이 있었답니다. 하지만 그 일이 사람들의 관심을 끌지 못한 이유는 당시 사라졌던 아이들의 대부분이 고아였고, 또한 납치 사건이라고 규정하기 어려운 점이 많았기 때문입니다."

"어려운 점이라면……."

"예를 들어 부유한 상인의 아이들이 납치되었다면 몸값을 노린 유괴라고 생각할 수 있겠지만 찢어지게 가난한 집 아이를 무엇 때문에 납치한단 말입니까? 물론 노예로 만들기 위해서라고 생각할지 모르지만 너무나 어린아이들은 오히려 손이 많이 가기 때문에 매매 가격도 형편없고, 또한 그 아이들 때문에 자신들이 노예 사냥을 했다는 것이 발각될 수도 있기에 노예 상인들조차 기피하고 있습니다. 또 납치라고는 했지만 납치라고 표현하기도 어려운 것이, 납치한 자들이 납치당한 소년의 가족들에게 요구한 것이 아무것도 없기 때문입니다."

로니의 말에 렉스도 고개를 끄덕였다.

납치란 것은 납치한 자가 원하는 것이 있을 때 발생하는 범죄 행위가 아닌가? 하지만 로니의 말처럼 로베르토 자작가의 경우만 봐도 비록 제임스가 납치되기는 했지만 납치한 자들은 가족들에게 요구한 것이 없었다.

"교황들께서는 어떻게 생각하고 계신지 알 수 없지만 그 보고서를 본 저는 깜짝 놀라지 않을 수 없었습니다. 게다가 소년 소녀들의 실종이 우리 레트로니아 왕국에서만 일어나는 일만이 아니라 바르빈스 연방 4개 국에서 거의 동시에 발생한 사건이었기 때문입니다."

로니의 말에 렉스는 어이없다는 표정을 지었지만 안드레이는 주먹을 너무나 세게 쥐어 손톱이 손바닥을 뚫고 들어갈 지경이었다.

"지난 10여 년 동안 4개 국에서 수없이 많은 소년과 소녀들이 사라졌지만 사건과 사건의 유사성이나 개연성이 부족하다는 이유로 그냥 서류상에 기록만 했을 뿐 어느 누구도 그 사건에 해결하려고 한 사람이 없었습니다."

"말씀 중에 죄송하지만 프리스트께서는 어떻게 그 사실을 아신 겁니까?"

질문을 하는 안드레이의 얼굴은 누가 보아도 이상을 느낄 만큼 딱딱하게 굳어 있었다.

자그마치 13년이었다. 자신의 아내를 납치하고 죽음을 안긴 자들을 찾기 위해 자신의 모든 것을 팽개치고 매달린 시간이 13년이었는데 그동안 자신이 알아낸 정보보다 훨씬 더 많은 정보를 방금 로니라는 이 프리스트에게서 들은 것이다. 게다가 바르빈스 연방 전역에서 실종 사건이 벌어졌다니…….

더 더욱 정보의 출처가 궁금했다.

"제가 그러한 사실을 알게 된 것은 하이얀 브로넨스 교단의 기록과 정리, 보관을 담당했던 기록관의 신분이었기 때문입니다. 저희는 레트로니아 왕국 전역에 있는 하이얀 브로넨스의 각 신전에게 보고된 사항들을 정리해 보관하기도 하지만 바르빈스 연방에 있는 다른 왕국의 하이얀 브로넨스 교단과도 정기적으로 정보를 교환하고 있습니다. 그 일을 실질적으로 담당했던 사람이 저이니 그 일을 모를 리 없지요."

로니의 말에 안드레이는 자신의 입술을 힘껏 깨물었다.

왜 진작 이런 생각을 하지 못했을까? 어떤 분야, 어떤 조직이든 수집된 정보를 관리하는 사람이 있고, 또 그 조직이 거대하면 거대할수록 수집되는 정보의 질이나 양이 월등하다는 것을 말이다.

얼마 전 시마룬 길드에서 검은 달 교단에 관한 정보를 입수했으면서도 깨닫지 못하고 있었다니… 자신이 너무 원수를 갚는 것에만 치중해 기본적인 정보의 중요성마저 잊고 있다는 것을 스스로 인정해야만 했다.

"제가 수행을 하기 위해 교단을 떠난 후 다른 교단에 계신 분들도 몇 분 만나봤습니다. 역시 그러한 일이 있다는 것을 알고 계셨던 분들은 대부분 정보를 정리, 관리하시는 기록관들뿐이시더군요. 물론 중복된 사건들도 있지만 지금까지 대략 10만 건에 달하는 실종이 있었던 것 같습니다."

로니의 마지막 말에 일행들은 할 말을 잃었다.

10만 명에 달하는 소년 소녀들이 사라졌는데 그러한 사실을 아는 사람이 거의 없었다는 것을 도저히 믿을 수 없었다. 하지만 로니가 자신들을 속일 이유가 없었고, 또한 그는 거짓말과는 거리가 먼 프리스트의 신분이 아닌가?

무거운 침묵이 그들의 어깨를 짓눌렀다.

그러는 사이 뿌옇게 날이 밝아오고 있었다.

여느 때와 다름없는 새벽이건만 그 새벽의 맞이하는 사람들의 가슴속은 어둡기만 했다. 단순한 납치 사건이라고만 생각했던 일이 걷잡을 수 없이 커져 버린 것이다. 게다가 이 일은 레트로니아 왕국 한 나라만의 일이 아니었다. 바르빈스 연방 4개 국이 모두 관련된 문제인 것이다.

뜬눈으로 밤을 지새웠건만 피곤함을 느낄 수 없었다. 아니, 느낄 겨를이 없었다.

"두 분께 묻고 싶은 것이 있습니다."

"뭡니까?"

"두 분께서는 어린아이들의 실종 사건을 계속해서 조사할 생각이십니까?"

"렉스는 모르겠지만 저는……."

"나는 왜 빼는 거야? 대체 어떤 자식들이 이따위 일을 벌인 건지 그 자식을 찾아 그놈 얼굴에 침이라도 뱉어주고 싶어. 또 기회가 닿는다면 대가리를 예쁘게 갈라서 머리통 속도 구경하고 싶고 말이야."

과격한 렉스의 말에 안드레이는 쓴웃음을 지었다.

"저 역시 대체 누가 이런 일을 벌인 것인지 알고 싶습니다. 그리고 가능하다면 로베르토 자작가에서 사라진 제임스란 소년을 찾고 싶습니다."

안드레이의 대답에 로니는 고개를 끄덕거렸다.

"그러시군요. 만약에 실례가 되지 않는다면 제가 여러분과 동행해도 되겠습니까?"

갑작스런 로니의 말에 안드레이와 렉스는 서로의 얼굴만 바라봤다.

"안 돼."

대답은 엉뚱한 곳에서 들려왔다. 음성을 따라 고개를 돌리고 보니 나무에 등을 기댄 채 눈을 감고 있던 도네였다.

일전에 여관에서 봤을 때도 아름답기는 하지만 상당히 거친 여자란 느낌을 가지고 있던 로니는 그녀에게 자신을 반대하는 이유를 물었다.

"먼저 넌 프리스트야. 검은 달 교단인가 뭔가 하는 것의 뒤를 쫓다 보면 수도 없이 크고 작은 싸움을 벌여야 하는데 너, 싸울 줄 알아? 네가 보기에 어떻게 보일지는 알 수 없지만 저기 두 녀석은 적어도 검술에 대해서만큼은 인간들 세상에서 톱 클래스야. 그리고 자고 있는 저 녀석도 적어도 자신의 몸을 지킬 정도는 된단 말이야."

도네의 말에 안드레이와 렉스가 침묵을 지키고 있는 것을 보면 그녀의 말이 사실인 것 같았다. 잠시 고심하던 로니는 자신의 목에 걸려 있던 펜던트 하나를 꺼내 들었다.

전체를 황금으로 만든 듯 보이는 펜던트는 손바닥보다 조금 큰 동심원 안에 마치 태양을 형상화시킨 듯한 조형물이 있었는데, 특이한 것은 중앙에 커다란 눈이 새겨져 있다는 것이었다. 조는 눈을 조각한 듯 반 이상이 감겨 있는 눈은 왠지 사람의 마음을 편하게 만드는 힘이 있었다.

"이것은 전대 교황께서 저에게 선물로 주신 디바인 마크입니다. '하이얀 브로넨스의 눈'이라는 것인데 사악한 힘을 물리치는 힘이 있습니다. 여러분들이 추적하고 있는 검은 달 교단이 아모데우스의 추종자들이라면 제가 가진 작은 힘이나마 도움이 될 겁니다."

잠깐 머뭇거리던 로니가 말을 이었다.

"사실은 1년 전 제가 직접 운영하던 고아원에서 한 아이가 실종되는 사건이 있었습니다. 전 당연히 그 아이를 찾기 위해 조사를 시작했고, 그러던 중 인근 마을에서도 그와 비슷한 일이 있다는 것을 알게 되었습니다. 조사를 하면 할수록 사라진 아이들은 셀 수 없이 많아졌습니다. 그러다 여러분께 말씀드렸던 보고서를 접하게 된 것이었습니다. 아무리 좋은 목적을 위해서라도 어린아이를 납치한 것만은 도저히 용서할 수 없다는 생각에 조사를 계속했고, 그러다 아이들이 사라진 곳에서 공통적으로 발견된 사람들이 있다는 것을 알게 되었습니다. 그들이……."

"검은 달 교단의 프리스트들이었군요."

"그렇습니다. 하지만 그들이 검은 달 교단의 프리스트들이라는 것을 알게 된 것은 불과 3개월 전이었습니다. 그런데 설마 여러분들도 그들을 뒤쫓고 계신 줄은 몰랐습니다."

로니의 말에 고개를 끄덕인 렉스는 갑자기 크레이가 누워 있는 곳을 향해 버럭 고함을 질렀다.

"야, 이 자식아! 잠이 깼으면 발딱 일어날 것이지, 언제까지 자는 척 할 거야!"

렉스의 고함에 크레이는 머리를 긁적이면서 자리에서 일어나 앉았다.

"캡틴, 그게 아니라 세 분이 심각하게 말씀을 나누는 것 같아서……."

크레이가 어색한 미소를 지으며 대답하자 렉스는 못마땅한 표정을 지으며 바닥에 쓰러져 있는 주교를 가리켰다.

"저 자식이 깨어나면 꼼짝하지 못하게 꽁꽁 묶어놔."

"누굽니까, 캡틴?"

"검은 달 교단의 주교."

"예에?"

렉스의 대답에 크레이는 깜짝 놀랐다. 놀라기는 로니 역시 마찬가지였다.

"깨어나는 대로 두들겨 패든 고문을 하든 검은 달 교단에 대한 모든 것을 알아내야 하니까."

렉스의 말에 로니의 얼굴에서 핏기가 사라졌다.

"안 됩니다! 사람이 사람을 고문을 하다니요? 어떻게 그런 생각을 할 수 있단 말입니까? 신의 품 안에서 우리들은 모두 다 같은 형제입니다. 전 결코 렉스님의 말씀에 찬성할 수 없습니다!"

제 2 장

슬픈 과거

슬픈 과거

"흥!"

로니의 반응에 도네는 그럴 줄 알았다는 듯 콧방귀를 뀌며 가소롭다는 표정을 지었다.

렉스 역시 그런 로니를 이해할 수 없다는 표정을 지으며 대꾸를 했는데 그 말투가 곱지 않았다.

"사람을 어떻게 고문하다니? 그야 칼이나 꼬챙이, 불에 달군 인두 같은 것으로 하지. 혹시 더 좋은 고문 방법이 있나?"

갑자기 사람이 변한 듯한 렉스의 태도에 로니는 얼떨떨한 표정을 지었다.

"이봐, 프리스트 아저씨. 아까 당신이 운영하던 고아원에서 아이 하나가 사라졌다며?"

"그렇습니다. 올해 열 살이 되는 귀엽게 생긴……."

"사라졌던 그 아이가 이 자식들에게 말할 수 없는 고통과 시달림을 받고 있다면 어떻게 할 거야? 그 장소를 아는 놈은 이 자식뿐인데 그래도 이 자식을 고문하면 안 된다고 할 거야? 그 아이가 어떤 고통을 겪고 있을지 모르는데? 아니, 그 아이뿐만 아니라 납치된 수많은 아이들이 울고 있는데?"

물론 렉스도 자신이 하는 말에 억지가 섞여 있다는 것을 모르지는 않았다. 하지만 로니가 프리스트라는 입장에서 벗어나 검은 달 교단에 대해 확실히 알게 하려면 더욱 그를 몰아붙여야 한다고 생각했다.

"안드레이, 너도 그렇게 생각해? 저 자식에게 몇 마디 물어봐서 대답을 하지 않으면 그냥 보내주어야 한다고?"

"아니, 필요하다면 인간으로서 결코 해서는 안 될, 용서받지 못할 짓을 하는 한이 있더라도 반드시 필요한 정보를 알아낼 것이네, 나는."

안드레이 역시 렉스가 무엇 때문에 자신에게 그런 질문을 했는지 충분히 깨닫고 있었다. 또 실제로 그렇게 할 의사 또한 확실히 가지고 있었다.

"겨우 고문 가지고 이렇게 놀라는데 내가 저 도시에서 한 일을 알면 기절을 하겠군. 난 어제저녁 저 도시에서 수백 명을 죽인 살인마거든. 그것도 무술도 익히지 못한 어린아이, 여자, 노인을 죽인 파렴치하고 잔인무도한 살인마란 말이야. 그런데도 나랑 같이 여행을 하겠다고? 흐흐흐. 어때, 지금도 함께 여행을 하고 싶나?"

로니의 얼굴에서 사라진 핏기는 좀처럼 돌아올 생각을 하지 않았다.

쾌활하고 장난기 가득했던 렉스의 얼굴이 벌겋게 달아올랐다. 곁에 있던 안드레이가 도네에게 소리없이 입으로 이야기하자 곧 도네가 고개를 끄덕였다.

"슬립!"

도네의 시동어와 함께 렉스의 몸이 옆으로 쓰러졌다. 재빨리 렉스의 몸을 받아 든 안드레이는 조심스럽게 모닥불 옆에 그를 뉘었다. 잠시 렉스의 얼굴을 바라보던 안드레이는 로니에게 고개를 돌렸다.

"렉스의 말이 조금 심하기는 했지만 전혀 틀린 말은 아니라고 생각합니다. 목적이 아무리 훌륭해도 어린아이를 납치한 자들을 결코 용서할 수는 없는 일입니다. 로니님께서도 앞으로 조사해 보시면 알게 될 일이지만, 저들은 신도들을 도구로 여길 뿐 사람으로 여기지도 않습니다. 사람이 사람을 고문할 때는 그래도 상대를 사람으로 여기기 때문입니다. 하지만 저들은 단지 저희를 죽이기 위해 도시 사람 전체를 죽음으로 몰아넣었습니다. 저희와 동행을 하는 문제는 저 도시에 가서 직접 확인하고 결정하십시오."

비록 안드레이의 말에 고개를 끄덕이기는 했지만 조금 전 렉스가 한 말은 충격이었다.

사라진 아이를 찾고 싶은 것은 진심이었다. 그리고 사람이 사람을 고문해서는 안 된다는 것 또한 진심이었다. 하지만 렉스의 말처럼 사라진 아이를 알고 있는 사람이 말을 하지 않는다면 어떻게 할 것인가?

이상과 현실이 맞지 않는 경우가 허다하게 많다는 것을 로니 역시 모르지는 않았지만 막상 자신이 이상과 현실 중에서 하나를 선택해야만 한다면 과연 어느 것을 선택할 것인가 의문이었다.

잠시 휴식을 가진 일행들이 다시 모인 것은 2시간 정도가 지난 후였다.

렉스도 잠시 쉰 것이 도움이 되었는지 평온한 얼굴을 하고 있었다.

약간은 어색한 분위기 속에서 식사를 마친 일행들을 향해 로니가 입을 열었다.

"제가 먼저 그 주교란 사람을 만나볼 수 있겠습니까?"

로니의 말에 대꾸하려던 렉스는 이내 마음을 바꿨는지 크레이에게 고개를 돌렸다.

"뭐 해, 임마. 프리스트께서 먼저 그 자식을 만나보겠다고 하시잖아."

렉스의 말투에서 자신에게 화풀이를 한다는 인상을 받은 크레이는 뭐라고 하고 싶었지만 그것 때문에 죽도록 맞고 싶은 생각은 조금도 없었다.

잠시 후 크레이는 온몸을 꽁꽁 묶은 검은 달 교단의 주교를 질질 끌고 와 일행들 앞에 던져 놓았다.

쿵.

지면에 떨어지는 충격에 깨어난 주교는 황급히 주위를 두리번거렸다. 렉스와 안드레이의 모습을 발견한 주교는 자신이 이들의 포로가 되었다는 사실을 깨닫고는 서슴없이 이를 악물었다. 하지만 아무 일도 일어나지 않았다.

혀로 입 안을 샅샅이 뒤졌다. 그러나 항상 어금니 안쪽에 매달려 있던 독 주머니가 사라지고 없었다.

"이 씨클루를 찾는 것인가?"

안드레이의 무심한 말에 주교는 깜짝 놀랐다. 아마도 저자가 입 안에 있던 씨클루를 제거한 인물인 것 같았다. 씨클루라는 것을 알았다면 그것이 무엇에 사용하는 것인지도 충분히 알고 있을 것이다.

억지로 마음을 진정시킨 주교는 어떻게 하면 좋을지 생각해 봤지만 별다른 방법이 없었다. 이제 남은 방법이라고는 저들로 하여금 자신을 죽이게 하는 방법밖에 없었다.

"그대가 검은 달 교단의 주교이십니까?"

조용한 음성에 고개를 돌리고 보니 40대로 보이는 사내였다. 평범해 보이는 외모와는 달리 주교는 그의 몸에서 은은히 풍기는 신성력을 느낄 수 있었다.

"넌 하이얀 브로넨스의 프리스트냐?"

"그렇습니다."

"네가 이 파티의 리더인가?"

"아닙니다. 저는 어제 이분들을 만났을 뿐입니다."

로니의 대답에 상대의 눈빛은 더욱 가라앉았다.

"내게 원하는 것이 있는가?"

"그렇습니다. 저희는 당신이 검은 달 교단에 대해 알려주기를 바라고 있습니다."

"흐흐흐, 우리 교단에 대해서 말을 하라? 자네는 내가 말을 할 거라고 생각을 했는가?"

주교의 얼굴에는 희미한 비웃음이 걸려 있었다.

물론 그런 주교의 태도를 지켜보는 로니의 가슴은 시간이 지날수록 더욱 답답해져 왔다. 그의 태도가 렉스가 자신에게 말한 것을 대변하는 것 같았기 때문이다.

"나를 죽인다 해도 대답은 안 할 것이다. 자, 이제 어떻게 하겠나? 흐흐흐."

상대를 조롱하는 듯 주교의 입술 끝이 올라가 있었다.

퍽퍽퍽!

옆에서 가만히 듣고 있던 렉스가 갑자기 주교의 얼굴을 향해 사정없이 주먹을 휘둘렀다. 주교의 얼굴은 당장 피투성이가 되었고, 그의 입에서는 피와 함께 10여 개의 이빨이 쏟아졌다.

주위에 있던 사람들은 그런 렉스의 행동에 깜짝 놀라지 않을 수 없었다. 태연한 표정으로 주교의 입 안을 살핀 렉스는 그제야 다시 뒤로 물러섰다.

"어렵게 잡은 놈인데 자살이라도 하면 골치 아프잖아."

입에서 전해지는 고통보다 태연하게 말하는 렉스의 행동에서 주교는 두려움을 느끼지 않을 수 없었다. 그가 보는 렉스는 상황만 허락한다면 얼마든지 잔인해질 수 있는 인간으로 보였다.

렉스에 대한 공포로 떨고 있는 주교의 모습을 보고도 로니는 한마디 말도 할 수 없었다. 그의 모습에서 납치된 아이들이 겪고 있을 고통이 떠올랐기 때문이다.

자신을 방어할 어떤 힘도 가지고 있지 못한 어린아이를 납치한 자들. 로니는 이들을 과연 어떻게 대해야 좋을지 결정을 내릴 수 없었다.

"검은 달 교단에서 당신의 위치는 어떻게 되오?"

묵묵히 지켜보고만 있던 안드레이가 질문을 던지자 주교는 몸을 부르르 떨었다. 렉스가 육체적인 공포를 자신에게 심어주었다면 안드레이는 본능적인 공포를 느끼게 하는 존재였기 때문이다.

"흐흐흐, 좋다. 어차피 얼마 지나지 않아 우리 교단이 세상을 지배할 테니 기꺼이 가르쳐 주지. 비록 내가 주교라는 신분에 있기는 하지만 교단에서 보면 말단에 불과하지. 수백 명의 신도 바로 위는 장로의 신분인 슈피리어가 있고, 대여섯 명의 슈피리어를 다스리는 자가 비숍이라고도 불리는 주교다. 다시 서너 명의 주교를 관리하는 아치비숍이라고 불리는 대주교와 예닐곱 명의 대주교를 다스리는 추기경, 그 위에는 교황이 있다. 그리고 열 명의 교황들을 다스리는 카오스님이 계시다."

주교의 말에 일행들은 벌린 입을 다물지 못했다. 설마 검은 달 교단의 규모가 이렇게 방대할 줄은 상상도 못했기 때문이다.

"상상할 수 없을 정도로 방대한 조직이구려. 그럼 그렇게 방대한 조직이 왜 아이들을 납치한 것이오? 신도들의 수만 해도 어마어마할 텐데 말이오."

"어린아이? 아~ 그 아이들?"

반문을 하던 주교의 입가에 의미심장한 미소가 걸렸다.

"그 아이들은 장차 우리 교단을 음해하려는 존재들을 말살하는 데 사용할 것이다. 어둠의 투사라고나 할……."

퍽!

"이런, 개자식! 그래, 어린아이들을 납치해 겨우 너희 같은 놈들을 보호할 방패막이로 쓴단 말이야?"

온몸의 피가 얼굴로 몰린 듯 시뻘겋게 달아오른 렉스의 얼굴은 무시무시하게 보였다.

"너 같은 자식은 살 자격이 없어!"

말과 함께 무엇인가를 꺼낸 렉스는 그대로 주교의 가슴에 꽂았다. 그것은 가늘고 긴 파이프처럼 생긴 것이었는데 그것을 가슴에 꽂자마자 주교의 호흡이 갑자기 급박하게 변했다.

호흡이 조금씩 거칠어지면서 빨라지더니 조금 더 시간이 지나자 호흡 곤란을 일으켜 그의 얼굴은 새빨갛게 변했다. 목과 이마에 붉고 푸른 혈관들이 솟아올랐고 그의 전신은 삽시간에 식은땀투성이가 돼버렸다.

"헉! 헉!"

곁에 있던 사람들은 금방이라도 숨이 끊어질 듯 보이는 주교의 모습에 당황하지 않을 수 없었다.

"렉스, 어서 이자를 원래대로 돌려놔."

"이 자식은 살 자격도 없는 놈이야!"

"자격이 있고 없고는 나중에 따지고 어서!"

안드레이의 재촉에 렉스는 그의 가슴에 꽂혀 있던 파이프를 뽑고 그 자리에 포션을 한 방울 떨어뜨렸다. 그러자 주교의 호흡이 금세 원래대로 돌아왔다. 하지만 핏기가 사라진 그의 얼굴이나 가득 맺혀 있는 땀방울을 보면 조금 전 그가 얼마나 지독한 고통에 시달렸는지 충분히 짐작할 수 있었다.

안드레이는 주교의 품 안에서 찾은 종이를 꺼내 들고서는 그에게 물었다.

"이 종이에 적힌 말들이 무슨 뜻이오?"

식은땀만 흘린 뿐 주교가 아무런 말도 하지 않자 다시 렉스가 다가왔다.

"말하기 싫으면 지금처럼 그렇게 입을 꽉 다물고 있어. 네놈의 인내력이 얼마나 되는지 내가 상냥하고 아주 친절하게 테스트해 주지."

렉스의 말에 주교가 깜짝 놀라 눈을 뜨고 보니 대거를 든 채 자신의 눈을 바라보는 렉스의 모습이 보였다.

"사람의 눈은 말이야, 보기보다는 상당히 복잡하거든. 안쪽에는 눈동자를 움직이는 근육이 세 개, 또 바깥쪽에서 눈동자를 움직이는 근육이 여섯 개가 있는데 이것들이 자연스럽게 눈동자를 움직인다는 거야. 이 작은 눈에 근육이 아홉 개나 있다는 사실을 넌 믿을 수 있어? 배우기는 했지만 직접 본 적이 없어 아쉬웠는데 마침 잘됐어."

그리고는 조금의 망설임도 없이 대거를 들어 주교의 눈에 갖다 대었다. 주교는 자신도 모르게 질끈 눈을 감고는 비명을 질렀다.

"으악! 알았어! 말할게! 말한다고! 그러니까 어서 칼을 치워!!"

주교가 다급하게 외쳤을 때 렉스의 대거는 이미 주교의 눈꺼풀에 작은 상처를 낸 후였다. 만약 조금만 더 늦게 말을 했다면 어떻게 되었을지 상상만 해도 소름이 오싹 끼쳤다.

"이봐, 안드레이. 내가 필요하면 언제든 말해. 친절한 설명과 함께 완벽한 해부가 뭔지 보여줄 테니까."

'무식한 개 백정 같은 놈!'

렉스의 말에 주교는 몸을 부르르 떨었다.

"그것은 인근 지역에 있는 신도들의 수를 기록한 것이다. 한 사람의 주교가 관리할 수 있는 인원이라는 것이 한정되어 있기 때문에 지역을 분할해서 관리하고 있다. 거기에 적혀 있는 것 가운데 B라고 적힌 것은 주교인 내가, S라고 적혀 있는 것은 슈피리어가 관리하는 곳이다. 그리고 D라고 적혀 있는 것은 인원이 적어 신도가 직접 관리를 하는 곳이다."

주교의 말을 들으며 쪽지에 쓰여 있는 내용을 확인해 보니 검은 달 교단에 가입되어 있는 신도들의 숫자가 무려 800여 명에 달하고 있었다.

주교 한 명이 관리하는 신도들의 수가 800여 명이라면 다른 주교들이 관리하고 있는 신도들의 수까지 합친다면……. 실로 믿을 수 없는 숫자였다.

겨우 마음을 진정시킨 안드레이가 몇 가지 질문을 더 했지만 주교가 아는 사실은 그 외엔 별로 없는 듯했다. 주교를 관리하고 있다는 대주교의 얼굴도 그가 주교가 되었을 때와 지시를 받기 위해서 본 것일 뿐, 두 번을 제외하면 만나보지도 못한 것 같았다.

아이들에 대한 소재도 물어보았지만 그의 대답은 대부분 '모른다'였다. 그가 한 일은 포교가 대부분이었고, 간혹 슈피리어가 납치한 아이들을 한곳에 모아 지정된 장소까지 운반하는 것이 다였다는 것이다.

주교의 대답을 일행들이 모두 믿은 것은 아니었다. 하지만 그가 말한 것이 사실이라면 말단에 불과한 주교가 알 수 있는 범위란 한정적일 수밖에 없다는 것이 사람들의 판단이었다.

자신의 말에 귀를 기울이는 렉스들의 모습을 잠시 바라보던 주교가 입을 열었다.

"내가 아는 것은 모두 이야기했다. 이제 날 죽여라."

주교는 마치 자신의 권리를 주장하듯 당당히 말했다.

"내가 처리할게."

"아니, 내가 처리할 테니까 쉬고 있어."

렉스의 말에 안드레이가 나섰다.

반항할 힘도 없는 자를 자신들의 안전을 위해 죽여야 하는 일이다. 렉스가 비록 주교를 협박하기 위해 살벌한 말만 골라서 떠들었지만 사람을 죽이고 태연해할 인간은 못 되었다. 그럴 바에는 자신이 하는 것이 좋을 것 같았다.

안드레이가 주교를 둘러메고 숲 속으로 들어간 후 얼마 지나지 않아 곧 나왔다.

한 사람의 생명을 빼앗는 일을 너무나 간단하게, 또 태연하게 자행하는 이들의 모습에 로니는 자신도 모르게 눈을 감고 기도했다.

"무덤이라도 만들어준 거야?"

"짐승 먹이로 만들 순 없잖아."

"빌어먹을, 그런 놈은 짐승 먹이로 만든다고 해도 아까울 것이 하나도 없는데……."

렉스의 말에 안드레이는 쓴웃음을 지었다.

방금 한 말도 그의 진심이 아니라는 것을 잘 알고 있었다. 푸념처럼 내뱉는 말에 담겨 있는 그의 심정이 지금 얼마나 복잡할지 충분히 짐작이 갔다.

"이제 어떻게 할 거야?"

도네의 질문에 안드레이가 자신이 생각한 것을 말했다.

"일단 검은 달 교단의 수뇌부를 잡아야 할 것 같습니다. 그러려면 주교에게서 입수한 이 쪽지에 기록되어 있는 검은 달 교단의 거점을 파괴해야만 합니다."

"그렇게 하면 수뇌부에서도 무슨 반응이 있을 거다?"

"그렇지, 지금 상황에서 피해를 최소화하려면 다른 방법이 없어. 혹시 내가 말한 것 말고 다른 방법이 있다면 말씀해 주십시오."

렉스의 말에 대꾸를 하면서 안드레이가 의견을 구했지만 다른 뾰족한 방법이 있을 리 만무했다.

"그럼 일단 저 도시에 벌여놓았던 우리의 흔적을 지워야 합니다. 우리의 존재를 얼마 동안은 검은 달 교단에서 몰라야 행동하기 편하고, 또 일반인들이 발견한다면 골치 아픈 일이 생길 수도 있기 때문입니다."

논리정연한 안드레이의 말에 반대하는 사람은 없었다.

렉스는 그의 말을 들으며 안드레이가 이런 일에 대한 경험이 상당하다는 것을 본능적으로 느끼고 있었다.

일행들이 앞으로의 계획을 상의하고 숲에서 나와 다시 도시로 들어간 것은 그로부터 1시간 정도가 지난 뒤였다.

안드레이의 안내로 찾아간 곳은 새벽에 있었던 참상이 그대로 드러나 있었다. 그 모습에 크레이는 자신도 모르게 치미는 욕지기를 견디기 힘든지 몸을 돌려 구토를 하기 시작했다.

로니도 렉스에게 비록 말을 듣기는 했지만 그가 과장해서 말을 했다고 생각했었다. 그러므로 이렇게 끔찍한 광경을 보게 되리라고는 상상도 못했다.

자신도 모르게 무릎을 꿇은 로니는 하이얀 브로넨스에게 기도를 올렸다. 그 모습을 안드레이와 렉스는 착잡한 얼굴로 바라보고 있었다.

감정의 변화를 보이지 않는 사람은 도네뿐이었다.

"케이비군요."

"케이비?"

"예, 지독한 환각성을 가진 식물입니다. 부상이 심한 환자들에게 치료를 목적으로 약간씩 복용을 시키기는 하지만 중독성이 강해 될 수 있으면 자제를 하는 약용 식물입니다. 게다가 말려서 태우게 된다면 그 약효는 몇십 배로 늘어나 누구든 극심한 환각 상태에 빠지게 됩니다."

로니의 말에 일행들은 그제야 새벽에 보였던 신도들의 광태(狂態)가 이해가 갔다.

"그럼 케이비의 냄새를 맡은 사람들은 몸에도 이상이 생기는 것이오?"

"이상이라니요?"

"몸이 단단해진다든가 아니면 뼈가 단단해지든가 하는 이상 말이오."

"그런 효능은 없습니다. 하지만 케이비의 냄새를 맡은 사람은 맹목적이 되기 때문에 시술한 자의 명령만을 따릅니다. 그 순간 그들은 더 이상 선악을 구별할 이성이 남아 있지 않게 됩니다. 또한 고통을 느끼지 못하기 때문에 그들을 무력화시키기가 쉽지 않습니다."

"실라이론!"

도네의 호출에 바람의 상급 정령 실라이론이 모습을 드러냈다. 실라이론은 독수리처럼 생겼는데 흰색 깃털로 싸여 있는 모습이 인상적이었다.

"시체를 한곳으로 모아라."

도네의 명령에 하늘로 날아올라간 실라이론은 빙글빙글 원을 그리며 날기 시작했다. 그러자 나선형의 바람이 생기기 시작했고 얼마 가지 않아 강력한 바람 기둥이 생겼다. 바람 기둥은 주위의 모든 것을 무서운 힘으로 빨아들이기 시작했고 주위에 널려 있던 시신들까지 빨아들였다.

잠시 후 실라이론이 다시 도네 앞에 내려섰을 때 바람 기둥은 어디론가 사라졌고 시신들은 한쪽에 쌓여 작은 산을 이루고 있었다.

"수고했어. 이만 돌아가 봐."

고개를 끄덕인 실라이론은 곧 사라졌고 도네는 다시 땅의 상급 정령인 노에스를 호출했다.

"노에스!"

그러자 지면에서 흙으로 된 근육질의 몸을 가진 거인이 모습을 드러냈다. 도네를 향해 공손하게 고개를 숙인 노에스는 그녀의 명령을 기다렸다.

"저 시신들을 땅에 묻어라."

"잠깐만 기다려 주십시오."

"뭐야?"

"저들을 추도할 수 있는 시간을 잠시만 주십시오."

로니의 간절한 표정을 본 도네는 고개를 돌렸다.

"빨리 끝내."

"감사합니다."

도네에게 감사의 인사를 한 로니는 시신들이 쌓여 있는 곳으로 가서는 무릎을 꿇고 기도를 올리기 시작했다.

기도를 올리는 그의 뺨에는 하염없이 눈물이 흘러내리고 있었다. 그 모습을 본 다른 사람들은 숙연한 마음이 드는 것을 느꼈지만 렉스는 로니의 행동에 가슴이 답답해져 왔다.

기도를 마친 로니는 목에 걸고 있던 펜던트를 손에 들고는 힘차게 외쳤다.

"하이얀 브로넨스여! 이 가련한 영혼들을 받아주소서. 플레임 오브 퍼러피케이션(정화의 불꽃)—!"

그의 손에 들려 있던 펜던트에서 황금빛이 뿜어진다고 느끼는 순간 펜던트의 중심에 새겨져 있던 눈이 번쩍 떠지며 황금색의 광선을 시신들에게 내뿜었다.

펑!

황금색 빛이 시신에 닿는 순간 작은 소리와 함께 황금색 불길이 치솟았다. 불길은 삽시간에 쌓여 있던 시신 전체에 옮겨 붙었고 로니는 그 모습을 멍하니 바라보고 있었다.

잠시 후 황금색 불길이 잦아들었을 때 그 자리에 남은 것은 시신들이 남겨놓은 뼈밖에 없었다.

로니가 뒤로 물러서자 노에스는 당장 커다란 구덩이를 만들고는 뼈를 쓸어 넣었다. 그리고 흙으로 구덩이를 메우자 이곳에서 무슨 일이 있었는지 전혀 알아볼 수 없었다.

"이만 가지."

렉스는 마음이 불편해 한시라도 빨리 이 자리를 벗어나고 싶었다. 그렇기는 다른 사람들도 마찬가지였는지 고개를 끄덕였다.

"일단은 옆 도시로 가는 것이 좋겠습니다. 그곳에도 슈피리어가 관리하는 신도들이 꽤 있는 것 같으니까."

안드레이의 말에 일행들은 고개를 끄덕이고는 발걸음을 옮겼다.

$$* \qquad * \qquad *$$

쿠워어어~

쾅!

우렁찬 포효 소리와 함께 거대한 돌도끼가 지면에 내리꽂혔다. 돌도끼가 떨어진 곳은 폭음과 함께 자욱한 흙먼지가 피어올랐지만 돌도끼가 노렸던 목표물은 이미 옆으로 자신의 몸을 피한 지 오래였다.

번쩍!

크아아앙~

흙먼지 속에서 뭔가가 번쩍이는 순간 트롤의 옆구리에는 길다란 상처가 생겼고 분수처럼 피가 뿜어져 나왔다. 트롤은 처절한 포효와 함께 다시금 돌도끼를 휘둘렀다.

쾅!

설마 트롤이 상처를 입으면서도 돌도끼를 휘두를 것이라 예상하지 못한 상대는 비록 투 핸드 소드를 들어 트롤의 공격을 막기는 했지만 극심한 충격을 받지 않을 순 없었다.

"감히 몬스터 주제에… 죽어라!"

트롤을 공격하던 사람이 뒤로 날아가자 고함 소리와 함께 새파란 검기에 싸인 롱 소드가 트롤의 목을 단숨에 날려 버렸다. 하지만 분이 풀리지 않는지 몇 번이나 롱 소드를 휘둘러 어느새 트롤의 몸을 수십 조각으로 만들어 버렸다.

그러다 갑자기 검을 멈추고는 트롤과 상대하던 사람에게 황급히 달려갔다.

흙먼지가 가라앉고 보니 다갈색의 머리를 길게 땋은 여자였다. 복장을 보면 여자 용병이 분명해 보였다.

여인은 아름답게 생긴 얼굴을 잔뜩 찌푸리며 전신에서 이는 고통을 억지로 참고 있었다. 트롤의 힘이 엄청나다는 말을 듣긴 했지만 이렇게 굉장할 줄은 상상도 못했다.

"괜찮으십니까, 레이디 바르미아?"

"이봐요, 모네스님. 대체 언제까지 나를 쫓아다닐 거죠? 전 지금 사랑놀이 따위나 즐길 시간도 없고 마음도 없다고 했잖아요! 가문을 다시 일으키기 위해서는 한시라도 빨리 내가 소드 마스터가 되어야만 한단 말이에요."

바르미아의 짜증스러운 말에 손을 내밀었던 사내는 깜짝 놀라며 손을 거두어들였다.

"제 마음을 받아주지 않으시는 것은 제가 이렇게 생겼기 때문입니까?"

온몸을 가렸던 로브의 후드를 벗자 괴상한 모습을 한 사내의 얼굴이 밝은 햇살 아래 드러났다.

무엇보다 가장 먼저 눈에 들어온 것은 온 얼굴을 빽빽하게 뒤덮고 있는 수북한 털이었다. 눈과 입 주위를 제외하고 얼굴 전체가 검고 굵은 털로 덮여 있는 모습은 신기하다는 느낌보다는 왠지 인간이 아니라는 느낌이 더 들었다.

그래서일까? 그의 눈에서 쏟아지는 날카로운 빛조차 맹수의 눈빛처럼 강렬한 야성의 냄새가 느껴졌다.

불쑥 얼굴을 드러낸 사내의 행동에도 바르미아는 전혀 놀라지 않았다. 물론 그의 얼굴을 일전에 본 적이 있는 탓도 있지만 설사 보지 못했다 하더라도 웬만한 사내보다 훨씬 대담한 성격인 그녀가 놀랄 일은 없었을 것이다.

"모네스님, 대체 나를 뭘로 보고 그 따위 소리를 하는 거죠? 내가 남자의 얼굴 따위에 관심을 둘 정신 나간 여자처럼 보여요? 이 바르미아 데포리스가? 당신은 대체 날 어디까지 모욕할 셈인가요?"

바르미아의 얼굴이 수치심으로 붉게 물든 것을 본 모네스는 당황한 표정으로 어떨 줄 몰라 했다.

"아, 아닙니다. 제가 레이디 데포리스를 감히 모욕할 리 있겠습니까? 다른 사람도 아닌 제가 말입니까? 아닙니다, 절대 아닙니다. 제가 실수했습니다. 그러니 제발 화를 푸십시오. 제가 잘못했습니다."

"어서 그 여자에게서 떨어져!"

획— 휘익—

날카로운 호통 소리와 함께 뭔가가 자신의 가슴과 복부를 노리고 날

아드는 것을 발견한 모네스는 재빨리 허공으로 몸을 띄워 상대의 공격을 피했다.

파팟—

둔탁한 소음과 함께 나무에 박힌 것은 보기에도 섬뜩하게 날이 선 대거 두 자루였다. 반 이상 박혀 있는 대거를 확인한 모네스는 자신을 공격한 사람 쪽을 향해 고개를 돌렸다.

뜻밖에도 상대는 용병이었다. 그것도 상당한 미모를 자랑하는 30대 중반의 짧은 적갈색 머리를 가진 여인이었다.

20대의 여자 용병을 찾기란 그리 어려운 일이 아니지만 30대 여자 용병은 거의 없다고 해도 과언이 아니었다. 그 나이라면 대부분 결혼하고 가정에 안주하기 하기 때문에 30대에 활동하는 여자 용병은 극히 적어 손에 꼽을 정도였다.

검은색 하드 레드를 걸친 여자 용병의 손에는 조금 전 날아왔던 것과 같은 모양의 대거 서너 자루가 들려 있었다. 여인의 얼굴은 서릿발처럼 싸늘하게 굳어 있었다.

"어서 그 여자 곁에서 떨어져."

"뭔가 오해를 하신 모양인데 결코 난……."

"오해를 한 것이라면 내가 나중에 사과를 하지! 하지만 지금은 물러서."

싸늘한 여자 용병의 말에 모네스는 어쩔 수 없이 뒤로 물러서야 했다. 아니, 좀 더 정확하게 말하자면 그녀가 자신의 얼굴을 보고도 아무런 반응을 보이지 않았기에 자신도 모르게 그녀의 말을 따른 것이다. 자신이 가문을 떠난 이유도 자신의 얼굴을 치료하기 위해서였는데 자신의 얼굴을 보고도 놀라지 않은 사람이 바르미아와 눈앞의 저 여인,

둘로 늘어났다.

"괜찮아요?"

"아, 예."

"저자가 당신을 괴롭힌 것인가요?"

"그런 것은 아니지만 결론적으로는 그래요."

바르미아의 애매모호한 대답에 나중에 나타난 여자 용병은 어리둥절한 표정을 지었다. 그녀의 말만 들어서는 그녀를 괴롭혔다는 것인지 그렇지 않다는 것인지 전혀 알 수가 없었기 때문이다.

"잠깐, 저 사람이 당신을 괴롭혔다는 말인가요? 아니면……."

"제 검술 수행에 지대한 방해를 한 사람이 바로 저 사람이에요. 제발 저 사람을 저에게서 떨어져 나가게 해주세요."

바르미아의 말에 여자 용병은 곤란하다는 표정을 지었다.

처음 자신이 이들을 발견했을 때는 남자가 여자에게 못된 짓을 한다고 생각했기 때문에 개입을 한 것이었다. 그런데 지금 여자의 말은 자신의 예상과는 전혀 다른 말이 아닌가?

"그럼 저 사람이 당신을 괴롭힌 것이 아니란 말인가요?"

"그렇긴 하지만 저를 괴롭힌 것도 맞아요."

애매모호한 바르미아의 말에 여인은 곤란하다는 표정을 짓지 않을 수 없었다.

애초 자신이 이들 사이에 끼어든 것도 그녀의 비명에 가까운 음성 때문이었다. 하지만 뭔가 자신이 생각했던 상황과는 다르다는 생각이 들었다. 지금 상황만 보면 연인들끼리의 사랑싸움에 공연히 끼어들었다는 생각을 버릴 수 없었다.

물론 사내의 얼굴이 좀처럼 찾아보기 힘들 정도로 상당히 개성(?)있게 생긴 것은 자신도 보아서 알고 있지만 그것보다는 여인의 변명 같지 않은 변명이 이해가 되지 않았기 때문이라는 것이 더 정확했다.

나무에 박혀 있던 대거를 뽑아 자신의 복대에 꽂아 넣은 여인은 바르미아 옆에 주저앉으며 모네스에게 말을 건넸다.

"두 사람 사이가 어떤 사이인 줄은 잘 모르겠지만 내가 개입할 문제가 아닌 것 같군요. 사과하겠어요."

여인의 말에 모네스는 길게 한숨을 내쉬고는 조금 떨어진 곳에 주저앉았다. 어느 정도 거리가 확보된 것을 확인한 여인은 그제야 갈가리 찢겨져 있는 트롤의 사체를 발견했다.

다른 몬스터도 아니고 재생력이 좋은 트롤의 이렇게 만들 정도라면 트롤을 해치운 상대의 검술의 어느 정도인지 충분히 짐작할 수 있었다.

여인의 눈이 모네스를 향하는 순간 모네스는 부끄러운 듯 황급히 로브에 달린 후드를 덮어썼다. 모네스가 후드를 덮어쓰며 몸을 잔뜩 웅크리는 모습은 더할 나위 없이 왜소해 보였다.

여인은 그가 자신의 외모에 상당한 콤플렉스를 가지고 있다는 것을 쉽게 짐작할 수 있었다.

"이렇게 만난 것도 인연 같은데 인사나 하죠. 난 로자린이라고 해요. 보다시피 용병이에요."

"전 바르미아 데포리스라고 해요."

"데포리스라면… 데포리스 남작가를 말하는 건가요?"

로자린이 뜻밖에도 자신의 가문을 알고 있는 것에 바르미아의 눈이 커졌다.

"저희 가문을 알고 계시다니… 조금은 뜻밖이군요."

"데포리스 남작가도 알고 있지만 데포리스 가문에서 최초로 소드 마스터를 노리는 사람이 레이디 바르미아라는 것도 소문을 통해 잘 알고 있지요."

자신의 가문을 알고 있다면 자신에 대한 극성스런 소문 역시 들었을 것이라 생각해 별다른 의심은 들지 않았다. 그리고 부드럽게 미소 짓는 로자린의 모습에서 바르미아는 문득 집에서 자신을 애타게 기다리고 있을 어머니가 생각났다.

"저분 소개도 부탁드릴까요?"

조금 떨어진 곳에 쭈그리고 앉아 있는 모네스를 로자린이 가리키자 바르미아는 고개를 저었다.

"몰라요. 얼마 전에 만난 사람인데 일방적으로 절 쫓아다녀 사람을 무척이나 귀찮게 만든다는 것밖에는 몰라요."

로자린은 바르미아의 대답에서 그녀가 정말 사내에게 아무런 관심도 없다는 것을 눈치 챌 수 있었다.

"모네스. 포르샤라고 합니다."

"모네스 포르샤? 혹시 포르샤 백작가의 둘째 아드님이 아니신가요?"

"맞습니다만……."

상대가 뜻밖에 자신의 가문까지 알고 있자 모네스도 의아함을 감출 수 없었다.

"포르샤 가문에서 최초로 소드 마스터가 배출되었다는 이야기를 듣긴 했지만 그분을 직접 만나게 될 줄은 생각지 못했군요."

로자린의 말에 모네스는 더욱 놀랐다.

자신이 소드 마스터라는 것은 자신의 가문 사람들밖에 모르는 일인데 그녀가 대체 어떻게 알고 있는 것인지 의문이 아닐 수 없었다.

한편 옆에서 듣고 있던 바르미아는 자신을 지겹도록 쫓아다니던 사내가 백작가의 둘째 아들이라는 사실도 사실이지만 소드 마스터라는 말에 더욱 관심이 갔다. 그의 검술 실력이 자신보다 강하다는 것은 진작부터 느끼고 있었기에 혹시 소드 마스터가 아닐까 생각은 하고 있었지만 그렇다고 진짜 소드 마스터라고는 생각하고 있지 않았다.

상대가 자신을 의심스러운 눈초리로 바라보자 로자린은 부드러운 미소를 지으며 입을 열었다.

"절 그런 눈으로 보지 마세요. 전 정보를 사고 파는 용병이에요. 레트로니아 왕국의 모든 귀족들에 대한 정보 역시 이 머리 속에 들어 있죠. 그러니 당연히 두 분에 대한 정보 또한 알고 있는 것 아니겠어요?"

"죄송하지만 당신의 억양을 들어보면 이웃 나라인 투르멘시아 제국의 억양 같은데… 내 말이 맞습니까?"

"상당히 예리하시군요. 그동안 내 출신이 이곳이 아님을 눈치 챈 사람은 아무도 없었는데 말이에요. 그래요. 난 투르멘시아 제국 출신이에요."

"투르멘시아 제국 분이 레트로니아 왕국에는 무슨 일로 돌아다니시는 거죠?"

모네스의 얼굴에는 경계심이 가득했다. 곁에서 두 사람의 이야기를 듣던 바르미아의 얼굴에도 희미하지만 로자린을 경계하는 기색이 떠올랐다.

모네스의 말에 로자린의 얼굴에 떠 있던 미소가 조금 엷어졌다. 로자린은 애써 담담한 표정으로 대답했다.

"제가 스파이처럼 보이나요?"

로자린의 질문에 모네스는 천천히 손을 내려 롱 소드의 손잡이를 잡았다. 동시에 로자린의 얼굴에 걸려 있던 미소가 완전히 사라졌다.

"투르멘시아 제국 사람인 내가 레트로니아 왕국에 있는 이유는··· 복수를 하기 위해서예요."

"복수?"

"내게서 생명보다 소중한 아이를 빼앗고 행복했던 가정을 빼앗아간 악마들에게 복수를 하기 위해서 이곳 레트로니아 왕국까지 왔어요."

로자린의 음성을 듣는 순간 모네스와 바르미아는 온몸에 소름이 오싹 끼치는 것을 느꼈다. 로자린의 증오가 여과없이 자신들의 몸속으로 파고드는 것을 느낀 것이다.

모네스는 순간 그녀에게 자신이 크나큰 실수를 했다는 것을 깨달았다.

"죄송합니다. 제가 괜히 쓸데없는 질문을 해서··· 사과드리겠습니다."

"괜찮아요. 누구든 오해는 할 수 있는 거니까요."

로자린의 입가에 다시금 미소가 지어졌다. 그 미소를 보는 순간 모네스와 바르미아는 자신들의 마음까지 따스해지는 것을 느꼈다.

"그런데 아이를 빼앗겼다는 말은 무슨 말인가요?"

바르미아의 말에 로자린은 이들에게 자신의 과거를 밝혀도 좋을지 잠시 고민하다가 이윽고 입을 열었다.

"여기를 잠시 봐주시겠어요?"

로자린의 말에 두 사람이 고개를 돌리자 로자린은 자신의 복부를 덮고 있던 검은색 하드 레더를 벗겼다. 그러자 드러나는 상처.

대체 얼마나 깊은 상처를 입어야 저런 흔적이 남는 것인지······. 로자린의 복부에는 커다란 X 자 모양의 상처가 자리하고 있었다. 움푹 패여 상처 부위가 검게 물들어 있었다. 모네스와 바르미아가 아는 한

이 정도의 상처라면 내장이 쏟아졌을 중상 중에 중상이었다.

"뱃속의 아이를 악마들에게 빼앗겼을 때 나에게 남은 것은 이 상처 뿐이었어요. 그 아이가 살았는지 죽었는지 알 수는 없지만 난 그 아이의 복수를 하지 않을 수 없어요."

비록 담담한 어조로 말을 하긴 했지만 두 사람은 그녀의 말속에서 피보다 진한 모정과 한 맺힌 절규를 똑똑히 들을 수 있었다.

웬만한 사내보다 대담하다고 장담하던 바르미아의 눈에도 눈물이 글썽거렸고, 이야기를 듣던 모네스의 가슴도 답답해져 왔다. 이렇게 푸근한 미소를 가진 여인에게 설마 이토록 가슴 아픈 과거가 있을 줄은 몰랐다.

"저어… 만약 실례가 되지 않는다면 제가 로자린님을 도와드려도 되겠습니까?"

모네스의 뜻하지 않은 말에 로자린은 깜짝 놀라는 표정을 지었다.

"복수는 제 개인적인 일이에요. 도와주시려는 마음은 감사하지만 저 때문에……."

"아닙니다."

대답을 하는 모네스의 음성은 착 가라앉아 있었다.

"백작가의 둘째 아들로 태어나 지금껏 무엇 하나 부족한 것을 느끼지 못하고 지냈습니다. 다만 유일한 문제라면 얼굴과 온몸에 난 이 징그러운 털이었습니다. 온갖 약과 신성력으로 치료를 받아보기도 했지만 아무런 효과도 없었습니다. 해서 소드 마스터가 된 후 아버지의 허락을 받고 병을 치료하기 위해 세상에 나왔습니다."

잠시 말을 끊은 모네스는 잠시 바르미아를 바라보았다.

"그러다 레이디 바르미아를 만났습니다. 제 외모를 보고 놀라지 않은 첫 여자이기도 했지만 무엇보다 가족을 위해 스스로를 희생하는 모습에 반해 버렸습니다. 그래서 그녀의 뒤를 따르게 된 것이지요. 그리고 지금 로자린님을 만나 이야기를 듣고 보니 제가 얼마나 제 자신밖에 모르는 생활을 했는지 확실히 깨닫게 되었습니다. 무엇을 위해 검술을 익힐 생각을 했는지 그 이유조차 잊고 있었다니… 정말 한심스럽기 그지없습니다. 제가 로자린님을 돕겠다는 것은 실은 제 자신을 돕는 일입니다. 그러니 부디 거절하지 말아주십시오. 그리고 제가 로자린님의 말씀을 들어보니 상대는 상당한 규모를 가진 것 같군요. 그들을 상대하기 위해서는 한 사람의 힘이라도 더 모아야 할 것 같습니다."

자신의 몇 마디 말을 듣고 상대를 비교적 정확하게 판단하는 모네스의 모습을 본 로자린은 상대의 뛰어난 판단력에 경탄을 금치 못했다.

"그러니 제가 로자린님을 도울 수 있도록 허락해 주시면 감사드리겠습니다."

무게가 잔뜩 실린 모네스의 말에 로자린은 뭐라고 대답을 해야 좋을지 몰랐다.

"저도 돕게 해주세요. 어차피 저도 검술 실력을 향상시키기 위해 여행을 계속해야 하니 같이 가고 싶어요. 그리고 로자린님에게 조금은 도움이 될 테니 동행할 수 있도록 허락해 주세요."

바르미아까지 모네스의 말을 거들고 나서자 결국 로자린의 눈에서 주르륵 눈물이 흘러내리고야 말았다.

"고마워요, 정말 고마워요. 뭐라고 감사를 해야 좋을지 모르겠군요. 살아 있는 동안 이 은혜는 절대 잊지 않을게요."

계속해서 감사의 인사를 하는 로자린의 모습에 두 사람은 아무런 말도 할 수 없었다.

뱃속의 아이를 원수들에게 빼앗기고 난 후 너무나 울어 이제는 말라 버렸다고 생각한 눈물이었건만 하염없이 흘러내리는 눈물을 로자린은 도저히 그칠 수 없었다.

잠시 후 로자린이 진정된 모습을 보이자 바르미아가 궁금하게 생각했던 것을 질문했다.

"저어… 아까 뱃속의 아이를 빼앗겼다고 했는데, 그럼 아이의 아버지는……?"

바르미아의 질문에 로자린의 얼굴이 당장 어두워졌다. 바르미아는 자신의 질문 때문에 로자린이 더 슬퍼하는 것은 아닐까 은근히 신경이 쓰였다. 하지만 막상 그녀가 입을 열었을 때 흘러나온 음성은 비교적 담담했다.

"그분은 귀족이셨어요. 하지만 평민에 불과한 저를 자신의 아내로 선택해 주신 분이에요. 그리고 자신의 생명보다 더 아껴주셨지요. 만약 내세라는 것이 있다면 몇 번이라도 그분의 하녀로 태어나 그분에게 속죄를 하고 그분이 제게 베풀어주신 은혜의 백 분의 일이라도 갚고 싶은 생각뿐이에요."

로자린의 대답에 두 사람은 남편이라는 사람이나 로자린이나 서로를 얼마나 끔찍하게 사랑했는지 충분히 느낄 수 있었다.

"그분은 저에게 휘나가르트라는 성을 주셨고, 사랑의 결실인 아이를 주셨어요. 그리고 저를 보호하기 위해 세상과 동떨어진 곳에서 우리만의 보금자리를 마련해 주셨지요."

행복한 표정을 짓던 로자린의 얼굴이 갑자기 어두워졌다.

"휘나가르트? 투르멘시아 왕국의 귀족이라면 혹시?"

"그래요, 투르멘시아 제국이 자랑하는 최강의 기사단 블랙 이글 기사단의 단장인 안드레이 반 휘나가르트 후작, 그분이 바로 저의 부군이시랍니다."

모네스의 질문에 로자린은 고개를 끄덕였다.

자신의 짐작이 맞자 모네스는 미궁 속에 갇힌 듯 답답함을 느끼지 않을 수 없었다.

안드레이 휘나가르트라면 투르멘시아 제국을 대표하는 기사이자 국민들로부터 가장 사랑과 존경을 받는다고 널리 알려진 인물이었다. 하지만 그의 가정에 이렇게 불행한 과거가 있을 줄은 상상도 하지 못했다.

"모든 것이 저의 불찰이었어요. 봄 햇살이 유난히도 따스하던 어느 날 마을 여인들과 피크닉을 나섰던 저는 정체를 알 수 없는 괴한들에게 납치가 되었고, 이곳저곳을 상당히 오랫동안 끌려 다녀야만 했어요. 그리고 출산일을 며칠 앞둔 어느 날 저는 이상한 집회 장소에 끌려갔고, 그곳에서 프리스트로 보이는 어떤 자에게 배를 찢겨 강제로 아이를 빼앗겨야만 했어요."

"저런 죽일 놈들이 있나!"

"어떻게 인간이 그런 짓을 할 수가……?"

로자린의 말에 모네스나 바르미아는 순간 가슴속에서 뭔가 뜨거운 것이 울컥 치솟는 것을 느꼈다. 태어나 한 번도 느껴본 적이 없는 격렬한 분노였다.

"저는 곧 시체를 처리하는 곳에 버려졌고, 마침 지나가는 프리스트께 구함을 받아 겨우 생명을 건질 수 있었어요. 그분이 질병과 치료의 여신인 디안 케트의 프리스트라는 것이 저에게 내려진 마지막 신의 은총이었어요. 몸이 회복되는 즉시 집회가 열렸던 장소로 가보았지만 이미 그들의 흔적은 찾을 수 없었어요. 그것이 지금으로부터 13년 전의 일이에요."

차분한 음성으로 담담하게 이야기하는 로자린의 모습에서 두 사람은 그녀가 겪었을 고통이 얼마나 극심했을지 짐작도 가지 않았다.

"그럼 그때부터 검술을 익히신 겁니까?"

"예, 온갖 허드렛일을 하면서 내가 배울 수 있는 것을 하나하나 배워나갔어요. 다행히도 소질이 있었는지 지금은 내 한 몸 정도는 충분히 지킬 수 있는 실력을 가지게 되었죠. 부엌칼도 제대로 다루지 못하던 내가 검술을 익혔다니…… 후후후, 이제 원수의 흔적만 찾으면 되는데 어디로 사라져 버린 것인지 좀처럼 그들을 찾을 수가 없군요."

"그럼 원수들의 정체는 아시나요?"

"물론이에요."

바르미아의 질문에 로자린은 이를 부드득 갈았다. 그 기세가 얼마나 살벌한지 모네스조차 움찔할 정도였다.

"그들은 스스로를 검은 달 교단의 형제들이라고 불렀어요."

제 3 장

메디안의 심통

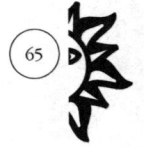

메디안의 심통

"검은 달 교단?"

"검은 달 교단의 형제들?"

두 사람은 로자린의 말에 고개를 갸웃거렸다. 그들이 사는 바르빈스 연방 4개 국에서 믿고 따르는 신의 수는 엄청나게 많았다.

모든 신의 아버지로 불리는 포르세티와 그의 아내 프라그마는 물론 그들 사이에서 태어난 1세대 신만 해도 열여덟이다. 또 신들 사이에서 태어난 신들과 인간과 신들 사이에서 반신(半神)으로 태어났지만 결국 신으로 승격이 된 신들이 2세대 신들이었다. 이들은 다시 좀 더 많은 신들을 만들어내 종래에는 수백 명이 넘은 신들이 족보에 그 이름을 기록했다.

다양하고 복잡한 신들이 계속해서 태어났지만 바르빈스 연방 4개 국에서 주로 믿는 신은 창조신인 포르세티와 프라그마, 그리고 그들 사이에서 태어난 열여덟 명의 신들뿐이었다. 나머지 신들을 믿는 신자들이 없는 것은 아니었지만 그 수가 너무 적어 있는지 없는지조차 모를 정도였다.

물론 바르미아나 모네스가 그 모든 신들의 이름을 다 알 리도 없었지만 검은 달 교단이란 이름은 단 한 번도 들어본 적이 없었다. 게다가 이름에서 풍기는 칙칙한 느낌은 정상적인 종교 단체가 아닐 것이란 느낌이 들었다.

"한 번도 들어본 적이 없는 이름이군요. 하니 아시는 대로 설명해 주시겠습니까?"

"저도 아는 것이 별로 없어요. 다만 혼돈과 파괴의 신 아모데우스를 추종하는 자들인데, 기존의 아모데우스 교단과는 많은 부분에서 다른 것 같아요. 사실 제가 정보를 사고 파는 용병이 된 것도 사실은 그들에 대한 좀 더 많은 정보를 얻기 위해서예요."

"로자린님, 그럼……."

"그냥 로자린이라고 불러주세요."

"그럼 저도 언니라고 부를 테니까 말 놓으세요."

바르미아의 말에 로자린은 고개를 끄덕였다.

"알았어요. 그래, 뭘 물으려고……."

"'알았어요'는 무슨 '알았어요'예요? 말을 놓으시라니깐 그러시네. 그럼 언니의 남편 되시는 휘나가르트 후작께서도 지금 검은 달 교단의 뒤를 쫓고 계시겠군요?"

바르미아의 질문에 로자린의 얼굴이 단번에 어두워졌다.

"이 죄 많은 여자를 잊어버릴 만도 하실 텐데……. 언젠가 예전에 살았던 곳에 가서 그분의 소식을 수소문해 봤던 적이 있었어. 동네 사람들 이야기로는 내가 납치된 직후에 그곳을 떠나 한 번도 돌아온 적이 없다는 거였어. 아마도 나와 아이를 찾아 세상을 떠돌고 계시겠지. 그분은 그럴 분이야."

그녀의 음성에 배어 있는 절절한 그리움과 상대에 대한 애절한 사랑이 듣고 있던 두 사람의 가슴에 파고들었다.

"그럼 후작님을 찾아가실 생각은 없습니까?"

"난 자격이 없어요. 한 사람의 아내로, 또 한 아이의 어머니로서 결코 용서받을 수 없는 크나큰 잘못을 저질렀어요. 그런 내가 그분을 찾아간다니… 있을 수 없는 일이에요. 아마도 그분은 날 용서하시고 또 받아주시겠지만 내 스스로가 날 용서할 수 없어요. 만약 오마 브리이트님의 가호로 복수를 할 수 있게 된다면 그 후에나 그분을 찾아뵐까, 지금은……."

스스로를 용서할 수 없다는 말을 하면서도 로자린의 음성에는 상대에 대한 진한 그리움이 묻어 있었다.

단지 따사로운 봄 햇살을 즐기기 위해 집을 나섰던 것이 한 가정을, 또 한 여인을 지옥 밑바닥까지 떨어뜨리는 일이 될 줄 누가 알았겠는가?

애써 감정을 추스른 로자린은 자연스럽게 화제를 돌렸다.

"지금 어디로 가는 길이었어?"

로자린의 질문에 바르미아는 왠지 어색한 미소를 지었다. 그리고는 머뭇거리면서 대답을 했다.

"사실 전 검술 실력을 높이는 데 실전만한 것이 없을 것 같아 간간이 바운티 헌터를 하고 있어요."

"바운티 헌터? 현상금 사냥꾼 말이야?"

"그래요, 언니. 마침 100골드짜리 현상금이 걸려 있는 자가 근처에 있다는 소문을 들었기에 그를 사로잡기 위해 가던 중이었어요. 마침 여행 경비도 다 떨어지고 해서……."

몰락한 가문을 부활시키기 위해 검술을 익히고 있는 여인.

사실 검술을 익힌다는 것은 실로 어렵고 괴로운 일이다.

철저히 자신의 감정을 통제해야 함은 물론 끊임없이 노력해야 하고 모든 유혹으로부터 자신을 지켜야만 되는 일이다. 게다가 사회적으로 여자는 남자에게 보호받아야 한다는 일반적인 통념에서 벗어나 여자가 한 사람의 검사가 되기 위해서는 더욱 많은 노력과 고통을 감내해야만 되는 것이다.

하물며 소드 마스터가 된다는 것은 단순한 노력만 가지고 이룰 수 있는 경지가 아니었다. 검에 대한 특별한 재능에 부단한 노력을 하지 않는다면 결코 도달할 수 없는 경지가 바로 소드 마스터란 것을 로자린은 너무나 잘 알고 있었다.

그녀 역시 지금 바르미아가 겪고 있는 단계를 모두 경험해 보았기 때문이다.

방금 바르미아가 말한 바운티 헌터란 것은 말 그대로 현상금 사냥꾼이란 말이지만 단, 여기에는 단서가 붙는다. 현상금이 걸린 수배자는 반드시 살아 있어야 한다는 것이었다.

왜 이러한 조항이 생긴 것인지는 알 수 없지만 아마도 마법의 발달로 인해 범인의 얼굴을 마법으로 폴리모프시키는 것을 방지하기 위해서일 거라는 생각이 지배적이었다. 하지만 수배자를 죽이지 않고 생포하려면 상대에 비해 월등히 뛰어난 검술 실력을 가지고 있어야만 가능한 일이다.

물론 그 100골드의 현상금이 걸려 있는 사람을 직접 봐야 그의 실력을 알 수 있겠지만 고가의 현상금이 걸린 만큼 그리 만만한 상대는 아닐 것이란 생각이 들었다.

"그 수배자가 있는 곳이 어디야?"

"보이얀브르크 시야."

"그곳은 나도 일전에 몇 번 가봤어. 여기서 50엠파렌 정도 떨어진 곳이니 빨리 간다면 오늘 저녁에는 도착할 수 있겠네. 잘됐어. 그곳에서 알아볼 일도 있거든."

"그래요? 그럼 빨리 가요, 언니."

이제 로자린을 대하는 바르미아의 태도는 마치 친언니를 대하듯 아무 거리낌이 없었다. 두 여자가 자리에서 일어나자 조금 떨어진 곳에 앉아 있던 모네스도 엉거주춤 일어났다. 하지만 두 여자 곁으로는 선뜻 다가오지 못했다.

그런 모네스를 본 로자린은 빙그레 미소를 지었다.

"이리로 오세요. 일행이 되기로 했는데 이렇게 떨어져서 있는 것을 다른 사람들이 보면 우릴 일행이라고 인정하겠어요? 어서 오세요."

로자린의 말에도 모네스는 머뭇거리기만 할 뿐 쉽게 발걸음을 떼지 못했다. 그런 그의 모습이 자신 때문에 그러는 것이라 짐작한 바르미아가 입을 열었다.

"이리 와요. 당신이 어떤 사람인지 이제는 알았지만 난 지금 남자에게 신경 쓸 틈이 전혀 없어요. 설사 상대가 이 나라의 황태자인 하이렌 전하라고 해도 난 조금도 관심없어요. 나를 귀찮게만 하지 않는다면 상관없으니까 그렇게 떨어져 있을 필요는 없어요."

바르미아의 말을 듣고서야 모네스는 발걸음을 떼어 두 여자 곁으로 다가설 수 있었다.

로자린의 말대로 그들은 꽤나 늦은 시간이 되어서야 보이얀브르크 시에 도착할 수 있었다. 그들은 일단 숙소를 정하고 현상금이 걸린 수배자를 찾는 일은 다음날로 미뤘다.

아침 식사 시간이 지나서야 세 사람은 뒤늦은 식사를 했다.

"바르미아, 네가 찾는다는 그 100골드짜리 수배자가 대체 누구야?"

"아직은 이름도 몰라. 하지만 정신 나간 녀석이 틀림없어."

"정신 나간 사람이라고?"

"그렇지 않고서야 이 보이얀브르크 시의 경비대장과 병사들을 두들겨 팰 리 있겠어?"

"경비대장과 병사들을 두들겨 패?"

로자린은 바르미아의 말을 들으면 들을수록 점점 미로 속을 헤매는 기분이 들었다.

"나도 자세한 것은 잘 모르니까 직접 가서 확인하자고."

바르미아의 말에 세 사람은 재빨리 식사를 마치고 시청으로 향했다. 그리고 그곳에서 100골드의 현상금이 걸린 자의 초상화가 걸려 있는 것을 발견할 수 있었다.

그림 속의 남자를 발견한 후 바르미아의 얼굴이 조금은 이상하게 변했다. 그런 그녀의 변화를 로자린이 눈치 채지 못한 것은 아니지만 그 이유는 조금 있다 생각하기로 했다. 그리고 또 한 가지 특이한 점은 그 수배자에 대한 상금을 건 사람이 시장이 아니라 경비대장이란 사실이었다.

그들이 만나본 경비대장은 한마디로 경박함과 무능의 대명사 같은 인간이었다. 아무리 기사에 대한 프라이드가 강한 것을 인정한다고 해도 그렇지 이건 기사 이외의 사람은 인간도 아니라는 듯 일방적으로 상대를 매도하는 것이었다.

　세 사람은 너무나 어이가 없어 고개를 저으며 경비대장의 방을 빠져나왔다.

　언제나 푸근한 미소를 짓고 있던 로자린의 입가에서 미소가 사라진 것은 모두 황당하기 이를 데 없는 경비대장의 태도 때문이었다. 기사 중의 기사인 남편 안드레이 반 휘나가르트를 가까운 곳에서 직접 보고 생활을 한 탓에 경비대장의 역겨운 태도는 더욱 그녀를 실망시켰다.

　하지만 바르미아가 아무리 돈이 급하다고 하더라도 이번 일은 맡지 않을 것이라는 두 사람의 예측과는 달리 그녀는 당시 부상을 입은 병사들을 찾아가 그때의 상황에 대해 조사하고 있었다.

　병원 밖에서 바르미아를 기다리던 두 사람은 그녀가 나오는 것을 발견하고는 그녀에게 다가갔다.

　"바르미아는 정말 그런 자를 돕고 싶은 거야?"

　"아니에요, 언니. 그게 아니라… 일단 어디 가서 식사라도 하면서 이야기하죠."

　그 말만 남기고 바르미아가 앞장서서 걸어가자 뒤에 남은 두 사람은 영문을 모르겠다는 표정을 지으며 뒤를 따랐다. 아직 점심 시간이 이른 듯 가게 안은 텅 비어 있었다.

　창문가에 자리를 정한 세 사람은 간단한 식사와 맥주 한 잔을 주문했다.

　나름대로 생각을 정리한 바르미아가 입을 열었다.

"우선 현상금이 걸려 있는 그 수배자부터 말하자면 얼마 전에 치러 졌던 랑츠 검술 콘테스트에서 우승을 한 렉스 레티나란 자예요."

"랑츠 검술 콘테스트라면 상당히 유명한 콘테스트잖아. 하지만 레티 나라는 귀족 가문은 들어본 적이 없어."

"그자는 귀족이 아니라 용병이에요."

"용병? 그럼 용병이 우승을 했다는 말이야?"

바르미아의 말에 로자린은 깜짝 놀라지 않을 수 없었다.

물론 뛰어난 검술을 익힌 용병이 없는 것은 아니지만 정식 대결에서 용병이 기사에게 이긴다는 것은 그리 간단한 문제가 아니었다. 게다가 랑츠 검술 콘테스트라면 레트로니아 왕국에서도 상당히 유명하기 때문 에 실력이 뛰어난 검술을 가진 기사들이 대거 참가를 하기에 더욱 우 승할 확률이 낮은 것이었다. 그런데 용병이 우승을 차지했을 정도라면 그의 검술이 상당한 경지에 도달했을 것이란 생각을 지울 수 없었다.

묵묵히 듣고 있던 모네스가 한마디 거들었다.

"당시 레이디 바르미아의 뒤를 쫓아다니다 랑츠 검술 콘테스트에서 렉스 레티나란 자가 다른 사람과 싸우는 모습을 보게 되었는데 정말 뛰어난 검술 솜씨를 가진 자였습니다. 뛰어난 반사신경에 상당한 완력, 누구에게 가르침을 받았는지는 알 수 없지만 형식에 얽매이지 않는 공 격. 제가 본 것이 틀림없다면 아마도 소드 마스터, 그중에서도 최상급 의 실력을 가진 자가 분명할 겁니다."

"뭐라고요? 최상급 소드 마스터?"

모네스의 말에 듣고 있던 로자린이나 바르미아는 깜짝 놀라고 말았 다.

최상급 소드 마스터라니?

약관의 나이에 다른 사람은 죽을 때까지 수련을 쌓아도 꿈도 꾸지 못할 경지에 이미 도달했다니…… 쉽게 믿을 수 있는 일이 아니었다.

"그럼 만약 모네스님이 그자와 겨룬다면?"

"시간이 조금 걸리긴 하겠지만… 틀림없이 제가 패할 겁니다."

한참 있다가 나온 모네스의 대답은 자신의 패배였다.

바르미아는 자신이 괜한 것을 물었다는 생각이 들어 그에게 사과를 했다.

"제가 쓸데없는 것을 물어서 죄송해요."

"아, 아닙니다. 당시에는 레이디 바르미아에게 신경을 쓰고 있었기에 그자에 대해 자세히 생각해 볼 여유가 없었는데 방금 말씀을 듣고 보니까 이상한 점이 한두 가지가 아니었습니다."

"이상한 점이라면?"

"랑츠 검술 콘테스트가 비록 레트로니아 왕국 전체에서 벌어지는 콘테스트 가운데 상당히 유명한 콘테스트이기는 하지만 세 명의 소드 마스터가 참가할 정도로 유명한 것은 아니라고 생각합니다."

"세 명이라면?"

"레이디 바르미아하고 겨루었던 그 여자 엘프는 소드 마스터 초급, 그리고 루이스 그레비안이란 청년도 소드 마스터 초급이 넘는 실력을 가지고 있었습니다. 렉스 레타나라는 청년은 이미 말씀드린 대로 소드 마스터 최상급의 실력을 가지고 있었습니다."

"그럼 나랑 겨루었던 그 엘프가 소드 마스터란 말이에요?"

"예, 그녀는 분명 소드 마스터의 실력을 가지고 있었습니다. 아마 로자린님과 거의 비슷한 실력일 겁니다."

"예에?"

바르미아는 로자린이 소드 마스터에 해당되는 실력을 가지고 있다는 모네스의 말에 깜짝 놀랐다. 바르미아가 놀란 눈으로 자신을 보자 로자린은 조금 어색한 미소를 지으며 손을 내저었다.

"아니에요, 그건 모네스님께서 저를 너무 과대평가하신 거예요."

"다른 것은 자신이 없지만 사람을 평가하는 일, 아니, 그 사람이 가지고 있는 실력을 알아보는 눈만은 누구보다 뛰어나다고 자신합니다."

조금은 무뚝뚝하게 말하는 모네스의 태도에 로자린은 아무런 말도 할 수 없었다.

"이야기가 잠시 다른 곳으로 빠졌는데 렉스란 자가 이곳에 잠시 들렀던 모양이에요. 그런데 문제는 그가 일행들과 함께 이곳 광장으로 공간 이동을 해서 나타났다는 것이었어요."

"상당히 위험한 일을 벌렸군요."

로자린의 말에 모네스는 잠시 자신의 뒷머리를 긁었다.

"마법에 대해서 잘 몰라서 그러는데 광장으로 공간 이동을 하는 것이 무엇 때문에 위험하다는 것인지 로자린님께서 좀 설명해 주시겠습니까?"

"저도 마법에 대해서는 잘 모르니 자세히 설명을 해드릴 수는 없지만 아는 대로 설명을 해드릴게요. 공간 이동이라는 것은 한 지점에서 다른 지점으로 공기 중에 퍼져 있는 마나를 이용해 이동을 하는 것이에요. 말로는 간단하지만 내가 이동을 해야 할 지점의 정확한 위치, 이동되는 대상의 무게, 이동되어야 할 지형의 고도, 또 이동 마법진에 사용되는 마나의 양을 정확히 조절해야만 해요."

모네스는 마법사들이 흔히 사용하는 공간 이동이 이토록 복잡한 계산이 숨어 있으리라곤 꿈에도 생각하지 못했다.

"문제는 내가 이동하고자 하는 곳이 벌판이라면 상관이 없겠지만 이런 시내의 광장이라면 상황은 완전히 달라져요. 만약 내가 이동하고자 하는 지점에 다른 사람이 서 있다면 어떻게 되겠어요?"

"부딪치게 되는 건가요?"

"아니죠, 같은 공간에 두 개의 물체가 겹치게 되는 거죠. 여러분이 생각하기에 하나의 공간에 두 사람이 겹쳐지는 것이 가능한 일일까요?"

로자린의 설명에 두 사람은 자신도 모르게 침을 삼켰다.

"결코 두 사람이 하나의 공간을 동시에 차지할 수 없으니 마법사가 사용한 마나는 균형을 잃고 폭주하게 되고 결국 엄청난 폭발을 일으키게 돼요. 결국 잘못된 공간 이동은 엄청난 피해를 부르게 되는 것이지요. 그래서 마법사들 사이에서는 사람들의 왕래가 많은 공공장소로의 공간 이동을 엄격하게 금하는 불문율이 있어요."

로자린의 설명에 두 사람이 그제야 이해했다는 듯 고개를 끄덕였다. 그러다 바르미아는 뭐가 이해가 가지 않는다는 듯 고개를 갸우뚱거렸다.

"언니의 말대로라면 한 사람보다는 두 사람이 더 힘들고 두 사람보다는 수십 명은 더 힘들겠군요. 그렇죠?"

"당연히 힘들지. 5클래스의 마법사라고 하더라도 대여섯 명의 인원을 이동하려면 엄청나게 복잡한 계산을 해야만 할 거야. 그런데 그건 왜 묻는 거지?"

"가만가만, 언니의 말대로라면 대체 그 마법사는 몇 클래스의 마법사란 말이야?"

로자린의 대답에 바르미아는 어이가 없다는 표정을 지었다.

"렉스란 자와 그의 일행들이 이 도시의 광장으로 공간 이동을 한 것은 사실이지만, 문제는 그들 말고도 20여 명의 아이들이 실린 마차까지 있었대요. 한 번에 그만큼 많은 사람들을 이동시키려면 대체 얼마나 뛰어난 마법사가 있어야 하는 거죠? 그것도 사람들의 왕래가 끊이지 않는 도시의 광장으로 무사히 이동을 하려면?"

바르미아의 말에 로자린도 일순간 말문이 막혔다.

적어도 제정신인 인간이라면 절대 광장으로 공간 이동을 하지는 않았을 것이다. 하지만 반대로 자신이 있었기 때문에 도시의 광장으로 공간 이동을 한 것이라면 그자의 실력은 감히 상상도 할 수 없을 정도로 뛰어난 마법사란 말이 된다.

하지만 그렇게 뛰어난 마법사가 왜 용병과 함께 다닌단 말인가? 아무리 생각을 해봐도 그런 마법사가 있다는 말은 들은 적이 없었다.

"그 렉스란 자와 함께 나타난 일행들도 좀 특이해요. 빨강 머리를 한 아름다운 여자, 갈색 머리의 미남, 그리고 검은색 라이트 레더를 입은 미남이 함께 나타났대요."

"자, 잠깐, 검은색 라이트 레더를 입은 미남이라고?"

"예, 그런데 왜요?"

바르미아의 말에 로자린은 자신도 모르게 반문했다.

세상에 검은색 라이트 레더를 걸친 사람이 안드레이 한 사람만은 아니라는 사실을 그녀가 모르는 것은 아니었다. 하지만 그 말을 들었을 때부터 가슴에서 시작된 깊은 떨림은 곧 그녀의 전신으로 퍼져 나가는 것을 느낄 수 있었다.

"혹시 그 사람이 누구인지 알 수 있겠어?"

바르미아도 로자린의 태도가 갑자기 돌변하자 느껴지는 것이 있었다.

"언니, 혹시 그분이 휘나가르트 후작님이 아닐까 생각하는 거야?"

"아, 아니야, 그럴 리가 없어. 그분이 투르멘시아 제국을 떠나셨을 리 없어. 아닐 거야."

비록 말은 그렇게 했지만 그녀의 얼굴에는 상대의 정체를 알고 싶어 하는 빛이 가득했다.

"언니, 그 사람이 휘나가르트 후작이신가 아닌가는 금세 확인할 수 있을 거야."

"어떻게 확인할 수 있다는 거지?"

"스스로 카로프 용병 길드에 소속되어 있는 용병이라고 밝혔다니까 금세 확인할 수 있을 거야."

바르미아의 말에 로자린은 두 손으로 얼굴을 감싸고는 흐트러진 감정을 정리하기에 안간힘을 써야 했다.

"아니야, 그럴 수 없어. 설사 그분이 맞는다고 하더라도 내가 무슨 염치로 그분을 다시 만날 수 있겠어. 그건 안 될 말이야. 그건 안 될……."

"로자린님, 건방지게 제가 이런 말씀을 드려도 되는 것인지는 모르지만 일단은 그분을 만나보십시오. 그분이 검은 달 교단에 대해 더욱 많은 정보를 가지고 계실지도 모르는 일 아닙니까? 그리고 복수를 하려면 혼자보다 여러 사람이 힘을 합쳐야만 합니다."

모네스의 말에 바르미아도 고개를 끄덕였다.

"나도 모네스님의 의견에 찬성해. 언니도 괴롭겠지만 그분도 얼마나 괴로우시겠어? 그리고 그날 있었던 사건이 언니의 잘못 때문은 아니잖아. 그러니까 일단 카로프 용병 길드에 가서 그분이 휘나가르트 후작님이 맞는가 확인을 해보자고. 용병 길드와는 계속 연락을 취하고 있을 테니까 나중에 그분의 위치를 파악하기도 쉬울 거야."

두 사람의 말에 잠시 망설이던 로자린은 곧 작게 고개를 끄덕였다. 바르미아가 말한 사람이 안드레이인지도 의문이긴 했지만 두 사람의 말처럼 언제까지 피해 다닐 수만은 없는 일이란 생각이 들었기 때문이다.

간단하게 요기를 마친 세 사람은 세 필의 말을 사서는 카로프 용병 길드가 있는 하이네브르크 시로 향했다.

*   *   *

"이봐, 메디안. 제발 이런 짓 안 할 수는 없어?"

"이게 어때서 그래?"

"이건 쓰레기 같은 인간들이나 하는 짓이란 말이야. 너, 정말 하이 엘프 맞냐?"

화인워커의 말에 메디안의 눈이 가늘게 떠졌다.

"지금 그게 무슨 말이야? 내가 하이 엘프라는 걸 믿지 못하겠단 말이야?"

"너처럼 막나가는 하이 엘프가 대체 어디 있냐?"

"막나가긴 누가 막나간다고 그래? 있는 돈 좀 나눠 쓰자는 건데."

"그래도 산적이 되겠다는 건 말도 안 되는 소리잖아."

"그냥 넌 가만히 서 있기만 하면 된다는데 왜 자꾸 잔소리야! 그 배틀 엑스를 메고 가만히 폼만 잡고 있으란 말이야. 그럼 나머지는 내가 다 알아서 할 테니까."

벌써 한 시간째 어르고 달래고 협박을 했지만 메디안은 귀가 먹었는지 오히려 자신에게 짜증만 부리고 있었다.

만약 자신의 힘이 월등히 강했다면 메디안을 두들겨 패서라도 끌고 갈 테지만 검술 실력만은 오히려 연약하게 보이는 메디안이 훨씬 뛰어나 그럴 수도 없었다. 모른 척하고 가자니 대형 사고를 칠 것 같고, 그렇다고 그녀를 도울 수도 없는 상황이니 화인워커는 어찌해야 좋을지 몰랐다.

그저 조용히 인간 세상을 여행하며 꿈에서조차 바라는 미스릴이 잠들어 있는 대지를 찾아야 하는 임무를 가진 화인워커로서는 괜한 문제를 일으켜 인간들에게 쫓겨다니고 싶은 생각은 눈곱만큼도 없었다.

화인워커가 긴 한숨을 내쉴 때 메디안의 낭랑한 음성이 들려왔다.

"후후후, 드디어 개시를 하는군. 부디 많은 돈을 가지고 있어야 할 텐데 말이야."

메디안의 말에 고개를 들고 앞을 바라보던 화인워커는 깜짝 놀라지 않을 수 없었다.

상대는 특급 규모의 캐러밴이었다.

캐러밴이란 쉽게 말하자면 도시와 도시를 연결하는 상인들의 무리를 말한다. 물론 혼자서 행상을 하는 페들러라고 불리는 사람들도 있지만 이들이 벌어들일 수 있는 이익이라는 것은 아주 작은 것에 불과했다.

돈이 돈을 부른다는 격언처럼 혼자서 움직일 수 있는 돈의 규모가 작아서는 벌어들이는 이익 역시 작아지는 것이 당연한 일이다. 그렇기에 상인들 가운데는 자신과 비슷한 규모를 가진 상인들과 서로 긴밀한 유대 관계를 맺으며 길드를 형성하는 것이 흔한 일이 되어버렸다.

그렇다고 문제가 없는 것은 아니었다.

개인 상인인 페들러들은 상인 길드에 가입을 하지 않으면 장사를 할 수 있는 기회조차 잡을 수 없고 심한 경우 가입하는 것은 고사하고 기득권을 가진 자들이 고용한 용병들에게 목숨을 잃기 십상이었다. 또한 설사 길드에 가입을 한다고 하더라도 기존의 상인들이 취급하는 상품은 손도 댈 수 없었다.

결국 돈을 버는 사람은 기존의 기득권을 가진 일부 상인들이었고 그들이 가진 황금은 시간이 지날수록 쌓여만 갔다.

지금 화인워커의 눈에 보이는 캐러밴의 규모는 일반적인 상인의 규모라고 보기엔 무리가 있었다. 우선 마차 주위를 호위하는 용병들의 수만 하더라도 50여 명이었고 짐을 옮기는 일꾼들의 수도 70명이 훨씬 넘었다. 게다가 40여 대의 짐마차에 나누어 실려 있는 짐은 두 마리 말도 끌기 힘들 정도로 잔뜩 쌓여 있었다.

화인워커가 그 모습을 무심히 바라보고 있는 것과는 달리 온몸에 땀을 흘리는 말의 모습을 본 메디안은 더 이상 참지 못하고 지체없이 플랑베르주를 뽑아 들었다.

"죽일 놈들! 말 못하는 불쌍한 말들을 저리도 혹사시키다니…… 오늘 내가 따끔한 맛을 보여주마. 멈춰!"

메디안은 미처 화인워커가 말릴 사이도 없이 고함을 지르며 달려나가 앞을 가로막았다.

용병대 대장인 쇼안은 갑자기 자신들의 앞을 가로막은 존재가 뜻밖에 엘프인 것을 확인하고는 어이가 없어 하품이 나올 지경이었다. 게다가 어기적거리며 숲에서 걸어나오는 사람이 드워프인 것을 확인하고는 아무 말도 할 수 없었다.

"야! 이 자식들아! 멈추란 말이야!"

그 말에 쇼안이 손을 들자 행렬은 천천히 멈췄다.

"숲의 따님께서는 우리에게 무슨 볼일이 있으십니까?"

그래도 20년 가까이 용병을 생활을 해온 터라 메디안의 험악한 말에도 쇼안은 최대한 상대에게 예의를 차리면서 말을 건넸다.

"네가 이 자식들의 대장이야?"

"용병들을 책임지는 것은 사실이오. 그런데 무슨 문제라도 있소?"

"당연히 있지."

엘프들이 잘생긴 외모를 타고난다는 사실을 증명이라도 하듯 자신들의 앞길을 막은 엘프 역시 상당히 아름답게 생겼다. 하지만 그녀의 행동이나 어투에는 강렬한 적의가 실려 있었고, 또 손에 들려 있는 플랑베르주가 부르르 떨리는 것만 보더라도 충분히 짐작할 수 있었다.

"동물들이 가진 힘을 너희 인간들이 이용하는 것을 뭐라고 할 생각은 없어. 하지만 이건 너무하잖아. 말들 가운데 일부는 너무나 지쳐 쓰러지기 일보 직전이고 나머지 말들도 식욕이 떨어질 정도로 지쳤단 말이야."

물론 그러한 사실을 쇼안이 모르는 것은 아니지만 자신은 상인들에게 고용되어 그들을 보호할 뿐 마차를 끄는 말들의 수를 늘려라 줄여라 말할 처지가 아니었다.

자신이 책임지지 않아도 될 일 때문에 남에게 질책을 받는다는 생각이 들자 쇼안도 슬슬 열이 오르기 시작했다.

"무슨 말인지 알겠소. 다음 도시에 도착하면 말을 더 구입해 마차를 끌도록 하겠소. 이제 되었소?"

"되기는 뭐가 됐다는 거야? 지금 당장 하란 말이야!"

"당장 어디서 말을 구하란 말이오?"

쇼안의 음성이 점점 깔려 나왔지만 메디안은 꿈쩍도 하지 않았다.

"그건 내가 알 바 아니고, 정 그렇다면 마차의 짐을 좀 버리든지."

메디안의 말에 쇼안은 더 이상 참지 못하고 말에서 내렸다. 그리고는 허리에 차고 있던 롱 소드를 뽑아 들었다.

챙!

햇살을 받아 칼날이 번쩍였다.

그 모습을 본 메디안은 가소롭다는 표정을 지었다.

"너, 지금 반항하는 거야?"

메디안의 계속된 반말에 쇼안도 말을 가리지 않았다.

"흥! 이런 건방진 년을 봤나. 내가 너 따위를 두려워하는 줄 아느냐!"

쇼안의 말에도 메디안은 꿈쩍도 하지 않았다.

"후후후, 이제야 본색을 드러내는군. 그렇게 자신이 있다면 어디 덤벼봐! 덤벼보란 말이야!"

롱 소드를 가슴 앞에 세우는 것을 유심히 살핀 메디안이 말을 건네자 쇼안은 상대를 살피기 바빴다.

플랑베르주를 든 엘프와 배틀 엑스를 든 드워프.

인간들의 수가 급증하며 엘프와 드워프의 모습을 이전보다 발견하기 힘들어진 것은 사실이지만 전혀 찾아볼 수 없는 것은 아니었다. 하지만 이들처럼 캐러밴의 앞을 가로막고 시비를 거는 엘프와 드워프가 있다는 말은 들어본 적이 없었다.

둘의 자세를 보니 엘프가 들고 있는 검은 이른바 마검이라고 불리는 플랑베르주었는데 들고 있는 자세가 심상치 않은 것이 상당히 오랫동안 검술을 익힌 듯 보였다. 그리고 곁에서 배틀 엑스를 들고 서 있는 드워프는 비록 엘프에 비해서는 약해 보였지만 절대 간단한 상대가 아니었다.

만약 자신이 실력을 쌓기 위한 검술 수행 중이었다면 이들과 함께 목숨을 걸고 싸웠겠지만 지금은 자신의 안전보다 상인들의 물건을 더 소중하게 지켜야 할 상황이었다.

재빨리 손을 치켜든 쇼안은 손가락을 복잡하게 움직였다. 그리고 그 수신호를 발견한 용병들은 두 패로 나누어 일부는 마차의 짐을, 그리고 나머지 일부는 메디안과 화인워커를 포위했다.

어깨에 메고 있던 배틀 엑스를 두 손으로 움켜잡으며 주위를 둘러보는 화인워커의 입에서는 저절로 한숨이 흘러나왔다. 어찌 된 것이 메디안과 함께만 있으면 사건이 끊이지 않고 발생하는지 화인워커로서는 도저히 이해할 수 없었다.

그러는 사이 용병들이 서서히 포위망을 좁히고 있었다. 30명의 용병들이 주위를 포위하자 화인워커는 마치 높은 담에 갇힌 것처럼 사람과 무기들을 제외하고는 아무것도 보이지 않았다. 아무리 생각해도 지금 상황은 자신들에게 너무나 불리했다.

하지만 화인워커가 불안함을 버리지 못하고 있는 반면 등을 마주 대하고 있는 메디안은 전의를 불태우고 있었다.

"좋아, 떼거리로 덤비겠단 말이지? 좋아, 좋다고! 덤벼, 어서 덤비란 말이야!"

그런 메디안의 행동에 쇼안은 어이가 없었다.

메디안처럼 호전적인 엘프가 있다는 소리는 들어본 적도 없었다. 그러나 자신들은 상인들의 물건을 안전하게 지켜야만 하는 용병의 신분임을 다시 한 번 상기하고는 부하들에게 공격을 지시했다.

쇼안의 수신호가 떨어지자 두 명의 용병이 메디안의 전면과 측면을 공격했다. 평소 같으면 간단하게 피했을 메디안이었지만 자신이 몸을 피하면 뒤에 있던 화인워커가 위험한 것을 알기에 그 자리에서 두 용병의 공격을 맞이했다.

가볍게 머리를 숙이며 옆구리로 날아오는 롱 소드를 막았다. 가냘픈 체구와 어울리지 않는 강렬한 반격에 용병은 상당한 충격을 받은 듯 손목을 감싸 쥐며 뒤로 물러섰다.

그 모습을 본 다른 용병들이 일제히 수중의 무기를 휘두르며 메디안에게 달려들었다. 처음엔 제자리에서 공격과 방어를 하던 메디안은 더 이상 참지 못하고 몸을 움직이기 시작했다.

쇼안은 그녀의 검술 실력이 상당하다는 것은 알았지만 이렇게 뛰어나리라고는 미처 예상하지 못했었다. 자신의 두 배가 넘는 덩치를 가진 용병들 사이를 한 마리 나비처럼 사뿐하게 움직이며 공격과 방어를 하는 모습은 한마디로 환상이었다.

녹색의 머릿결을 바람에 날리며 움직이는 메디안의 모습과는 달리 그녀와 부딪친 용병들은 맥없이 뒤로 밀려나기 일쑤였다. 게다가 상당한 크기의 배틀 엑스를 휘두르는 드워프의 실력 또한 만만치가 않았다.

배틀 엑스의 재질이 무엇인지는 모르지만 배틀 엑스와 부딪친 무기는 부러지고 날이 상해 차츰 고철덩어리로 변해 버렸다. 더 이상은 두고 볼 수 없다고 판단한 쇼안은 먼저 드워프를 공격하기로 결심했다.

정신없이 날아오는 무기를 막아내던 화인워커는 뭔가 섬뜩한 것이 자신을 노린다는 것을 깨닫고는 황급히 배틀 엑스를 휘둘렀다. 아니,

휘두르려고 했다. 하지만 소리도 없이 날아든 그것은 화인워커의 왼쪽 어깨를 가볍게 스치고 지나갔다.

"윽!"

비록 가벼운 공격이었지만 화인워커가 받은 타격은 상당했다. 어깨에 길이 10파레스 이상 되는 상처가 생겼고, 그곳에서 적지 않은 선혈이 흘러내려 그의 상의를 붉게 물들였다.

손으로 상처를 감싸며 자신을 공격한 자를 보니 용병대장 쇼안이었다.

롱 소드를 늘어뜨린 쇼안은 자신을 노려보고 있는 드워프에게 말을 건넸다.

"그대들이 우리 캐러밴을 가로막은 정확한 이유를 알 순 없지만 이제 그대들 둘만으로 우리를 상대할 수 없다는 것을 깨달았을 것이라 생각한다. 부하들에게 심하게 손을 쓰지 않은 점을 들어 너희를 그냥 보내주겠다. 가라."

쇼안의 싸늘한 말에 화인워커의 얼굴에는 잠시 수치스러운 빛이 떠올랐다가 곧 사라졌다.

한참 동안 정신없이 움직이던 메디안은 용병들이 갑자기 뒤로 물러서자 영문을 몰라 주위를 두리번거렸다. 그러다 화인워커가 어깨를 감싸고 있는 모습을 발견했다.

황급히 다가가 보니 움켜쥔 손 사이로 쩍 벌어진 상처가 보였고, 상의에 번진 선혈을 발견하는 순간 메디안의 얼굴이 싸늘하게 변했다.

우웅~

쇠가 우는 듯한 소리가 들리자 쇼안은 긴장한 눈으로 메디안을 바라보았다. 아니, 그녀의 검이 푸른색 검기로 물들어가는 모습을 보고 있었다. 저 정도의 검기라면 소드 익스퍼트 최상급이나 초급 소드 마스터 정도일 것이다.

자신과 일행들 가운데 그녀 정도의 검술 실력을 가진 사람은 없었다. 만약 그녀가 자신들을 공격한다면 어쩌면 전멸을 각오해야 할지도 모르는 사태였다.

안색을 굳힌 쇼안이 한 걸음 앞으로 나서며 신중한 음성으로 입을 열었다.

"잠깐!"

"뭐야?"

"그대는 계속 우리와 싸울 것인가?"

"내 동료가 다쳤어. 그런데 나보고 참으라는 거야?"

메디안의 대꾸에 쇼안은 어이가 없었다. 대체 이 싸움이 누구 때문에 시작된 것인데 이런 억지를 부리는 것인지 도저히 이해가 안 되었다.

쇼안은 뻔뻔하다는 개념을 자신이 잘못 알고 있는 것은 아닌지 다시 한 번 곰곰이 생각했다.

"그대의 실력이 얼마나 뛰어난지 지켜봐서 잘 알고 있다. 만약 싸움을 계속하게 된다면… 어쩌면 우리가 전멸할지도 모르는 일. 그러나 그대 역시 심각한 부상을 입을 것이고, 그리고 저 드워프는 아마도 목숨을 잃게 되겠지. 그래도 그대는 싸움을 계속하겠는가?"

쇼안의 말에 메디안은 수중에 들고 있던 플랑베르주를 휘두르려고 했지만 차마 그럴 수 없었다. 곁에서 나직하게 신음을 흘리고 있는 화인워커의 상태가 점점 안 좋아지고 있다는 것이 느껴졌기 때문이다. 자신 때문에 다친 이상 싸움을 계속한다는 것이 마음에 걸렸다.

이를 한번 부드득 간 메디안은 곧 플랑베르주를 검집에 넣고는 품에서 포션을 꺼내 화인워커의 어깨에 뿌려주었다. 상처에서 하얀 거품이 이는 것을 확인한 메디안은 신경질적으로 쇼안을 노려보았다.

"난 메디안이다. 네 이름은?"

"본인은 카로프 용병 길드 소속 이글 조 부조장인 쇼안 루퍼트라고 한다."

"카로프 용병 길드? 그렇다면 렉스 레티나를 알아?"

갑작스럽게 메디안이 렉스에 대해 묻자 영문을 몰라 잠시 고개를 갸우뚱거렸다. 자신도 그런 자가 얼마 전에 가입했다는 소식을 듣긴 했지만 직접 만나본 적은 없었다.

"얼마 전 우리 길드에 가입했다는 이야기는 들은 적이 있다. 한데 그것은 왜 묻는가?"

"카로프 용병 길드. 부드득! 하나같이 마음에 들지 않는 놈들뿐이야."

영문은 모르지만 메디안과 렉스 사이에 별로 좋지 않은 일이 있는 것만은 분명해 보였다.

"좋아, 오늘은 이만 가지만 곧 다시 만날 날이 있을 거다."

메디안은 쇼안에게 악담 비슷한 말을 남기고는 화인워커를 부축해 그 자리를 떠났다.

키 작은 화인워커가 늘씬한 메디안에게 이상한 부축을 받으며 멀어져 가는 것을 쇼안이 지켜보고 있을 때 그때까지 마차 안에서 떨고 있던 상인 가운데 하나가 고개를 내밀고 큰 소리로 고함을 질렀다.

"뭘 그렇게 보고 있는 것이냐? 벌써 이곳에서 지체한 시간이 얼마인데 아직까지 농땡이를 부리는 것이냐? 이곳에서 지체한 만큼 네 녀석들의 급료에서 깔 테니까 그렇게 알아라!"

사방으로 비계가 출렁이는 뚱보상인의 말에 그렇지 않아도 격전의 흥분이 가라앉지 않은 용병들의 얼굴에 스산한 기색이 스치고 지나갔다.

자신의 호통에도 용병들이 따르기는커녕 오히려 인상을 쓰자 뚱보상인은 가슴이 덜컥 내려앉았다. 캐러밴을 호위하던 용병들이 갑자기 변심해 상인을 죽이고 호송해야 할 물건들을 탈취하는 사건이 간간이 생긴다는 이야기가 갑자기 떠올랐기 때문이다.

쇼안은 방금 자신들이 전멸할 수도 있는 사건이 벌어졌을 때 비록 상인들의 행동을 옆에서 지켜본 것은 아니지만 그들이 무엇을 하고 있을지 충분히 짐작할 수 있었다.

상인들은 비록 물건 몇 개 잃어버리고 약간의 금전적인 손해를 보면 끝날 일이지만 자신들은 그 물건과 상인을 보호하기 위해 목숨을 걸고 상대와 싸워야만 했다. 그런데 그런 자신들이 왜 농땡이 어쩌고저쩌고 하는 소리를 들어야만 하는 것인지 치미는 분노를 참기 힘들었다.

만약 쇼안이 용병이 된 지 얼마 되지 않은 풋내기였다면 당장 검이라도 뽑아 들었을지도 몰랐다. 하지만 그는 경험이 풍부한 베테랑이었기에 어떻게든 이 사태를 수습해야만 했다.

"모두 제자리로 돌아가라."

쇼안의 말에도 용병들은 좀처럼 움직일 생각을 하지 않았다. 그 모습에 쇼안이 재차 입을 열었다.

"카로프 용병 길드의 얼굴이라는 이글 조의 명예가 하이에나처럼 아무에게나 이빨을 들이밀 정도로 값어치 없는 것이냐?!"

처음 꼼짝도 하지 않았던 용병 가운데 누군가가 움직이기 시작하자 모두들 곧 자신의 위치로 되돌아갔다. 그러나 그들의 얼굴에는 불만스러운 기색이 역력했다.

금방이라도 검을 뽑아 들 것만 같았던 용병들이 쇼안의 말 한마디에 원래의 위치로 돌아가자 뚱보상인은 눈이 휘둥그레졌다.

용병들이 누구인가?

비록 용병 길드란 단체에 소속되어 있기는 하지만 명령을 받기 싫어하고 소속감도 없이 자유분방한 생활을 즐기기 좋아하는 족속들이 아닌가.

명예란 것은 눈을 씻고 찾아봐도 없고, 충성심도 없고, 동료라는 것도 없이 오로지 황금만 원하는 인간 쓰레기들이 택하는 직업이라고 뚱보상인은 알고 있었다. 그런데 지금 이들의 행동은 뭔가. 화가 났던 용병들이 쇼안이란 자의 말 한마디에 따르는 것도 신기한 일이지만 그 이유가 명예 때문이라니……. 믿기 힘든 일이었다.

"곧 출발하겠습니다. 안으로 들어가시지요."

"아, 알았네."

"준비가 되었으면 선두부터 출발해라!"

쇼안의 지시에 멈췄던 캐러밴이 천천히 움직이기 시작했다. 하지만 메디안과의 소동 때문에 지체된 시간 때문에 캐러밴은 2시간도 안 지나서 이동을 멈추고 야영 준비를 해야만 했다.

다행히도 그들이 야영을 할 곳은 깊은 산속도 아니었고 울창한 숲으로 둘러싸인 곳도 아니었다. 야트막한 언덕 하나가 전부였기에 적들이 접근할 수 있는 곳은 없다고 봐야 했다.

쇼안은 그래도 방심하지 않고 수하들을 몇 개의 조로 나누어 불침번을 서게 했고 언덕 위에도 몇 명의 부하들을 배치했다.

긴 여정 때문인지 모두들 금세 잠이 들었고 불침번을 서던 용병들이 피워놓은 모닥불만이 희미하게 주위를 밝혔다.

불침번을 서던 용병이 밀려오는 수마(睡魔)의 횡포를 견디지 못해 꾸벅거림과 동시에 달이 구름 속에 숨어 짙은 어둠이 대지로 드리워질 때, 어둠 속을 재빠르게 움직이는 물체가 하나 있었다.

마치 불어오는 한줄기 바람처럼 너무도 가볍고 빠르게 움직이는 그 물체의 움직임은 설사 곁에 있다고 하더라도 느끼지 못할 정도로 은밀했다.

중앙에는 상인들이 자고 있었고 그들 주위로 짐마차와 일꾼들이, 그리고 그 외곽에 용병들이 수면을 취하고 있었다. 은밀하게 움직이던 검은 그림자는 상인들의 물건에는 관심도 없는지 불침번을 서고 있는 용병들을 피해 몇 그루의 나무가 서 있는 곳으로 빠르게 움직였다.

나무 곁으로 다가간 검은 그림자는 재빨리 손가락 하나를 자신의 입으로 가져갔다.

"쉿! 조용히 해. 내가 지금부터 너희들을 풀어줄 테니까 조용해야 돼."

검은 그림자는 재빨리 나뭇가지에 묶여 있던 말고삐를 풀기 시작했다. 하지만 말의 수가 80마리가 넘다 보니 상당한 시간이 지나서야 말고삐를 모두 풀 수 있었다.

한 가지 이상한 일은 마치 말들이 검은 그림자의 말을 알아듣기라도 한 듯 한두 번 고개를 흔들고는 곧 조용해졌다는 것이었다. 그리고 잠시 후 검은 그림자의 뒤를 따라 조용히 걸음을 옮기기 시작했다.

말들이 캐러밴에서 70파렌 이상 떨어진 것을 확인한 검은 그림자가 갑자기 큰 소리로 외쳤다.

"이랴! 자유를 찾아 달려라! 다시는 인간들의 손이 닿지 않도록 멀리, 아주 멀리~!"

히히힝~

두두두두―

검은 그림자의 외침과 동시에 일제히 말들은 달리기 시작했다. 말들의 울음소리와 함께 힘차게 지면을 박차는 소리에 용병들이 깜짝 놀라 자리에서 일어났다.

"무, 무슨 일이냐?"

"뭐야? 왜 그래?"

아직 잠에서 덜 깬 일꾼들이 주위를 헤매다 짐마차에 부딪치기도 하고 용병들은 자신들이 기습을 받은 줄 알고 허둥대며 무기를 챙기느라 난리도 아니었다.

잠결이지만 말의 울음소리를 들은 쇼안은 재빨리 말들이 묶여 있던 곳을 바라보았다. 그리고 그곳이 텅 비어 있는 것을 보고는 이 소동이 누구 때문에 일어난 것인지 직감적으로 깨달을 수 있었다.

"무슨 일인가?"

"날이 밝는 대로 말을 새로 구입해야만 할 것 같습니다."

"말을 새로?"

쇼안의 대답에 상인들은 그의 손가락이 가리키는 곳을 바라봤고, 말들이 사라진 방향에서 환한 얼굴로 손을 흔들고 있는 메디안의 모습을 발견할 수 있었다.

제 4 장

새로운 일행

새로운 일행

"오늘은 여기서 쉬는 것이 좋겠습니다."

안드레이의 말에 일행들은 일제히 말을 멈췄다. 그리고는 주위를 둘러보았다.

수십 파렌은 족히 되어 보이는 활엽수들이 빽빽하게 자란 숲이 양쪽으로 펼쳐져 있었고 그 사이로 마차 한 대가 겨우 지날 정도의 작은 길이 나 있었다.

말에서 내린 일행들은 자신들의 옷에 뽀얗게 내려앉은 먼지를 털어내고는 곧 야영할 준비를 서둘렀다.

10여 번의 야영을 하는 동안 렉스는 요리를, 안드레이는 경계를, 로니는 잘 곳을, 그리고 크레이는 말들을 돌보며 렉스의 잔심부름을 맡게 되었다. 아무 일도 하지 않는 사람은 오직 도네뿐이었다.

그런 도네의 행동이 불만스런 크레이였지만 그저 그녀가 여자이기에 아무 일도 시키지 않는 것이라고 생각할 뿐이었다.

안드레이가 잡아온 사슴을 간단한 양념을 해 요리를 하는 렉스도, 또 서서히 익어가는 사슴을 바라보는 안드레이도 입을 꾹 다문 채 아무 말도 없었다. 잠시 후 일행들은 각자 먹을 만큼 사슴 고기를 베어 자신의 접시에 담고는 천천히 식사를 시작했다.

그동안 일행들은 검은 달 교단의 비밀 집회 장소를 찾아다녔다. 그리고 검은 달 교단의 신도들을 발견하는 즉시 그들을 사로잡으려고 했지만 번번이 실패를 할 뿐이었다.

렉스나 안드레이가 손을 쓸 사이도 없이 자살용 독약을 먹거나 아니면 환각 상태에 빠져 무차별 공격을 하니 두 사람으로서는 어쩔 수 없이 그들의 생명을 빼앗아야만 했다.

자신의 생명을 너무나 쉽게 버리는 그들의 행동에 안드레이와 렉스는 치를 떨었다. 게다가 무슨 이유에서인지 로니가 가지고 있는 신성력으로도 그들은 정화가 안 되었다.

한번은 집회를 하던 슈피리어를 어렵게 사로잡은 적이 있었는데 로니가 자신이 한번 슈피리어를 정화시켜 보겠다고 나서서 지켜본 적이 있었다. 하지만 로니의 정화는 실패로 돌아갔고 검은 달 교단의 슈피리어는 격렬한 경련을 일으킨 후 죽어버렸다.

슈피리어의 사인(死因)에 대해 여러 가지 방향으로 조사를 했지만 도저히 그 이유를 알 수 없었다.

일행들은 실망을 금치 못했지만 그들의 비밀 집회 장소를 철저히 파괴하는 것은 잊지 않았다. 또한 자신들의 흔적을 남겨놓는 것도.

그렇지만 아직까지 자신들의 뒤를 쫓는 어떠한 움직임도 발견하지 못한 채 다음 표적을 향해 이동하고 있던 중이었다.

식사를 마친 일행들은 누가 먼저라고 할 것도 없이 근처의 나무에 기대어 휴식을 취했다. 몇 개 되지 않는 식기를 들고 가는 크레이의 뒷모습을 바라보던 도네는 조금은 짜증이 난 음성으로 물었다.

"대체 이 짓을 언제까지 해야 하는 거지?"

"도네도 검은 달 교단의 조직이 점 조직으로 되어 있다는 것을 알고 있잖아. 저번에 우리 손에 잡혔던 주교란 놈이 사라진 걸 아마 지금쯤은 알게 되었을 거야. 곳곳에 우리의 흔적을 남겨두었으니 곧 우리 뒤를 쫓아올 거야. 그때 한번 신나게 싸우면……."

"신나긴 뭐가 신나?"

"휴우~ 이봐, 도네. 내 말을 잘 들어봐. 지금 세상은 검은 달 교단이라는 정체 모를 단체에 의해 신음하고 있단 말이야. 그 누구도 그들의 존재를 몰랐기에 더 더욱 막을 수도, 피할 수도 없는 상태에서 나타난 네 사람. 수려한 용모에 뛰어난 검술 실력을 가진 안드레이, 엄청난 미모에 어울리는 9클래스의 마스터 도네, 하이얀 브로넨스의 종이자 세상에 빛을 뿌리기 위해 자신의 모든 것을 바친 로니 바로크만, 그리고 훌륭한 인간성보다 더욱 뛰어난 검술 솜씨를 가진 소드 마스터 렉스 레티나. 우리 네 사람은 고통에 신음하는 바르빈스 연방을 구하고 동시에 살아 있는 전설이 되는 거란 말이야. 그런데도 신이 안 난단 말이야?"

렉스의 말에 안드레이나 로니는 황당하다는 표정을 지었고 도네는 그러면 그렇지 하는 표정을 지었다.

"어째 요즘 들어와서 네가 믿을 수 없을 정도로 똑똑해졌다 했더니 그러면 그렇지… 그렇게 쉽게 변할 리 있겠어?"

"어? 도네, 지금 그게 무슨 소리야?"

"그러니까 네 말은 우리가 검은 달 교단인가 뭔가를 박살 내면 세상을 구한 영웅이 될 수 있다는 소리잖아."

"그렇지."

"그런데 검은 달 교단을 박살 내는 것과 우리가 영웅이 되는 것과 무슨 연관성이 있다는 거지?"

간만에 예리한 질문을 한 도네의 말에 안드레이는 아무도 모르게 고개를 끄덕였다. 렉스의 말은 자신이 생각하기에도 이해가 가지 않는 부분이 많았다. 하지만 렉스의 반응은 뜻밖이었다.

"이봐, 도네. 그러니까 넌 내가 하자는 대로만 하면 된다고 했잖아. 무슨 연관이 있냐니? 정말 그걸 몰라서 묻는 거야? 검은 달 교단이라는 것이 등장한 것이 언제야? 안드레이의 부인이 납치당한 것이 벌써 13년 전의 일이었다고 그랬잖아. 그러니 검은 달 교단이 생긴 것은 그보다 훨씬 오래전이었겠지. 그렇게 따지고 보면 그 자식들이 지금껏 무엇 때문에 정체를 밝히지 않고 있었겠어? 뭔가 음흉한 계획이 있기 때문이라고 생각하는데 너희들이 생각하기엔 어때?"

렉스의 말을 네 사람은 멍하니 듣고만 있었다. 렉스의 말은 묘한 설득력을 띠고 있어 한마디의 반박도 할 수 없었다.

"그렇다면 그 음흉한 계획이라는 것이 대체 뭘까? 얼마 전 우리가 잡았던 주교의 말에 의하면 곧 그들의 세력이 세상에 모습을 드러낼 것이라 했으니 곧 어떤 형식으로든 등장을 하겠지. 하지만 여태껏 그들이 해왔던 짓거리로 판단해 보면 결코 정상적인 일일 리 만무하잖아. 그럼 다시 한 번 정리를 해보자고. 그들은 어떤 목적 때문에 이상한 단체를 결성했고, 10여 년 전부터 세상 사람들의 눈을 피해 어둠 속에서 계속 활동해 왔어. 그리고 그 활동이라는 것이 거의 대부분 인간으로서 용서받을 수 없는 행동이야. 그런데 그 단체가 세상에 얼굴을 내밀려고 해. 왜 지금에서야 자신을 드러내려고 할까? 자신이 있으니까. 무슨 자신이냐고? 자신들이 설사 정체를 밝힌다고 하더라도 안전할 수, 아니, 자신들의 털끝 하나도 다치지 않을 수 있는 힘을 보유했을 테니까. 그것이 정치적이든, 경제적이든, 그것도 아니라면 군부의 힘이든 말이야."

잠시 말을 끊은 렉스는 물통을 들어 벌컥벌컥 물을 마시고는 다시 말을 이었다.

"그들이 활동한 것은 벌써 10여 년 전 이야기야. 지금 그들이 가진 힘이 얼마나 되는진 아무도 몰라. 또 그들의 목적이 무엇인지도 몰라. 하지만 그 목적이라는 것이 정당하지 않을 것이란 점에 대해서는 분명해. 어쩌면 많은 사람들을 죽음과 공포와 고통 속으로 밀어 넣는 것일지도 모르지. 그런 검은 달 교단을 우리 네 사람의 힘으로 박살을 내는 것인데 왜 우리가 영웅이 안 된다는 거지?"

비록 렉스의 얼굴이 도네를 향하고 있긴 했지만 그의 물음은 일행들 모두에게 한 것이었다. 렉스의 질문을 받은 일행들은 일순간 말문이 막혔다.

그의 말대로라면 오히려 영웅이라고 불리지 못할 이유가 하나도 없었다. 아니, 오히려 살아 있는 전설이 될 수도 있는 일이었다.

정확한 이유를 댈 수는 없었지만 그의 말을 듣고 있는 동안 안개 속에 가려져 있던 검은 달 교단의 실체가 조금씩 구체화되는 것 같았다. 동시에 전신으로 공포가 밀려들며 소름이 오싹 돋는 것을 일행들은 느졌다.

만약 렉스의 말대로 검은 달 교단이 가진 힘이 자신들의 상상을 초월해 바르빈스 연방 4개 국을 일시에 혼란에 빠뜨릴 수 있을 정도라면 과연 자신들의 힘만으로 그들을 물리칠 수 있을까?

혼자의 생각에 빠졌던 로니는 가만히 고개를 흔들었다.

검은 달 교단이 그만한 힘을 가졌다는 것도 믿을 수 없었지만 만약 그들이 정말 그런 힘을 가졌다면 자신들만의 힘으로 그들에게 대항한다는 것은 계란으로 바위 치기밖에 안 된다는 생각이 들었기 때문이다.

그렇기는 안드레이 역시 마찬가지였다. 게다가 그는 한때 조직의 장을 지냈던 사람이기에 조직이 갖는 힘의 무서움을 누구보다 잘 알고 있었다. 게다가 바르빈스 연방 4개 국에서 동시에 어떠한 일이 발생한다면, 그리고 그 일이 반국가적이고 반사회적인 일이라면 아마 그 혼란은 상상할 수 없을 정도로 심각할 것이라는 것도 익히 알고 있었다.

도네를 제외한 세 사람이 심각한 고민에 빠진 것을 확인한 렉스는 씨익 미소를 지었다. 그런 렉스를 보며 도네는 고개를 저었다.

자신이 한 말 때문에 사람들이 고민에 빠졌는데 그것을 보고 만족스런 미소를 짓는 인간은 아마 렉스밖에 없다는 생각이 들었기 때문이다.

"만약 검은 달 교단의 힘이 그렇게 엄청나다면 렉스님께서는 어떻게 할 생각이십니까?"

"어떻게 하긴 뭘 어떻게 해?"

"계속해서 그들의 뒤를 쫓으실 겁니까? 그렇지 않으면……."

"그렇지 않으면?"

자신의 말꼬리를 잡고 계속 반문하는 렉스의 태도에 로니는 곤혹스러움을 느꼈다.

그런 로니의 태도에 렉스는 코웃음을 쳤다.

"흥! 대충 로니님의 얼굴을 보니 무슨 말을 하고 싶은지 충분히 짐작이 가. 하지만 난 지금까지 내 성미를 건드린 놈치고 단 한 번도 그냥 둔 적이 없었어. 고로 검은 달 교단은 날 잘못 건드렸다는 거지."

"이봐, 렉스. 언제 검은 달 교단이 널 건드렸다는 거야? 오히려 네가 검은 달 교단을 건드리고 있는 거 아니야?"

"따지지 마. 내가 검은 달 교단을 건드렸든 검은 달 교단이 날 건드렸든 누가 누굴 건드린 것만은 분명한 사실이잖아. 게다가 난 걔들이 무지하게 싫거든. 어떤 상황에서도 걔들을 박살 내겠다는 내 결심은 조금도 흔들리지 않아."

억지스러운 렉스의 말에 안드레이의 얼굴에는 실소가 잠시 떠올랐다. 이럴 때 그의 행동은 꼭 어린아이가 투정을 부리는 것 같다는 생각을 지울 수 없었기 때문이다.

"하지만 자네의 짐작대로 그들의 힘이 그렇게 강하다면 우리만의 힘으로는 좀 어렵지 않을까?"

"뭐, 그럴 수도 있겠지. 하나 내가 좀 단순해서 그런지는 모르지만 일단은 눈앞에 닥친 일부터 처리해 나가면 나중에 무슨 방법이 생기겠지. 일단 검은 달 교단에 대해 지금 우리가 알고 있는 것이 별로 없잖아."

렉스의 말에 고개를 끄덕이려고 하던 안드레이와 렉스의 고개가 일순간에 돌아갔다.

"누구냐?"

"어서 나와!"

챙!

거의 동시에 검을 뽑아 든 두 사람이 자리에서 벌떡 일어나 어둠에 잠긴 숲을 노려보았다. 갑작스런 두 사람의 행동에 놀란 크레이도 검을 뽑아 들고는 도네와 로니의 앞을 가로막고 서서 숲을 바라보았다.

그리고 잠시 후, 숲에서 사람이 걸어나왔다.

파란색의 긴 머리카락을 밤바람에 휘날리며 걸어오는 사람은 뜻밖에도 16세 정도로 보이는 어린 소녀였다. 가냘픈 체구에 붉은색의 고급 스칼릿으로 만든 드레스가 밤임에도 불구하고 눈에 확연히 들어왔다. 그리고 푸른 보석으로 장식된 머리띠 필렛 아래로 보이는 얼굴은 보석보다 더욱 눈에 들어왔다.

가늘지만 힘있어 보이는 눈썹 아래로 이슬을 품은 듯 촉촉이 젖은 커다란 눈망울, 오뚝한 콧날에 작고 도톰한 입술, 조금은 어린 듯 보이는 얼굴에 신비한 기운을 느끼게 하는 파란색의 머릿결이 허리 부분까지 드리워져 있었다.

나타난 상대가 뜻밖의 미소녀이자 렉스와 안드레이의 얼굴에는 긴장감이 어렸다.

이렇게 어린 소녀가 이런 밤중에, 그것도 숲 속에, 게다가 아무런 무기도 없이 나타났다는 것은 누가 생각해도 이상한 일이었다. 게다가 소녀의 얼굴에는 어떤 두려움도 보이지 않았다. 오히려 의미를 알 수 없는 미소를 띠고 있어 안드레이와 렉스를 더욱 긴장시켰다.

"그렇게 경계하지 않아도 되는데……."

"나이도 어린 것이 어떻게 돌아다니는 거지? 라이크리스가 허락했을 리 만무할 텐데……."

"저희 로드인 라이크리스님을 잘 아시나요? 그분을 어떻게 아시는 거죠? 우리도 그분을 만나려면 고생을 해야 하는데. 제가 보기엔 레드

족이신 것 같은데, 맞죠?'

도네를 발견한 소녀는 그녀에게 다가서며 속사포처럼 말을 쏟아냈다. 도네가 소녀를 아는 것 같아 뒤로 물러서기는 했지만 안드레이는 소녀에 대한 긴장을 풀지 않았다.

"너, 성년식을 치르기는 한 거냐?"

"예, 이틀 전에 성년식을 치르고 지금 동족 어른들께 인사를 드리러 가던 중이었어요. 그러다가 좌표를 잘못 읽어서 여기로 온 거예요."

"뭐? 좌표를 잘못 읽어?"

가만히 소녀의 말을 듣고 있던 도네는 기대고 있던 나무에서 몸을 세우며 기가 막히다는 표정을 지었다.

"대체 네 부모가 누군데 멍청하게 그런 것 하나 제대로 가르쳐 주지 않은 거지?"

"아버지는 샤레스카님이시고 엄마는 엘라이스님이세요."

"샤레스카와 엘라이스라고?"

"두 분을 아시나요? 제가 부모님께 전해 받은 지식과 기억 가운데 레드 족에 아줌마 같은 분이 계시다는 정보가 전혀 없어서요."

소녀가 호기심 가득한 눈으로 자신을 바라보자 도네는 피식 웃으며 다시 나무에 기대고는 눈을 감았다.

"네 엄마는 모르겠지만 네 아버지에게서 혹시 과거에 누군가에게 죽도록 맞았던 적이 있다는 말을 들은 적이 없어?"

도네의 말에 잠시 고개를 갸웃거리던 소녀는 곧 소스라치게 놀라며 고함을 치듯 외쳤다.

"그, 그렇다면 아줌마가 그 유명한······."

"그 유명한··· 뭐지?"

도네가 싸늘해진 얼굴로 다그치자 소녀의 안색은 창백하게 변한 채 입을 꾹 다물고만 있었다. 도네가 천천히 몸을 일으키자 소녀는 공포에 질려 덜덜 떨면서도 도망칠 어떤 행동도 하지 못했다.

어느 틈에 다가온 것일까?

도네 곁으로 다가온 렉스가 그녀의 어깨를 살짝 누르며 고개를 저었다.

"이봐, 도네. 왜 어린애를 겁주는 거야? 불쌍하잖아."

"시끄러워. 이건 우리 종족 간의 문제야. 그러니까 넌 끼어들지 말란 말이야."

"물론 네가 너와 비슷한 수준의 상대와 싸우는 것이라면 내가 말리지도, 또한 말릴 수도 없을 테지만 지금은 상황이 다르잖아. 상대는 이제 겨우 성년식을 갓 치른 어린애잖아. 몇 배는 더 오래 산 네가 참아야지 이렇게 윽박지르니까 애가 기죽잖아. 좀 참어."

렉스가 도네를 설득시키는 모습을 본 소녀는 눈을 동그랗게 뜨고는 렉스를 정신없이 바라보고 있었다.

자신이 부모에게서 들은 이야기로는—물론 상당 부분 과장된 이야기였지만—도르미네스의 정체는 사실 레드 드래곤이 아니라 레드 드래곤의 껍질을 뒤집어쓴 피에 굶주려 있는 블러디 드래곤이라는 것이었다. 그렇기에 언제 어디서든 동족들을 아무런 양심의 거리낌 없이 잔인하게 죽이는 존재이기에 만약 우연하게라도 만나게 되면 무조건 도망치라고 가르쳤다.

그래서인지 성년식을 치르기 전 부모의 말을 듣지 않는 어린 드래곤들에게 들려주는 말은 언제나 '너처럼 부모 말을 듣지 않는 못된 드래곤은 블러디 드래곤 도르미네스가 잡아간다' 였다. 벌써 2,000년도 훨씬 더 된 망나니 드래곤 길들이기의 정통 교육법이었다. 또 제아무리 고집불통이고 못된 짓을 하던 헤츨링들도 '이 도르미네스보다 더 못된 드래곤아!' 라는 말을 들으면 수치심에 눈물을 글썽이며 착하고 성실한 드래곤으로 돌아가곤 했다.

그런데 말로만 듣던 그 블러디 드래곤이 자신의 눈앞에 있으니 어찌 공포에 질리지 않을 수 있겠는가? 하지만 소녀를 더 놀라게 한 것은 그 블러디 드래곤을 설득하려고 나서는 저 이상한 인간이었다.

자신이 보기에 인간이 분명해 보이는데 어떻게 그 무시무시한 도르미네스를 설득할 망상을 하고 있는 것인지 자신의 머리로는 이해가 안 갔다. 그렇지만 그가 자신을 위해 도르미네스를 설득하고 있는 것만은 분명했다.

"알았어, 알았으니까 이제 그만 해."

도네의 짜증 섞인 말에 그제야 렉스는 옆으로 물러섰다.

옆에서 지켜보던 안드레이는 소녀의 정체가 드래곤이라는 것을 깨닫는 순간 검집에 검을 집어넣었다. 소녀의 정체가 드래곤이라면 자신의 능력으로 어쩔 수 있는 존재가 아니었고 설사 그녀를 제압할 수 있다 하더라도 도네가 가만히 있지 않을 것은 보지 않아도 뻔한 일이었다.

옆에서 눈치를 살피던 크레이는 안드레이가 검을 집어넣자 곧 검을 집어넣고 두 여자를 바라보았다.

크레이로서는 지금 뭐가 어떻게 돌아가는 것인지 전혀 짐작도 못하고 있었다. 그렇지만 두 여자의 대화를 가만히 듣고 있던 로니는 도네의 정체가 드래곤이었다는 것을 그제야 깨닫고는 안색이 창백하게 변했다. 비명이 터져 나오려는 자신의 입을 두 손으로 필사적으로 억누르면서 계속해서 도네를 바라보았다.

"이름이 뭐냐?"

"샤이베리아라고 해요, 도르미네스님."

"예쁜 이름이구나."

"정말인가요? 감사합니다, 도르미네스님."

그제야 도네에 대한 두려움이 어느 정도 풀렸는지 샤이베리아는 방 긋 미소를 지었다.

"대체 누굴 찾아가던 길이었는데 이쪽으로 온 거야?"

"저희 블루 족의 가장 연장자이신 크리샨트님을 찾아가던 중이었어 요. 그러다가 좌표를 잘못 읽어서 이곳으로 오게 된 거예요."

"크리샨트? 그 늙은이 아직도 살아 있는 거야?"

"예, 어른들의 말씀으로는 정정하셔서 아직 2,000년은 족히 더 사실 거라고 하시던걸요."

"갈 때가 되면 조용히 갈 것이지 그렇게 오래 살아서 뭘 하려 고……. 그 늙은이에게 인사를 한 후에 여행을 할 거냐?"

"예, 얼마나 기다렸던 일인데요."

"동행하는 어른은 아무도 없는 거냐?"

"어른과 동행을 해야만 하나요? 그런 이야기는 들은 적이 없는데?"

샤이베리아가 고개를 갸웃거리자 잠시 생각하던 도네는 렉스에게 손을 내밀었다.

"그 주곤가 뭔가 하는 녀석에게서 빼앗은 반지 있지? 그거 내놔봐."

"반지? 뭐 하게?"

"필요해서 그러니까 어서 내놔봐."

렉스가 품에서 반지를 꺼내 건네자 도네는 반지를 움켜쥐고는 나직 하게 시동어를 외쳤다.

"퍼서벌 퍼게이션! 매직컬 파워 엠플러퍼케이션!"

반지를 든 손에서 눈을 뜨기 힘든 붉은색 섬광이 잠시 번쩍였다. 잠시 반지를 살핀 도네는 곧 반지를 샤이베리아에게 내밀었다.

"도르미네스님, 이게 뭔가요?"

"그 반지는 성년식을 치른 너에게 주는 내 선물이다."

"예?"

샤이베리아는 도네의 말에 눈을 동그랗게 떴다.

설마 공포의 대상인 그녀에게서 선물을 받을 것이라고는 상상도 못 했기에 샤이베리아의 놀람은 더욱 컸다.

"그 반지에는 라이트닝 마법이 걸려 있어. 지금 네가 가진 마나라면 8클래스 급의 라이트닝 볼트를 7번 정도 사용할 수 있을 거야. 그 정도만 하더라도 거의 적수가 없겠지만 만약 상대 역시 마법 도구를 가지고 있다면 그 반지는 별다른 도움이 되지 못할 거야. 그때는 무조건 도망쳐야 해."

"예에? 도망을 치라고요? 인간들을 피해서요?"

자신의 말을 전혀 이해하지 못하는 샤이베리아의 태도에 도네는 짜증이 났다.

오래전에 자신이 겪었던 일이 생각나 자기 딴에는 샤이베리아를 위해 충고를 해준 것인데 자꾸 따지고 들자 슬슬 성질이 나기 시작했다.

"닥치고 내 말을 듣든지 아니면 네 멋대로 하다가 인간들에게 박제를 당하든지 껍데기가 홀랑 벗겨지든지 내 알 바 아니야. 하지만 먼저 성년이 된 드래곤으로서 분명히 너에게 한 가지의 선물과 한마디의 충고를 했다는 것은 잊지 마."

도네의 음성이 싸늘하게 변하자 샤이베리아의 얼굴에는 다시 두려운 기색이 떠올랐다.

"도르미네스님, 죄송해요. 저는……."

"코울션 워프!"

사과를 하던 샤이베리아의 말이 미처 끝나기도 전 그녀의 모습은 일행들의 시야에서 감쪽같이 사라졌다.

샤이베리아가 사라지고 난 후에도 한참 동안 도네의 인상은 펴질 줄 몰랐다.

"도네, 아까 걔 크리샨튼가 뭔가 하는 노인네가 있는 곳으로 보낸 거야?"

도네는 자신이 늙은이라고 호칭한 크리샨트를 렉스까지 노인네라고 부르자 어이가 없었다.

에인션트 드래곤인 블루 드래곤 크리샨트는 드래곤 역사상 가장 장수한 존재로 기록되어 있는 드래곤이었다. 자신이 기억하는 것만 해도 거의 10,000살이 넘었는데 겨우 100년도 못 사는 인간 주제에 함부로 노인네라는 표현을 쓰며 무시할 수 있는 존재가 아니었다.

혹시 렉스가 자신과 너무 오랫동안 살아서 자신을 드래곤으로 착각하고 있는 것은 아닐까 하는 생각까지 들었다.

"크리샨트가 네 말을 들었으면 기절초풍을 했겠군."

"왜?"

"왜라니? 네가 말한 크리샨트가 어떤 존재인 줄 알고 떠드는 거야? 수십 마리의 블루 드래곤들 가운데 절대자에게 신탁을 받은 단 하나의 존재만이 블루 드래곤들의 정신적인 지주인 에인션트 드래곤이 된단 말이야. 그 지위는 설사 드래곤 로드라고 하더라도 존경심을 나타낼 수밖에 없는 위치야."

"그럼 에인션트 드래곤이란 것이 나이를 많이 먹은 드래곤을 가리키는 말이 아니었어?"

"단순히 나이를 많이 먹은 것은 드래곤들에게는 아무런 일도 아니야. 단지 시간만 흐른다면 누구든 나이를 먹어. 그렇지만 동족에게 정신적인 지주가 될 수 있는 드래곤은 그리 흔하지 않단 말이야. 하긴, 시간이 정신적인 성숙을 가져오는 경우도 없는 것은 아니지. 그래서 골드 일족이나 화이트 일족, 블루 일족들은 가끔 가장 연장자가 드래곤 로드의 직위를 함께하기도 하지."

자신의 설명에 로니가 놀라고 크레이도 안색이 창백해지는 것을 발견하기는 했지만 도네는 설명을 멈추지 않았다.

"종족 간에 분쟁이 발생했을 때 대부분 드래곤 로드가 분쟁을 조정하지만 조정이 실패로 돌아가는 경우도 없지 않아. 그럴 때면 종족을 대표하는 에인션트 드래곤이 나서서 중재를 하게 되는데 대부분 문제가 쉽게 해결되지. 그러니까 너희 인간들이 알고 있는 에인션트 드래곤과 실제의 에인션트 드래곤은 많은 차이가 있단 말이야."

"그런 거였구나."

도네의 말에 렉스가 고개를 끄덕이는 모습을 지켜보던 안드레이는 그가 도네의 말을 결코 이해하지 못했을 거라는 데 자신의 명예를 걸었다.

"그렇긴 뭐가 그래야? 우리 종족의 문제는 네가 간섭할 문제도 아니고 그럴 주제도 못 되니까 신경 꺼."

"어쩜 그렇게 심한 말을 할 수 있지? 그러면 내가 상처받잖아. 그리고 여태껏 내 일이 네 일이었고 또 네 일이 내 일이었잖아. 만약 네가 곤란한 처지에 빠진다면 지금까지 같이 살아온 의리가 있지, 내가 어떻게든 널 도와줄 테니까 그렇게 쌀쌀맞은 말은 하지 말란 말이야. 그러니까 만약 내 도움이 필요하다면 언제든 말을 해. 세상 모든 사람들이 모른 척해도 나만은 기꺼이 도와줄 테니까!"

자신의 가슴을 탕탕 치며 말하는 렉스의 행동에 도네는 긴 한숨을 쉬었다. 물론 자신을 그렇게까지 생각해 주는 렉스의 태도가 기특하다는 생각도 들기는 하지만 정말 대책이 안 서는 인간인 것만은 사실이었다.

"휴우~ 알았으니까 그만 해. 그리고 너희들도 그만 자."

도네의 말에 일행들은 조용히 잠자리를 폈다. 잠자리라고 해봐야 모닥불 주위에 망토 하나를 펴면 끝이었지만.

한 가지 전날과 달라진 점이라면 로니와 크레이가 도네와 상당한 거리를 두고 망토를 깔았다는 것과 다른 때 같았으면 눕기 바쁘게 곯아떨어졌겠지만 오늘만큼은 도저히 잠을 이룰 수 없었다는 것뿐이다.

결국 두 사람은 태양이 다시 떠오를 때까지 꼬박 뜬눈으로 밤을 지새워야만 했다.

잠에서 깬 일행들은 간단하게 빵과 수프로 요기를 마친 후 다시 길을 떠날 채비를 갖추었다. 그리고 그들이 막 출발을 하려고 할 때 그들 앞에 파란색의 거대한 마법진이 생겨나며 자욱하게 흙먼지가 일었다.

일행들이 손을 들어 눈을 보호하려는 순간 흙먼지는 가라앉았고 어느새 사라진 마법진의 중앙에는 전날 저녁 사라졌던 샤이베리아가 서 있었다.

잠시 주위를 둘러보던 샤이베리아는 도네의 모습을 곧 발견하고는 그녀 앞으로 다가가며 귀엽게 인사를 했다.

"도르미네스님, 안녕하세요?"

"몇 시간이나 지났다고 '안녕하세요' 야. 그건 그렇다 치고 왜 다시 나타난 거지?"

"크리샨트님께서 이 편지를 전하라고 하셔서……."

도네의 차가운 음성에 샤이베리아는 우물쭈물하며 손에 들고 있던 편지를 조심스럽게 내밀었다. 도네는 말 위에서 신경질적으로 편지를 빼앗아 들고는 편지의 내용을 살폈다. 그렇지 않아도 짜증 섞인 표정을 짓고 있던 그녀의 얼굴이 더욱 찌푸려졌다. 게다가 얼굴이 붉게 물들어가는 것이 보통 화가 난 것 같지 않았다.

샤이베리아는 자신도 모르게 뒷걸음질을 치다가 렉스가 탄 말과 부딪쳤다. 깜짝 놀라 뒤돌아보던 샤이베리아의 눈에 부드러운 미소를 짓고 있는 렉스가 보였다.

"도네, 무슨 편진데 그러는 거야?"

"샤이베리아!"

"예? 예."

"너, 이 편지의 내용을 알아, 몰라?"

"모, 몰라요, 도르미네스님."

대답을 하는 샤이베리아의 태도에서 결코 자신을 속이려는 생각이 없다는 것을 확인한 도네는 이를 악물었다.

"무슨 일이냐니까?"

"일은 무슨 일! 그 늙은이가 날 어린애 뒤꽁무니나 쫓아다니는 보모로 만들었단 말이야! 빌어먹을 늙은이."

"후후후, 그럼 이 아가씨가 여행하는 것을 돌보라는 편지를 보낸 모양이지?"

"난 신경질나 죽겠는데 넌 뭐가 그렇게 즐거운 거야?"

그렇지 않아도 화가 치미는 것을 억지로 참고 있던 도네는 즐거운 듯 웃음을 터뜨리는 렉스의 태도가 마음에 들지 않는지 가느다랗게 눈을 뜨고 째려보았다. 샤이베리아는 그런 도네의 모습을 보고 몸서리를 쳤지만 렉스는 도네의 태도에는 아랑곳하지 않고 계속해서 웃음 짓고 있었다.

"이봐, 도네. 그렇게 화낼 생각만 하지 말고 이렇게 생각을 해봐. 뛰어난 검술 솜씨를 가진 용병이 둘, 하이 프리스트 급의 프리스트가 하나, 에인션트 급의 드래곤이 하나. 이렇게 뛰어난 보디가드들이 보호를 할 텐데 무슨 일이 있겠어? 그리고 정작 이 귀여운 아가씨를 돌볼 사람들은 우린데 도네가 신경 쓸 일이 뭐가 있겠어? 그러니까 그만 화를 풀고 즐겁게 여행이나 하는 것이 어때?"

렉스가 자신만 쏙 빼놓고 말하자 크레이는 그를 잠시 동안 째려보았지만 곧 고개를 돌려 하늘을 바라봤다.

샤이베리아는 렉스가 자신을 마치 나이 어린 인간 소녀를 대하듯 말하자 자연스럽게 눈꼬리가 올라갔다. 하지만 눈앞에 버티고 있는 도네가 너무 무서워 함부로 그런 내색을 할 수 없었다. 설사 그녀가 없다고 하더라도 렉스에게 손을 댈 수 없는 이유가 그녀에게 있었다.

그 이유는 차차 설명하기로 하고.

렉스의 말을 듣고 보니 굳이 자신이 그녀를 직접 돌볼 필요가 없을 것 같다는 생각이 들어 조금은 안색을 풀었다.

"좋아, 일단을 받아들이지. 하지만 이 말만은 꼭 해야겠어. 만약 내 말을 듣지 않고 제멋대로 행동을 한다면 그때는 내 손으로 직접……."

도네는 강제로 집으로 돌려보내겠다는 뜻으로 말꼬리를 흐린 것이었지만 샤이베리아는 죽을지도 모른다는 생각에 다시 한 번 몸서리를 쳐야 했다.

"그리고 앞으로 도네라고 불러."

"아, 알겠어요, 도르… 도네님."

"이봐, 샤이베리아. 말이 없으니까 일단은 내 뒤에 타. 오후에 들를 코르츠 시에서 말을 사줄 테니까."

렉스의 말에 잠시 망설이던 샤이베리아가 렉스의 뒤에 타려고 하자 도네는 순간적으로 불쾌한 감정이 솟구치는 것을 느꼈다. 조심스럽게 말에 올라탄 샤이베리아가 렉스의 허리를 잡고 머리를 그의 등에 기대는 것을 보는 순간 불쾌한 감정은 더욱 증폭이 되었고, 흐뭇한 미소를 짓는 렉스의 얼굴을 발견하고는 마침내 폭발하고 말았다.

"멈춰! 그리고 너, 내 뒤에 타!"

"예?"

"내 뒤에 타란 말이야! 그리고 경고하겠는데 앞으로 절대 저 인간 뒤에 탈 생각을 감히 해서도 안 되고 타는 것은 더 더욱 안 돼! 알겠어?"

"예, 알겠어요."

"뭐 하고 있어? 어서 이리 와!"

샤이베리아가 자신의 뒤에 올라탄 것을 확인한 도네는 아무 일도 없었다는 듯 말을 몰았고, 렉스는 영문을 모르겠다는 듯 고개를 갸웃거렸다. 그렇기는 로니와 크레이도 마찬가지였다. 하지만 일행 중 유일하게 결혼 경험이 있는 안드레이만은 도네의 행동을 이해하겠다는 듯 빙그레 미소를 지으며 고개를 끄덕이고 있었다.

일행들은 말을 재촉해 코르츠 시를 향해 말을 몰았다.

뮤기냐 산맥에서 뻗어 나온 바이야니 산맥이 만들어놓은 해발 1,200파렌이 넘는 분지 위에 세워진 코르츠 시는 레트로니아 왕국의 여러 도시 가운데 가장 높은 곳에 세워진 도시였다.

분지 위에 세워진 도시들이 흔히들 그렇듯 코르츠 시의 대지 역시 농사 짓기에는 적당치 않았다. 그렇기에 이곳에 사는 사람들은 어려서부터 사냥을 배워야만 했고 또 사냥이 생활의 전부였다. 하지만 도시 외곽을 둘러싸고 있는 수십 개 산들 가운데 사냥꾼들의 발길이 닿은 지역은 극히 일부분에 불과했다. 이유는 수시로 출몰하는 몬스터들 때문이었다.

이름도 없던 이곳에 사람들의 발길이 닿고 코르츠 시라는 이름을 갖기까지는 상당한 시일이 지난 후였다. 하지만 문제가 없는 것도 아니었다.

분지 위에 세워진 도시.

원한 것은 아니지만 자연적으로 외부 세계와는 격리가 된 곳이다 보니 이곳을 찾는 사람들의 대부분은 범죄자들이었다. 레트로니아 왕국군을 피해서 떠돌아다니다가 이곳의 이름을 듣고 하나둘씩 몰려든 범죄자들은 최초 이곳을 다스렸던 자신들의 두목인 코르츠의 이름을 따 도시의 이름을 지었을 정도로 그 수가 상당했다.

몇 년에 걸친 왕국군과의 전투 끝에 대부분의 범죄자들은 목숨을 잃었고 거주민들의 대부분이 사냥꾼이던 이곳에 상인들이 들어오면서 조금씩 발전하기 시작했다.

지금은 레트로니아 왕국에서도 가장 좋은 가죽 제품을 생산하는 곳으로도 유명하지만 레이노스 시와 엘레테 시를 연결하는 중간 기착지로 더 알려진 곳이었다.

일행들이 도시의 외곽에 도착했을 때 가장 먼저 발견한 것은 도시 외곽을 둘러싸고 있는, 돌을 쌓아 만든 높이 25파렌짜리 성벽이었다. 비록 해자가 파여 있지는 않았지만 견고해 보이는 성벽은 무척이나 인상적이었다.

성문 앞을 지키고 있던 네 명의 병사는 일행들을 발견하고는 긴 헬버드를 서로 교차해 앞을 가로막았다.

"멈추시오!"

말들이 멈추자 중년의 병사 하나가 일행들을 제법 날카로운 눈으로 훑어보았다.

용병으로 보이는 자가 둘, 여자가 둘, 프리스트인지 용병인지 구별하기 힘든 사람이 하나, 부잣집 도련님으로 보이는 자 하나로 구성된 파티였다.

평범하다면 상당히 평범한 파티였지만 여태껏 중년병사가 겪어온 경험을 통해 전해지는 느낌으로는 절대 평범한 파티가 아니었다.

"귀하들의 신분을 밝히시오."

"우리는 카로프 용병 길드에 속해 있는 용병들이오."

"카로프 용병 길드의 용병? 그렇다면 혹시 몬스터 토벌대에 참가하기 위해서 온 것이오?"

"몬스터 토벌대? 그런 이야기는 듣지 못했소. 우리는 레이노스 시에서 들어온 청부를 받기 위해서 가던 중이었소."

대꾸를 하는 안드레이의 얼굴을 유심히 살폈지만 안드레이의 표정은 변화가 없었다.

"코르츠 시에는 얼마나 있을 예정이오?"

"여행에 필요한 물건을 준비해야 하니 하루나 이틀쯤 묵을 예정이오."

"몬스터 토벌대에 지원하기 위해 지금 코르츠 시에는 많은 용병들이 와 있소. 될 수 있으면 조용히 쉬다가 떠나도록 하시오. 실력이 대단한 용병들도 꽤 와 있으니까."

"말씀 고맙소."

병사들이 비켜주자 안드레이와 일행들은 성문을 통과해 코르츠 시로 들어섰다. 멀어져 가는 그들의 뒷모습을 바라보던 중년병사는 고개를 갸웃거렸다.

"분명 어디서 본 듯한 얼굴인데… 대체 어디서 저자들을 본 것이지? 생각 날 듯 말 듯한데 정말 미치겠군. 휴우~ 나도 이젠 늙었나?"

중년병사는 자신의 뒷머리를 신경질적으로 긁었다.

도시 안으로 들어선 일행들은 중년병사의 말처럼 상당히 많은 용병들이 돌아다니는 모습을 발견할 수 있었다.

늦기는 했지만 일단 점심 식사부터 해결을 하기 위해 식당을 먼저 찾았다. 하지만 가는 곳마다 용병들로 꽉꽉 들어차 있어 발길을 돌려야만 했다.

한참을 돌아다녀서야 겨우 반쯤 비어 있는 식당을 찾을 수 있었고 일행들은 옷 위로 뽀얗게 내려앉은 먼지를 털고 식당 안으로 들어섰다.

허름해 보이는 외관과는 달리 식당 안은 꽤 고풍스럽게 꾸며져 있었다. 점원의 안내를 받은 일행들은 테이블 하나를 더 붙인 후 자리에 앉아 식사를 주문했다.

자리에 앉은 샤이베리아는 호기심이 가득한 눈으로 주위를 훑어보았다.

사냥꾼 복장을 한 사내들이 있는가 하면 인상이 별로 곱지 않게 생긴 사내들의 모습도 보였고, 구석에 앉아 식사에 열중하고 있는 프리스트들의 모습도 보였다. 하지만 샤이베리아의 눈길을 끈 사람은 따로 있었다.

창이 나 있는 벽 쪽의 자리를 차지하고 있는 사내였는데 복장으로만 판단하자면 용병으로 보였다.

2파렌에 가까운 키에 살아서 꿈틀거리는 것처럼 보이는 엄청난 팔 근육, 비록 얼굴은 보이지 않았지만 마치 맹수가 웅크리고 있는 것처럼 그의 주위에는 팽팽한 긴장감이 어려 있었다.

일부러 깎은 것인지, 아니면 원래부터 그런 것인지 사내는 완벽한 대머리였는데 양쪽 귀 바로 위쪽에 금방이라도 살아서 움직일 것 같은 섬뜩한 검은 전갈이 문신되어 있었다.

사내의 얼굴은 큰 키 탓인지는 모르지만 눈도 컸고, 코도 컸고, 또한 입도 컸다. 진한 갈색으로 물든 피부색과는 달리 그의 눈은 연한 갈색을 띠고 있었는데 왠지 어둠이 잔뜩 깃들어 있는 것처럼 보였다.

샤이베리아가 정신없이 그를 바라보자 따라서 고개를 돌렸던 렉스는 느슨하게 풀어졌던 모든 감각이 팽팽하게 깨어나는 것을 느꼈다.

조심스럽게 안드레이에게 눈짓을 하자 안드레이 역시 대머리사내를 발견하고는 깜짝 놀라는 눈치였다. 안드레이는 문득 자신과 비슷한 실력을 가진 렉스를 처음 보았을 때 깜짝 놀랐던 기억이 떠올랐다.

세상에 자신만한 실력을 가진 사람을 만나본 적이 없었던 안드레이로서는 어떻게 나이도 어린 렉스가 자신과 비슷한 실력을 가질 수 있었는지 신기한 생각이 들었었다. 그런데 이곳에서 자신과 비슷한 실력을 가진 사람과 또다시 만나게 된 것이다.

사람들의 시선이 자신에게 향하고 있다는 것을 아는지 모르는지 대머리사내는 시선을 창문 밖으로 둔 채 술잔을 기울일 뿐이었다.

잠시 후 일행들은 식사를 시작했고 렉스는 식사를 하는 도중에도 간간이 대머리사내를 쳐다봤다. 그러면서 그의 정체에 대해 호기심이 생기는 것을 참을 수 없었다. 아니, 그가 누구든 간에 그가 얼마만한 실력을 가지고 있는지 그것이 더욱 궁금했다.

렉스의 눈빛만 봐도 그가 무슨 생각을 하고 있는지 아는 도네가 그런 렉스의 생각을 모를 리 없었다.

"괜한 문제 일으키지 말고……."

"이봐, 여기는 손님을 이따위로 맞이하나? 주인 어딨어? 어서 나오라고 그래!"

"셋 셀 동안 안 나오면 이 식당에 불을 질러 버릴 거야! 어서 나와!"

"빨리 자리를 마련하란 말이야! 안 들려!"

"진짜 몬스터 한 마리에 10실버씩 줄까?"

"시장이 그렇다고 했으니까 틀림없겠지. 안 주면 시청의 창고라도 털면 되잖아."

"흐흐흐, 그건 그래."

"야! 술 가져와."

식당 안이 갑자기 시끄러워졌다.

갑자기 20여 명의 용병들이 식당 안으로 들어서며 제각기 한마디씩 하는데 그들의 목소리가 워낙 커서 정신을 차릴 수가 없을 지경이었다.

렉스와 일행들의 눈살이 찌푸려진 것은 당연한 일.

당장 일어나 떠들어대는 용병들의 귀싸대기를 올려붙이려던 렉스는 무슨 생각에서인지 일단은 사태를 지켜보기로 했다.

렉스의 발광(?)을 믿어 의심치 않았던 일행들은 자신들의 예상을 비웃는 듯 차분한 그의 모습에 어리둥절함을 감추지 못했다. 그러나 단 한 사람 안드레이만은 뭔가 짐작 가는 것이 있는지 고개를 끄덕였다.

용병들의 소란스러운 행동에 식당 안에 있던 사람들은 눈살을 찌푸렸지만 용병들의 수가 너무 많아 감히 그들에게 뭐라고 하는 사람은 한 사람도 없었다. 오히려 대부분 식당을 빠져나갈 뿐이었다.

용병들은 자신들을 피해 식당을 나가는 사람들의 모습을 보면서 유쾌한 듯 웃음을 터뜨렸다.

잠시 후 식당 안에 남은 사람은 렉스 일행과 구석에 앉은 두 명의 프리스트, 그리고 대머리사내가 전부였다.

뺨에 길다란 상처가 있는 용병은 자신들을 보고도 피할 생각을 하지 않는 세 무리의 사람들을 보고 인상을 썼다.

프리스트들이야 그렇다고 하더라도 여자가 둘씩이나 있는 렉스 일행은 대체 뭘 믿고 그 자리에서 버티고 있는 것인지 처음에는 이해할 수가 없었다. 하지만 안드레이와 한번 눈을 마주치고 나서야 자신들이 전부, 아니, 몇 배 더 많은 수가 덤빈다고 하더라도 그의 털끝 하나 건드릴 수 없는 존재라는 것을 깨달은 것이다.

치미는 수치심을 참고 고개를 돌린 용병은 대머리사내가 갖은 폼을 다 잡으면서 술을 마시는 모습을 발견하고는 자리에서 벌떡 일어섰다. 안드레이에게서 처참하게 상처받은 자존심을 보상받을 방법이 떠오른 것이었다.

대머리사내가 앉은 테이블로 다가간 용병은 맞은편 의자에 발을 올리고는 입을 열었다.

"이봐, 너."

용병의 말에 대머리사내는 천천히 고개를 돌렸다. 우수에 가득 찬 대머리사내의 눈을 발견한 용병은 너무나도 어울리지 않는 모습에 자신도 모르게 배를 움켜쥐며 웃음을 터뜨리고 말았다.

"푸하하하! 꼬락서니 하고는. 푸하하하! 아이고, 배야. 왜, 실연이라도 당했나? 하하하!"

자신의 배를 잡고 쓰러질 듯 웃는 동료의 모습에 다른 용병들이 궁금함을 느낀 듯 다가갔다. 그리고는 그가 왜 미친 듯이 웃는 것인지 대머리사내의 얼굴을 보고서야 그 이유를 알았고 그 용병과 똑같이 웃음을 터뜨렸다.

아니, 그것은 조롱이었고 또한 멸시였다. 하지만 대머리사내의 표정을 조금도 변하지 않았다.

"나에게 무슨 볼일이라도 있소?"

대머리사내의 말에 그때까지도 웃음을 그치지 못하던 용병이 조롱하듯 입을 열었다.

"이봐, 이 식당은 지금부터 우리가 놀아야 하는데 장소가 너무 좁거든. 좋은 말로 할 때 나가주실까?"

"조용히 술만 마시다 나가겠소."

"그건 곤란해. 지금부터 이 식당에 있는 술은 몽땅 우리 것이거든. 너 따위에게 줄 술은 한 방울도 없어."

"이봐, 그렇게 냉정하게 굴 필요가 뭐 있어? 술 한 잔은 줄 수 있잖아. 이렇게 말이야."

곁에 있던 용병 하나가 테이블 위에 놓여 있던 술잔을 들고는 대머리사내의 머리 위에 그대로 부었다.

주르륵~

술이 얼굴을 타고 흘러내렸지만 대머리사내의 얼굴은 마치 조각상처럼 조금의 변화도 없었다.

설사 아무 힘이 없는 사람이라도 이런 모욕을 받는다면 수치스러움에 몸을 떨어야 정상이었다. 하지만 대머리사내는 아무것도 느끼지 못하는 사람처럼 그냥 앉아 있었다.

그런 대머리사내의 태도에 용병들은 더욱 큰 소리로 그를 비웃었다. 하지만 그 모습에 처음 시비를 걸었던 용병은 왠지 꺼림칙한 느낌이 드는 것을 버릴 수 없었다.

"헤헤헤, 그 상판을 보니 친구 놈이 마누라라도 건드린 모양이지?"

"그러게나 말이야. 혹시 바람난 마누라를 찾으러……."

바로 그때였다.

돌로 만든 사람처럼 무표정했던 대머리사내의 얼굴에 처음으로 표정이 생겼다.

머리에 10여 개의 혈관이 순식간에 솟아올랐고 피가 모두 얼굴로 쏠려 그렇지 않아도 거무스름하던 안색이 검붉은 색을 띠고 있었다. 반쯤 감긴 눈은 어느새 부릅떠져 이미 붉게 충혈이 된 지 오래였다.

천천히 자리에서 일어나는 대머리사내의 입꼬리가 한쪽으로 비스듬히 올라간다고 느낀 순간, 믿을 수 없을 만큼 스산한 음성이 그의 입에서 흘러나왔다.

"흐흐흐, 그렇게도 지옥을 보기 원하나? 그렇다면 기꺼이 너희들에게 지옥을 보여주마."

제 5 장

샤리프 델 시미니언

샤리프 델 시미니언

번쩍!

뭔가가 창문을 통해 쏟아진 햇볕을 받아 반짝였다. 그와 동시에 대머리사내 앞에 서 있던 세 용병의 머리가 허공으로 솟구쳤다. 허공으로 떠오른 머리는 조금 전 비웃음을 띠고 있던 표정 그대로였다.

무엇이 자신의 머리를 자른 것인지 그들은 죽는 순간까지 알지 못했다.

푸아악—

기이한 소음과 함께 잘려진 그들의 동체에서 그제야 분수처럼 핏줄기가 솟구쳐 올랐다. 그야말로 보는 사람의 눈을 의심케 하는 번개 같은 공격이었다. 하지만 대머리사내의 공격은 끝난 것이 아니었다. 아니, 이제부터가 진정한 시작이라고 할 수 있었다.

깜짝 놀란 용병들의 검이 미처 검집에서 반도 뽑히기 전 대머리사내의 몸은 믿을 수 없을 만큼 빠르게 그들 사이로 파고들었다. 그리고는 주먹을 쥔 왼손으로 용병들을 머리를 향해 사정없이 휘둘렀다.

퍼퍽!

수박이 깨지는 듯한 둔탁한 소리와 함께 두 용병의 머리가 그대로 터져 나갔다. 머리의 잔해는 동료들의 얼굴로 뿌려졌고, 너무나도 끔찍한 상황에 용병들은 얼어붙은 듯 비명조차 지르지 못했다. 대머리사내의 오른팔이 다시 움직인다고 느끼는 순간 다시 한 용병의 몸이 두 쪽으로 갈라졌다.

대머리사내의 왼팔이 움직일 때는 여지없이 용병들의 머리가 터져 나갔고 그의 오른팔이 움직일 때는 용병들의 몸이 잘려 나갔다. 그것이 가로든 아니면 세로든.

눈 깜빡할 사이에 20여 명의 용병 중 남은 사람은 겨우 두 명에 불과했다. 살아남은 용병들은 자신도 모르게 비명을 지르며 식당 밖을 향해 달려나갔다.

"악마다! 악마가 나타났다, 악마가! 으악!"

비명의 지르던 한 용병의 등에 뭔가가 날아가 박혔고 용병은 처절한 비명과 함께 식당 바닥에 쓰러졌다. 그러는 사이 마지막 남은 용병이 막 식당 문을 나서려는 순간 그의 목을 스치고 지나가 커다란 소리와 함께 기둥에 박히는 물건이 있었다.

콰앙!

그것은 용병들의 피를 한껏 빨아들인 배틀 엑스였다.

마지막 살아남은 용병의 발이 지면에 닿는 순간 그 충격으로 용병의 머리가 지면으로 굴러 떨어졌고, 머리를 잃은 몸은 몇 걸음이나 더 걷다가 지면에 나뒹굴어졌다.

육체의 죽음을 미처 깨닫지 못한 심장이 뛸 때마다 목에서 세차게 뿜어져 나온 선혈이 지면으로 스며들었고 짧은 경련을 몇 차례 일으키고는 곧 잦아들었다.

대머리사내가 배틀 엑스를 향해 손을 뻗자 신기하게도 살아 있는 생물처럼 박혀 있던 배틀 엑스가 그의 손으로 날아갔다. 배틀 엑스에 묻은 선혈을 닦은 대머리사내는 도끼를 다시 등에 매달면서 자신이 살해한 용병들의 모습을 멍하니 바라보았다. 그리고는 자신의 머리를 움켜쥐고는 자신의 자리에 털썩 주저앉았다.

비릿한 피 냄새로 가득한 식당.

대머리사내와 용병들 사이에 벌어지던 상황을 지켜보고 있던 두 프리스트들의 안색은 창백하게 변한 지 오래였다. 이렇게 잔인하고 공포스러운 살육의 현장을 목격하기는 난생처음이었다. 가슴속 깊은 곳으로부터 치밀어 오르는 두려움 때문에 온몸이 굳어버려 프리스트들은 꼼짝도 할 수 없었다.

그런 반면 렉스는 대머리사내의 음성이 변하면서부터 벌어진 일들은 하나도 놓치지 않고 목격할 수 있었다.

믿을 수 없을 만큼 빠른 속도로 배틀 엑스를 휘둘러 시비를 건 용병들의 목을 날리고, 또 건틀릿을 낀 왼손으로 용병들의 머리를 수박처럼 부수던 모습을 말이다.

정말 소름 끼칠 정도로 강한 사내란 느낌이 들었다.

동시에 가슴이 두근거렸다. 이 두근거림이 무엇 때문에 생겨난 것인지는 모르겠지만 자신이 목격한 대머리사내의 엄청나게 강한 실력 때문이라는 것만은 확실하게 깨닫고 있었다.

지켜보던 안드레이 역시 렉스와 마찬가지로 대머리사내의 움직임을 모두 살피고 있었다. 그가 사용한 것은 일반적인 검보다 훨씬 공격 범위가 짧은 배틀 엑스와 건틀릿이었다. 두 가지 무기가 모두 근접 전투, 즉 백병전에서 놀라운 위력을 발휘하는 무기들임에는 틀림없는 사실이었지만 대머리사내의 실력이 뛰어나지 못하다면 결코 이런 상황은 만들 수 없다는 것을 안드레이는 경험을 통해 잘 알고 있었다.

그러는 사이 신고를 받고 코르츠 시의 도시 경비대가 출동했다. 그들은 식당 안에 널브러져 있는 참혹한 시신들의 모습을 발견하고는 치밀어 오르는 욕지기를 억지로 참느라 무던히 노력을 해야만 했다.

경비대장이 한 걸음 앞으로 나서며 식당 안에 있는 사람들을 일일이 확인했다.

처음 렉스 일행을 보았지만 그들의 의복에 피 한 방울 묻어 있지 않은 것을 보고는 다시 고개를 돌려 창백한 안색을 하고 있는 프리스트들을 바라보았다. 결국 경비대장의 시선은 대머리사내에게서 멈추었고, 그때까지 사내는 머리를 움켜잡은 채 고개를 숙이고 있었다.

"나, 난 이곳 코르츠 시의 경비대장이다. 이, 이 사람들을 죽인 사람이 다, 당신인가?"

질문을 던지는 경비대장의 음성은 누가 들어도 알만큼 확연하게 떨리고 있었다. 대머리사내는 경비대장의 질문에 고개도 들지 않은 채 고개를 끄덕였다.

"그, 그렇다면 그대를 이들 20여 명을 죽인 살인죄로 체포하겠다. 수, 순순히 협조를 한다면 그대의 죄를 조금은 가볍게 해줄 수 있다."

경비대장의 말에도 사내는 꿈쩍도 하지 않았다. 경비대장이 다시 한 번 말을 하려고 하는 순간 갑자기 사내가 자리에서 벌떡 일어섰다. 그 모습에 경비대장과 도시 경비대의 대원들은 소스라치게 놀라며 황급히 뒤로 물렀다.

"미안하오. 나에겐 꼭 해결해야 될 일이 있기에 그대의 말을 따를 수 없소."

"그, 그렇다면 체포에 불응하겠다는 말인가?"

"그 일을 해결하지 못한다면 난 죽을 수도 없는 몸이오. 그러니 제발 나를 그냥 보내주시오."

"그럴 수는 없다. 그대를 살인죄로 체포하는……."

"멍청한 소리 하고 자빠졌네."

옆에서 들려온 말에 경비대장은 고개를 돌렸고, 그런 그의 눈에 자리에서 일어서는 렉스의 모습이 보였다. 또한 나직하게 한숨을 쉬는 일행들의 모습도 보였다.

"지금 뭐, 뭐라고 했나?"

"왜 도시의 경비대장이란 작자들은 다들 하나같이 이렇게 멍청한 건지 난 도저히 이해를 할 수 없어."

"무슨 뜻으로 그런 말을 하는 것인가? 그대는 날 모욕할 생각인가?"

"어쭈구리, 대꾸도 똑같네. 이 멍청한 작자야, 상황을 잘 보란 말이야! 저 사람은 혼자고, 죽어 나자빠진 용병들은 20명이 넘어. 그렇다면 누가 싸움을 걸었겠어?"

"아무리 죽은 저자들이 싸움을 걸었다고 하더라도 한 사람도 살려두지 않고 모두 죽여야 할 정도로 이들이 잘못을 저질렀다고는 볼 수 없다. 누가 싸움을 걸었느냐도 중요하겠지만 그렇다고 그때마다 상대를 모두 죽여야 한단 말인가?"

경비대장의 말에 대머리사내의 눈빛이 더욱 가라앉았다.

"죽은 용병들은 저 사람에게 결코 해서는 안 될 소리를 했고, 또 실력도 없으면서 상대를 모욕하고 조롱했어."

"그렇다면 겨우 말 몇 마디를 실수한 것 때문에 이 많은 사람을 다 죽였단 말인가?"

"나참, 왜 이렇게 멍청하지? 해서는 안 될 소리를 했다고 했잖아. 그리고 만약 저 사람이 이들에게 대항할 만한 힘이나 실력이 없었다면 과연 목숨을 잃은 사람은 누굴까? 생각을 좀 해보란 말이야!"

자신에게 꼬박꼬박 반말을 하는 렉스의 태도에 경비대장은 마침내 분노를 터뜨렸다.

"흥! 저자를 열심히 변호하는 것을 보니 너도 저자와 한패인 모양이군. 순순히 체포에 응하지 않으면 네 녀석을 그냥 두지 않겠다!"

"호오~ 그냥 두지 않겠다고? 어휴, 무서워라~ 다리가 떨려 도망도 못 가겠네. 이 일을 어쩌면 좋지~"

과장된 렉스의 말과 행동에서 철저하게 자신을 조롱한다는 것을 깨달은 경비대장은 더 이상은 참지 못하고 검을 뽑아 들었다.

챙!

그 모습을 본 렉스의 얼굴이 무섭게 굳어졌다. 갑작스런 렉스의 변화에 경비대장은 속이 뜨끔하기는 했지만 애써 태연한 표정을 지었다.

"네놈도 경비대장이란 쥐꼬리만한 권력이라도 휘두르지 않으면 만족을 느끼지 못하는 족속이냐? 그렇다면 내 오늘 네놈을 죽이고 난 후 네놈의 마누라를 사창가에 팔아버리고 자식놈들을 죽여 시궁창에 버려주마."

렉스의 말에 잠시 멈칫하던 경비대장의 얼굴에 피가 쏠려 시뻘겋게 변했고, 두려움이 어려 있던 눈에서는 줄기줄기 시퍼런 살기가 피어났다.

"으드득! 네놈의 가슴을 쪼개어 간덩이가 얼마나 큰지 내 눈으로 꼭 확인을 해보마."

경비대장의 분노에 렉스는 코웃음을 쳤다.

"흥! 왜 그렇게 화를 내시나? 겨우 말 몇 마디에 불과한데 말이야. 그리고 나뿐만 아니겠지. 내 일행들도 자신을 지킬 힘이 없으면 모두 목숨을 빼앗기겠지?"

"말도 해야 할 말이 있고 해서는 안 될 말이 있다! 네놈은 결코 해서는 안 될 말을 했고, 너와 함께 다니는 네놈의 일행이란 놈들도 보지 않아도 네놈과 똑같은 놈들일 것이다!"

"푸하하하!"

경비대장의 살기 가득 찬 말에 렉스는 갑자기 웃음을 터뜨렸다. 처음엔 영문을 몰라 하던 안드레이도 곧 뭔가를 깨달은 듯 쓴웃음을 지었다.

방금 경비대장이 한 말은 조금 전 렉스가 대머리사내를 변호할 때 했던 말과 똑같은 말이었기 때문이다. 물론 곁에서 두 사람의 모습을 지켜보던 대머리사내도 렉스가 무엇 때문에 경비대장을 분노하게 만들었는지 그 이유를 그제야 깨닫고는 감격을 금할 수 없었다.

자신에게 조금만 불리한 상황이 닥쳐도 발뺌하기 바쁘고 오히려 자신의 잘못을 상대에게 덮어씌우기 일쑤인 세상이 아닌가? 그런데 난생처음 보는 자신의 입장을 이해해 주는 것만 해도 고마운 일인데 직접 나서서 이렇게 변호해 주는 렉스의 태도는 감사를 넘어 감격스럽기조차 했다.

대머리사내는 자신도 모르게 주먹을 쥔 오른손을 자신의 가슴에 붙이고는 허리를 숙여 렉스에게 인사를 했다. 렉스로서는 난생처음 보는 인사법이었다. 하지만 안드레이는 그러한 인사법을 본 적이 있었다. 그러나 그곳은 레트로니아 왕국에서 수천 엠파렌은 족히 떨어진 곳인데 어떻게 그곳의 인사법을 아는 사람을 이곳에서 볼 수 있는 것인지 의문이 아닐 수 없었다.

렉스도 엉성한 자세로 같이 화답을 하는 동안 경비대장은 그제야 어떻게 된 일인지 짐작이 갔다. 렉스에게 손을 쓸 수도, 그렇다고 이대로 참기도 힘든 일이었다.

"조금 전 내 말이 너무 심했다는 점 분명히 사과를 드리겠소. 하지만 목숨을 잃은 용병들은 저 사람에게 참기 힘든 모욕과 조롱을 퍼부었소. 게다가 애써 참으며 식당을 나가려던 저 사람의 앞을 가로막고는 해서는 안 될 말을 했고, 그로 인해 싸움이 벌어져서 목숨을 잃고 말았소. 따라서 저 사람은 스스로의 목숨을 지키기 위한 정당방위였다는 것을 증언하는 바이오."

"렉스님의 말씀에 한 점의 틀림도 없다는 것을 하이얀 브로넨스의 프리스트인 저 로니 바로크만이 신의 이름을 걸고 맹세하겠습니다."

렉스의 정중하기 이를 데 없는 사과와 로니가 신의 이름을 걸고 맹세를 하겠다는 말에 경비대장은 더 이상 화를 낼 수 없었다. 게다가 구석에서 떨고 있던 두 명의 프리스트들도 렉스의 말이 맞다는 것을 증언했다.

검을 회수한 경비대장은 부하들에게 지시를 내려 시신들을 치우게 했고, 잠시 렉스를 노려보다가 식당을 빠져나갔다.

일행들에게 화젯거리가 된 것은 렉스가 갑자기 경비대장에게 정중한 사과를 했다는 점이었다.

얼마 전 보이얀브르크 시에서는 건방지게 구는 경비대장에게 갖은 모욕과 구타를 안겨주지 않았는가? 그런데 오늘은 왜 사과를 했을까?

사람의 성격이 며칠 만에 변할 리는 없는데 말이다. 일행들은 바로 그 점을 궁금하게 생각했다. 그런 반면 렉스가 어떤 인간인지 잘 모르는 샤이베리아는 렉스보다는 조금 전 무자비하게 살인을 벌였던 대머리사내에게 호기심이 쏠리는 것을 감출 수 없었다.

자신의 나이가 이제 겨우 500살에 불과해 세상이 어떻게 돌아가는 것인지에 대해서는 전혀 모르겠지만 대머리사내처럼 빠르고 간결한 동작으로 상대의 생명을 빼앗는 사람은 드물 것이란 생각이 들었다.

한편 일행들이 궁금하다는 눈빛 공격을 계속해서 퍼붓자 렉스는 더 이상은 견디지 못하고 심드렁한 음성으로 설명했다.

"얼마 전 보이얀브르크 시에서 경비대장인가 하는 놈을 두들겨 팼잖아. 그런데 아까 코르츠 시로 들어오는 성문 벽에 현상금이 걸린 포스터가 하나 붙어 있었는데 자세히 보니까 내 얼굴이잖아. 보이얀브르크 시에서 한참 멀리 떨어진 이곳까지 현상금 포스터가 걸릴 정도라면 앞으로 우리가 하려는 일에 지장을 받을 수도 있을 것 아니야. 그래서 그냥 그 자식한테 사과를 한 거란 말이야. 그게 아니었으면 감히 내 사과를 어떻게 받아. 어림도 없지."

"너도 그런 생각을 다 할 때가 있어?"

도네의 말에 렉스는 기분이 조금 상한 듯 콧방귀를 뀌었다.

"이거 왜 이래? 내가 아무 생각도 없이 사는 놈인 줄 알아? 나도 상당히 똑똑한 놈이라고. 도네, 사실 너야말로 별 생각 없이 행동하잖아."

"흥! 나 같으면 보이얀브르크 시 자체를 당장 날려 버렸어. 적어도 200년 동안 풀 한 포기 자랄 수 없는 그런 황무지로 만들어 버리지 도망치듯 그렇게 떠나오지는 않아."

"도망은 누가 도망을 쳤다고 그래. 상대도 안 되는 것들과 싸우기 싫어서 그냥 떠난 거지. 마음만 먹으면 그것들 몇백 명쯤은……."

렉스의 말꼬리가 급격하기 흐려졌다. 애써 잊으려고 했던 검은 달 교단의 신도들과의 싸움이 떠올랐기 때문이다.

"말씀 중에 죄송합니다만……."

고개를 돌려보니 어느 틈에 다가왔는지 대머리사내가 테이블 옆에 서 있었다. 사람들의 시선이 자신에게 쏠리자 잠시 어색한 표정을 짓던 사내는 곧 렉스에게 조금 전과 같은 인사를 했다.

"오해를 무릅쓰면서까지 저를 위해 변호해 주셔서 진심으로 감사드립니다. 어떻게 감사의 말씀을 드려야 좋을지……."

"은혜라고 할 것도 없습니다. 겨우 말 몇 마디 도와드린 것뿐입니다. 그보다 이렇게 만난 것도 인연인데 잠깐 합석을 하시죠"

렉스의 말에 대머리사내는 거절하지 않고 자리에 앉은 다음 짧은 시간 동안 일행들을 훑어보았다.

비록 겉으로는 애써 태연한 척 표정 관리를 했지만 속으로 경악을 금치 못하고 있었다.

자신의 고국에서도 자신과 비견되는 검술을 익힌 사람은 겨우 한 손에 꼽을 정도에 불과했다. 그렇기에 높은 작위까지 받을 수 있었다. 그런데 이렇게 외지고 궁벽한 곳에서, 그런 자신과 비교해 전혀 손색이 없는 실력자를 하나도 아니고 둘씩이나 만나게 될 줄은 상상도 못했다.

은은한 신성력이 느껴지는 로나나 제법 날카로운 눈매를 가진 크레이는 그렇다고 하더라도 붉은 머리를 가진 20대 중반 여성이나 보기 드문 파란 머리의 소녀에게서 느껴지는 분위기 역시 한 번도 접해본 적이 없어 상당히 특이하게 느껴졌다.

먼저 대머리사내가 자신의 소개를 했다.

"저는 제라스탄 왕국 사람으로 이름은… 샤리프 델 시미니언이라고 합니다. 그리고 보시는 것처럼 용병입니다."

웬일인지 잠시 망설이다 이름을 밝히는 샤리프의 태도가 조금 이상하기는 했지만 일행들은 무심히 듣고 지나쳤다. 그러나 안드레이만은 그의 정체를 안다는 듯 고개를 끄덕였다.

"이렇게 만나게 되어 반갑소이다. 난 안드레이 반 휘나가르트라고 하오. 내 직업 역시 용병이오."

안드레이가 자신의 소개를 하자 이번에는 샤리프가 깜짝 놀라며 그의 얼굴을 한참 동안 바라보았다. 렉스는 두 사람의 태도가 심상치 않다는 것을 느꼈지만 내색하지는 않았다.

"여기 있는 분은 하이얀 브로넨스의 프리스트이신 로니 바로크만님 이시고, 또 이 친구는 같은 용병 길드에 소속되어 있는 크레이 루 샤이나, 나는 렉스 레타나라고 하고, 이 사람은 마법사인 도네 양, 그리고 이 레이디는 도네의 조카뻘 되는 샤이베리아 양입니다."

"이렇게 만나뵙게 되어 정말 반갑습니다."

샤리프의 말에 일행들이 그와 인사를 나눌 때 갑자기 식당 안으로 병사 하나가 뛰어들며 큰 소리로 외쳤다.

"몬스터를 토벌하기 위해 온 용병들은 지금 즉시 시청 앞 광장으로 모이시오! 시장님께서 여러분들께 전달하실 말씀이 있을 것이오!"

말을 마친 병사는 황급히 식당을 빠져나갔고 대화가 끊긴 일행들 사이에는 잠시 어색한 분위기가 흘렀다. 먼저 입을 연 사람은 샤리프였다.

"여러분들께서도 몬스터 토벌대에 지원하기 위해 이곳으로 오신 겁니까?"

"그렇지는 않습니다만……."

"전 용병 길드에 가입해 있지 않기 때문에 혼자 여행비를 벌어서 충당해야 합니다. 실은 가지고 있는 돈이 다 떨어져서 여행비나 벌까 하고 몬스터 토벌대에 지원을 했습니다. 만나자마자 은혜를 갚을 사이도 없이 헤어져야 하는군요."

샤리프의 음성에 안타까워하는 그의 감정이 담겨 있는 것을 눈치 챈 렉스가 재빨리 입을 열었다.

"혹시 몬스터 토벌대를 결성하게 된 이유를 아십니까?"

"다른 사람에게 들은 이야기로는 코르츠 시를 찾는 캐러밴이 근래 들어 자주 몬스터들에게 공격을 받았답니다. 여러분들도 아시겠지만 이곳은 레이노스 시와 엘레테 시의 중간 지점이 아닙니까? 비록 길이 조금 험하기는 하지만 코르츠 시를 경유하면 운송 기일을 거의 한 달 이상 단축할 수 있는데 난데없이 몬스터 때문에 캐러밴들의 통과세를 받을 수 없다면 코르츠 시의 입장에서는 애가 탈 수밖에 없지요. 모르긴 몰라도 재정적인 압박이 상당할 겁니다."

"샤리프님의 말씀은 출몰하기 시작한 몬스터들 때문에 캐러밴들이 코르츠 시를 통과하는 길보다는 바이야니 산맥을 크게 우회하는 안전한 길을 선택할 것이란 말씀입니까?"

"예, 캐러밴들의 입장에서는 시일이나 돈이 조금 더 들더라도 안전한 길을 택할 것이 분명할 테니까요. 그래서 코르츠 시에서는 부랴부랴 몬스터 토벌대를 결성한 것이지요."

샤리프의 설명에 안드레이가 고개를 갸웃거렸다.

"몬스터가 갑자기 출몰하기 시작했다는 것이 조금 이해 가지 않는 일이군요. 그보다 이곳이 옛날에도 몬스터들이 자주 출몰하던 곳이었답니까?"

"글쎄요, 도시가 생긴 후 몇 차례의 토벌을 한 후 몬스터의 모습은 거의 보지 못했답니다."

"그렇다면 더욱 이해가 가지 않는군요."

안드레이의 말에 일행들은 그의 설명에 귀를 기울였다.

"계속해서 몬스터들이 출몰하던 곳이었다면 몰라도 한동안 보이지 않았던 몬스터들이 요즘 들어 갑자기 출몰해 인간들을 공격했다면 간단하게 생각할 문제는 아니군요."

안드레이의 설명에 일행들은 귀를 기울였지만 그가 하고자 하는 이야기의 요점이 무엇인지 깨달은 사람은 없었다.

"여태껏 보이지 않았던 몬스터들이 갑자기 보이기 시작했다면 다른 곳에서 살던 몬스터가 이곳으로 생활의 터전을 옮겼다는 말이 됩니다. 몬스터의 생활 습관에 대해서 아는 것은 별로 없지만 특별한 이유가 없는 한 생활의 터전을 함부로 옮기지는 않을 겁니다. 다시 말하자면 그들이 생활의 터전을 옮겨야 할 특별한 일이 발생했다고 전 생각하는데 여러분들의 생각은 어떠십니까?"

렉스는 안드레이의 설명을 듣는 동안 머리 속이 엉망으로 섞여 그가 무슨 말을 했는지조차 기억나지 않았다.

"잠깐잠깐, 정리 좀 하고 지나가자고. 그러니까 안드레이의 말은 원래 이곳에는 없었던 몬스터들을 나타난 것이 결코 자연스런 일이 아니다라는 거야? 그럼 누군가가 몬스터들을 풀어놓았다는 거야? 지금 그게 말이 된다고 생각해?"

"안 될 것도 없지."

렉스의 지적에도 안드레이는 자신의 주장을 굽히지 않았다.

"그럼 그 누군가라는 존재가 설마 드래곤이라도 되는… 모양… 이겠군."

안드레이의 주장을 꺾으려고 대꾸를 하던 렉스의 말이 이상하게 끝을 맺었다. 입을 연 렉스 스스로도 놀랐지만 그의 말을 듣고 있던 사람들도 놀라기는 마찬가지였다.

렉스의 말을 듣고 있던 도네나 샤이베리아는 서로의 얼굴을 바라보았다.

"이 근처에 누가 있지?"

"제 기억에는 없어요. 누가 갑자기 이사를 했나?"

"이사? 하긴 레어를 몇 개씩 가지고 있는 녀석들도 있으니까 혹시 모르겠군."

"레어를 몇 개씩 가지고 있는 드래곤도 있단 말이야?"

갑자기 렉스가 자신들의 대화에 끼자 샤이베리아가 살기에 가까운 눈으로 그를 노려보았지만 어디 그런다고 반응이나 할 렉스인가? 렉스가 호기심 가득한 눈으로 자신의 대답을 재촉하자 도네는 어쩔 수 없이 입을 열었다.

"드래곤들 가운데 일부 몰지각한 것들이 레어를 몇 개씩 가지고 있기는 해. 주로 그린 족이나 블랙 족들 중에 그런 녀석들이 있기는 한데 문제는 그게 아니란 말이야."

"문제?"

"그래, 갑자기 몬스터가 나타났다는 것은 안드레이의 말처럼 어떤 녀석이 몬스터들을 수집했다는 말이거든. 그런데 누가 자신의 애완 동물을 건드리면 그걸 그냥 두겠어? 게다가 상대는 가소롭기 그지없는 인간들인데?"

"그럼 이건 몬스터 토벌이 아니라 드래곤 약 올리기잖아."

렉스의 혼잣말에 그의 말을 들은 사람들은 쓴웃음을 짓지 않을 수 없었다. 그렇지만 지금 상황이 웃고 지나갈 수 있는 상황이 아니었다.

"만약 그 드래곤이 이러한 사실을 안다면 어떻게 될까요?"

"이런 조그만 도시는 당장 브레스로 날려 버릴 게 분명해."

안드레이의 조심스런 질문에 도네는 어림없다는 듯 대답했다. 그런 도네를 바라보던 샤리프가 질문했다.

"죄송하지만… 드래곤이십니까?"

"그래. 그런데?"

도네가 순순히 인정을 하자 샤리프는 놀라는 기색이 역력했다. 잠시 망설이다가 질문을 이었다.

"그럼 여쭤보겠습니다. 이건 제 생각입니다만 아마도 이 근처에 레어를 만든 그 드래곤은 나이가 그리 많지 않은 드래곤일 것 같은데… 어떻게 생각하십니까?"

"왜 그렇게 생각하지?"

"제가 알고 있는 드래곤이란 지상 최강의 생명체답게 그 자존심 또한 엄청나게 강한 종족으로 알고 있습니다. 그런 존재가 자신의 레어 주위에 몬스터들을 풀어놓았다는 것은 자신의 취향이 그럴 수도 있겠지만 자신의 모자란 부분을 혹시 몬스터로 메우려는 것은 아닐까 하는 생각이 들었습니다. 그렇다면 몬스터를 풀어놓은 그 드래곤은 아마도 나이가 그렇게 많지는 않은, 이건 제 생각입니다만 아직 1,000살이 되지 않았거나 막 지났을 것으로 예상합니다."

"비교적 정확하게 알고 있군. 그래서 묻고 싶은 게 뭐야?"

"그럴 가능성은 거의 없지만 만약 그 드래곤과 인간 사이에서 싸움이 벌어져 그 드래곤이 목숨을 잃는 사태가 발생하게 된다면 다른 드래곤들이 개입을 하는지, 아니면 방관을 하는지 궁금합니다."

사람들의 시선이 자신에게 향하자 도네는 어쩔 수 없이 대꾸를 했다.

"그 녀석이 누군지 알 수는 없지만 헤츨링만 아니라면 다른 드래곤들의 개입은 없을 거야. 하지만 감히 드래곤 슬레이어가 되겠다는 망상을 품은 것이라면 설사 다른 드래곤들이 가만히 있어도 내 손으로 인간들의 씨를 말려 버릴 거야."

도네의 살기에 가득 찬 말에 오랫동안 함께 생활했던 렉스가 서늘함을 느낄 정도였으니 다른 사람은 말할 필요도 없었다. 검술 실력이 절정에 오른 안드레이나 샤리프로서도 난생처음 접하는 엄청난 살기였다. 아마도 이것이 드래곤 피어일 것이란 생각이 뇌리를 스치고 지나갔다.

"가만, 여기서 이럴 것이 아니라 우리도 광장으로 가보자고. 우리가 말릴 수 있는 일이라면 말려야 되잖아."

분위기를 바꾸려는 듯 꺼낸 렉스의 말에 일행들은 고개를 끄덕였다. 식당을 빠져나가는 일행들의 뒤를 쫓아가던 샤이베리아는 자신이 이 파티에 참가하기로 결정한 것이 정말 탁월한 선택이었다는 생각이 들었다.

성년식을 치르기 전 나이 많은 드래곤들이 들려준 그들의 모험 이야기는 들을 때마다 샤이베리아의 가슴을 두근거리게 만들었다. 그래서 자신도 언젠가 기회만 생긴다면 다른 드래곤들이 부러워할 그런 모험을 하겠다고 생각을 했었다. 하지만 여행을 시작하기도 전에 만난 이가 전설처럼 전해지는 악명의 주인공 블러디 드래곤 도르미네스였다.

게다가 그녀가 보여준 살벌한 모습은 어린 샤이베리아를 주눅 들게 만들기 충분했다. 그녀에 의해 크리샨트에 강제 워프를 당했을 때 자신이 죽지 않은 것만 해도 다행이라고 생각했었다.

크리샨트에게 자신이 겪었던 일을 미주알고주알 몽땅 고해 바쳤지만 무슨 일에선지 크리샨트는 의미를 알 수 없는 미소만 지을 뿐이었다. 그리고는 오히려 샤이베리아에게 도르미네스와 함께 여행하는 것이 안전할 수 있고 또한 더욱 흥미진진한 여행이 될 것이라는 말을 해 주었다.

샤이베리아는 크리샨트의 말에 의문이 생겼지만 크리샨트는 무슨 까닭인지 그 이유를 설명해 주지 않았다. 결국 샤이베리아는 크리샨트의 편지를 가지고 다시 찾은 것이었다.

어느 드래곤이나 경험할 수 있는 평범한 여행을 바라지 않았던 샤이베리아로서는 이들과 합류를 하자마자 샤리프의 살인하는 장면을 목격했고, 또 지금까지 알지 못했던 드래곤과 동료가 아닌 다른 입장에서 조우하게 된 것이다.

콩닥콩닥 뛰는 가슴을 애써 진정시키며 시청 앞 광장에 도착해 보니 200여 명이 넘는 용병들이 모여서 단상 위에 있는 중년사내의 말에 귀를 기울이고 있었다.

"말씀드린 바와 같이 지금은 저희 코르츠 시의 존립을 위협받는 상황입니다. 만약 상인들이 코르츠 시를 통과하는 길을 선택하지 않는다면 이곳에 사는 사람들은 모두 고향을 버리고 다른 곳으로 이주를 해야만 할 상황입니다. 조금 전 순찰을 나갔던 경비대원의 보고에 의하면 근처의 몬스터들이 한두 시간 내에 이곳으로 밀려들 것 같답니다. 이제 저희가 믿을 수 있는 것은 여러분들밖에 없습니다. 여러분, 저희 코르츠 시를 구해주십시오."

전형적인 행정가 타입인 시장의 말에 앞쪽에 쭈그리고 앉아 있던 용병 하나가 입을 열었다.

"나타난다는 몬스터들이 대체 어떤 놈들이오? 대체 어떤 놈들인지 알아야 어떻게 상대할지를 결정할 것 아니오?"

용병의 질문에 웬일인지 시장은 금방 대답을 하지 못하고 우물쭈물 했다. 성미가 급한 용병들이 하나둘 떠들어대자 시장은 어쩔 수 없다는 듯 체념하는 표정으로 대답했다.

"경비대원의 보고에 의하면 몇 무리의 오크들이 중무장을 한 채 코르츠 시를 향해 다가오고 있답니다. 그리고……."

"뭐야, 겨우 오크 몇 마리 때문에 이 난리란 말인가?"

시장의 말에 용병들은 어이가 없다는 표정을 지었다. 하지만 시장의 말은 끝난 것이 아니었다.

"또 십여 마리의 트롤도 목격이 되었고 수십 마리의 오거도 목격이 되었답니다. 또한……."

시장의 말이 계속되자 용병들의 안색이 그제야 변하기 시작했다. 트롤과 오거가 수십 마리라면 이 인원으로도 반드시 승리한다고 장담할 수 없는 상황이었다. 오거의 무지막지한 힘이나 재생력이 엄청난 트롤을 상대하기는 보통 어려운 일이 아니었다.

"그리핀 몇 마리와 와이번 몇 마리가 주위에 있는 것도 확인이 되었답니다. 그리고 마지막으로 미노타우로스 한 마리가 코르츠 시를 향해 다가오는 것을 목격했답니다."

시장의 말이 끝나자 용병들의 태도는 제각각이었다.

이제야 자신의 능력을 보여줄 때가 왔다고 설치는 용병이 있는가 하면 찜찜한 생각을 버리지 못하면서도 그 자리를 떠나지 못하는 용병도 있었다. 하지만 그리핀과 와이번이란 말이 나오자마자 거의 4, 50명의 용병들이 그 자리를 떠났다.

자신의 말에 용병들이 상당한 동요를 일으키자 시장은 마지막 카드를 제시했다.

"보고된 몬스터의 수가 예상보다 많기에 몬스터 한 마리당 지급하기로 했던 상금을 두 배로 올리겠습니다. 오크는 20실버, 오거는 1골드 60실버, 트롤은 3골드, 와이번 10골드, 그리핀 12골드, 그리고 미노타우로스는 50골드입니다."

시장의 말에도 용병들은 별다른 반응을 보이지 않았다.

일반적으로 몬스터 토벌이라고 하면 오크나 오거, 간혹 트롤 몇 마리를 사냥하는 것이 전부였다. 물론 그때도 병사들로 하여금 산을 포위하게 만들어 퇴로를 막고 실력있는 용병들로 하여금 몬스터를 상대하게 만드는 것이었다.

한두 마리의 트롤을 상대할 때만 하더라도 수십 명의 용병들이 달라붙어야 가능한 일인데 십여 마리의 트롤이라니…… 게다가 나타난 몬스터가 그들뿐만이 아니지 않는가?

또한 이곳에 모인 용병들 중에서 미노타우로스라는 이름을 알고 있는 용병조차 거의 없었다. 아니, 그리핀을 직접 본 사람도 전무한 상태였다.

이런 용병들이 과연 몬스터의 공격을 막아낼 수 있을까?

시장으로서도 용병들의 실력을 의심하지 않을 수 없었다.

"시장님이 방금 건 상금을 다시 두 배로 올린다면 한번 해보겠소."

나이가 조금 든 용병의 말에 다른 용병들도 찬성한다는 듯 고개를 끄덕였다. 시장은 한동안 고심했지만 별다른 방법이 없었다.

"알겠습니다. 여러분의 뜻이 그렇다면 상금을 다시 두 배로 올리겠습니다. 몬스터들이 몰려오는 곳은 도시의 서쪽이니 용병 여러분들께서는 지금 즉시 그곳으로 이동해 주시기 바랍니다."

시장의 말에 용병들은 경비대원들의 안내를 받아 이동을 시작했다. 용병들이 이동하고 난 후 단상을 내려오던 시장의 눈에 자신을 향해 다가오는 사람들이 들어왔다.

"시장님께 묻고 싶은 것이 있습니다."

가장 앞쪽에 검은 라이트 레더를 걸치고 있는 사내가 입을 열었다. 검은색 망토에 검은색 부츠, 머리까지 검은 사내의 모습은 같은 남자가 보기에도 멋있어 보였다.

"말씀하십시오."

"혹시 지금 몬스터들이 출몰하는 이유가 드래곤 때문이라는 생각은 안 해보셨습니까?"

안드레이의 질문에 시장의 안색이 굳어졌다. 하지만 놀라는 기색이 없는 것으로 봐서 아마 시장도 그런 예상을 하고 있었던 것이 분명했다. 시장은 신중한 표정으로 안드레이와 그의 뒤쪽에 서 있는 그의 일행들을 하나씩 살펴보았다.

전체적으로 잘생긴 남자들과 아름다운 여자들로 구성되어 있다는 것을 제외하고는 어디서나 흔히 볼 수 있는 파티였다.

"여러분들은 어째서 몬스터가 출몰하는 이유가 드래곤 때문이라고 생각하셨습니까?"

"그야 전혀 어울릴 수 없는 종족이 다른 몬스터들이 함께 몰려다니기 때문입니다. 드래곤이 아니고서야 몬스터들이 그렇게 몰려다녀야 할 이유가 없지 않습니까?"

안드레이의 말에 40대 중반으로 보이던 시장의 얼굴이 10년은 더 늙어 보였다.

"저도 가장 우려했던 점이 바로 그 점입니다. 몬스터들이 단순히 사냥을 하기 위해서 몰려다니는 것이라면 큰 문제가 되지는 않을 겁니다. 하지만 만약 그들의 배후에 드래곤이 있어 그 드래곤의 명령을 받은 것이라면 저희로서는 그 드래곤을 막을 아무런 방법도 없습니다."

자포자기에 빠진 듯 힘없이 내뱉는 시장의 말에 일행들은 동정심이 생기는 것을 감출 수 없었다.

"황금만 많이 준다면 그 드래곤의 무차별한 살인만은 막을 수 있을지 모르는데……."

"그게 무슨 말씀입니까, 레이디?"

시장이 자신의 말에 반색을 하자 샤이베리아는 황급히 입을 다물었지만 시장은 조금도 물러서지 않았다.

"저는 코르츠 시에 사는 20,000명에 달하는 주민들의 목숨을 지켜야 할 책임과 의무가 있는 사람입니다. 만약 그들의 생명을 지킬 수 있는 방법이 있다면 무슨 짓이라도 할 테니 그 방법을 가르쳐 주십시오."

"샤이베리아, 방법이 있기는 있는 거야?"

간절한 시장의 말에 렉스가 나서서 그를 대신해 질문했다. 샤이베리아는 렉스가 또다시 자신에게 반말을 하자 눈꼬리가 치켜 올라갔다. 하지만 렉스는 두려워하기는커녕 오히려 빙그레 미소를 짓고 있었다.

잠시 동안 샤이베리아는 입술을 깨물며 화를 삭였다.

"드래곤은 황금과 보석을 좋아해. 이 산맥에 사는 드래곤이 누구인지는 몰라도 그 역시 드래곤인 이상 황금과 보석을 좋아하는 드래곤의 특성은 같을 거란 말이야. 만약 황금과 보석을 많이 보유하고 있어 매년 그에게 일정량의 황금과 보석을 상납한다면 이 도시를 파괴하는 것만은 막을 수 있을지 몰라."

샤이베리아의 말에 잠시 반색하던 시장의 얼굴은 그녀의 설명이 끝났을 때쯤에는 처음보다 더 어둡게 변했다.

그도 그럴 것이 몬스터들 때문에 도시의 재정이 압박을 받아 도시 전체가 지금 파산 직전까지 왔는데 드래곤을 충족시킬 만한 황금과 보석을 대체 어디서 구한단 말인가?

옆에서 두 사람의 대화를 듣던 렉스가 도네를 바라봤다.

"도네, 그 드래곤을 찾을 수 있겠어?"

"찾아서 뭐 하게?"

"일단 설득은 해봐야지. 그리고 그 드래곤에게 황금과 보석을 줌으로써 지금 상황을 해결할 수 있다면 협상을 할 수도 있잖아. 샤이베리아의 말대로라면 그 드래곤이 이 도시를 파괴해 봐야 그에게 득이 될 것은 하나도 없잖아. 그의 생각이 어떤지 들어보면 이 도시를 구할 방법이 있을지 없을지 알 수 있잖아."

렉스의 말에 도네의 인상은 사정없이 일그러졌다.

"대체 넌 언제까지 남의 일에 이래라저래라 간섭할 거야? 게다가 이번 일은 인간들 사이에서의 일이 아니라 인간과 드래곤 사이에서 벌어지는 일이란 말이야. 네가 인간들 대표라도 돼? 그리고 죽을지도 모르는 일에 함부로 나서지 마."

도네의 말은 신랄했지만 렉스는 들은 척도 하지 않았다.

"그 드래곤이 드래곤의 대표가 아니듯 나 역시 인간들의 대표는 아니야. 하지만 서로에게 이득이 되는 일이고 또 내가 도와서 그 일이 성사될 수 있다면 비록 작은 힘이나마 기꺼이 보태고 싶어."

렉스의 말에 시장은 감동을 했는지 그의 얼굴은 붉게 물들어 있었다.

"좋아, 난 한마디도 거들지 않을 테니까 너 마음대로 해봐. 워프!"

도네의 싸늘한 말이 끝나자마자 그들의 모습은 시장의 시야에서 순식간에 사라졌다. 그제야 도네가 얼굴만 아름다운 것이 아니라 대단한 마법사였다는 것을 깨달았다. 시장은 부디 그들이 이 일을 원만히 처리주기를 간절히 빌었다.

제6장

다크 드래곤

다크 드래곤

어쩔한 느낌과 함께 도착한 곳은 산의 정상과 그렇게 멀리 떨어지지 않은 곳에 있는 커다란 동굴 앞이었다. 그들이 서 있는 곳이 상당히 높은 곳인 듯 사방에서 불어오는 바람이 서늘하게 느껴졌다.

주위를 둘러보던 렉스가 5파렌은 족히 되어 보이는 동굴의 입구를 보며 도네에게 물었다.

"여기가 레어의 입구야?"

"그래."

"하아~ 도네와 내가 살던 레어에 비하며 정말 작구나. 이렇게 작은 곳에서 어떻게 살지?"

마치 동굴 품평 위원회에서라도 나온 듯 동굴 여기저기를 뜯어보고 평가를 내리는 렉스의 모습에 일행들은 어이가 없었다. 저 인간은 여기가 드래곤의 레어라는 것을 까맣게 잊고 있는 것이 분명해 보였다.

"도네의 레어에 비하면 이건 거의 개집 수준인데. 어떻게 이런 곳에서 살 수 있지? 정말 돈이 있으면 보태주고 싶은 마음이 저절로 들게 만드는 아주~ 초라한 레어네."

자신이 살던 레어를 높게 평가해 주는 것은 고마웠지만 동족의 레어를 혹평하는 렉스를 어떻게 받아들여야 할지 도네는 순간 아무 말도 할 수 없었다.

처음 레어를 발견하고 자신도 꼭 이런 레어를 차지해야겠다고 결심했던 샤이베리아는 레어를 혹평하는 렉스의 말에 발끈하지 않을 수 없었다.

"이 레어가 어때서 그래? 이 정도 레어라면 아주 훌륭한 거란 말이야. 그리고 도르미네스님의 레어를 이 레어와 비교할 필은 없잖아. 저분 정도 나이가 되면 드워프들이 알아서 레어를 만들어 바친단 말이야."

"드워프들이 만들어 바친다고?"

"당연하지. 감히 드워프 따위가 에인션트 드래곤께 무례를 범했다간 대륙에 있는 모든 드워프들은 씨가 마를 수밖에 없단 말이야. 게다가 도르미네스님은 에인션트 드래곤들 중에서도 가장 강한 분이시니까 드워프들이 만들어 바치는 것이 당연하단 말이야."

샤이베리아는 약이 오르는지 빨갛게 상기된 얼굴로 따지듯 렉스에게 말했지만 렉스는 그저 심드렁한 표정을 지을 뿐이었다.

"이유야 어떻든 간에 이 레어가 도르미네스의 레어보다 아주~ 별볼일 없는 것만큼은 사실이잖아. 왜, 내 말이 틀려?"

"이, 씨이~"

샤이베리아는 렉스 같은 인간을 상대로 말다툼을 시작한 것이 자신의 실수란 사실을 전혀 깨닫지 못하고 있었다.

샤이베리아가 분을 이기지 못해 씩씩거리고 있을 때 동굴 안에서 청년 한 명이 걸어나왔다. 그곳에 있던 사람들은 그 청년이 인간으로 폴리모프한 드래곤이란 사실을 인식하고는 자신도 모르게 침을 삼켰다.

"밀레리오스가 도르미네스님께 인사를 올립니다."

"밀레리오스? 넌 블랙 일족인가?"

청년의 머리가 검은색인 것을 보고 물어본 것이었는데 뜻밖에 청년은 고개를 저었다.

"아닙니다. 전 블랙 일족이 아니라 다크 일족입니다."

"뭐? 블랙이 아니라 다크라고? 지금 날 놀리는 것이냐?"

"제가 감히 블러디 드래곤이라 일컬어지시는 도르미네스님을 놀릴 이유가 있겠습니까? 하지만 제가 다크 일족인 것은 저 귀여운 레이디도 아는 분명한 사실입니다."

청년 밀레리오스의 말에 샤이베리아가 찔끔하며 자신도 모르게 렉스 뒤로 몸을 피했다.

"이렇게 많은 분들이 제 레어를 찾아주시기는 처음이군요. 잠시만 기다려 주십시오."

밀레리오스의 말이 끝나자마자 수십 마리의 오크들이 차양을 치고 의자와 테이블을 배치한 후 음식들을 준비하기 시작했다. 그 동작이 얼마나 섬세하고 익숙한지 수십 년 동안이나 그 일만 해온 전문가들 같았다.

일행들은 뜻하지 않은 모습에 정신을 차리지 못하고 있을 때 밀레리오스의 말이 들렸다.

"갑자기 준비한 것이라 소홀한 것이 많겠지만 일단은 식사라도 같이 하고 싶군요. 일단 자리에 앉으시지요."

일행들에게 말을 건네는 밀레리오스의 어투 또한 수십 년 동안 접대만 해온 사람처럼 넘침도 모자람도 없었다. 일행들이 자리에 앉자 뒤에 서 있던 오크들이 각자의 접시에 음식을 덜어놓았고 빈 잔에 적당량의 술을 따라주었다.

일행들의 잔이 모두 찬 것을 확인한 밀레리오스는 잔을 들며 입을 열었다.

"여러분들의 행운과 건강을 위해 건배하고 싶군요. 건배!"

"건배!"

"건배!"

밀레리오스의 선창에 사람들은 자신도 모르게 건배란 말을 따라했다. 부드러우면서도 결코 반항을 용납하지 않는 압도적인 힘 때문이리라. 그의 말을 따라하지 않은 사람은 도네와 렉스밖에 없었다.

도네야 감히 밀레리오스 자신의 힘으로는 어쩔 수 없는 상대니 그럴 수 있다고 하더라도 렉스는 고작 인간에 불과하지 않은가? 그런데 어떻게 자신이 암암리에 펼친 드래곤 피어의 지배에서 벗어날 수 있는 것인지 밀레리오스로선 쉽게 이해할 수 없었다.

렉스를 바라보는 밀레리오스의 눈빛이 야릇하게 변하자 도네가 조금은 짜증스럽게 입을 열었다.

"이봐, 조금 전의 그 말에 대해 설명을 해봐. 언제부터 블랙 드래곤이 다크 드래곤으로 바뀐 거지?"

"제 설명은 조금 후에 듣기로 하고 먼저 저 귀여운 레이디에게 먼저 물어보시죠."

"샤이베리아, 넌 언제부터 블랙 드래곤이 다크 드래곤이라고 이름을 바꿔 부르기 시작했는지 알아?"

사람들의 시선이 모두 자신에게 향하자 샤이베리아는 어색한 표정으로 대답했다.

"블랙 일족이 다크 일족으로 이름을 바꾼 것이 아니라 블랙 일족 중 일부가 자신들을 다크 일족이라고 주장을 하면서 다크 일족이 등장했어요. 대략적으로 2,500년에서 3,000년 전쯤에 일어난 일이라는데 정확히 알려진 것은 없어요. 다크 일족은 자신들은 새로운 종족이라고 주장을 하면서 드래곤 로드들의 회의에 자신들의 대표를 참석시켜 달라고 요구했지만 아직까지 드래곤 로드들의 제가는 나지 않은 상태래요."

"새로운 종족이라고? 나참, 어이가 없어서… 뭐가 새로운 종족이라는 거지?"

비웃음이 섞인 도네의 반문에 다크 드래곤 밀레리오스는 담담한 미소를 지은 채 입을 열었다.

"도르미네스님께서는 무엇 때문에 드래곤이 지상에 존재한다고 생각하십니까?"

"복잡하게 나에게 묻지 말고 그냥 설명이나 해."

"저희 다크 드래곤들은 이렇게 생각합니다. 수만 년 동안 드래곤이 지상 최강의 존재로 지내왔지만 실제 지상을 지배하고 있는 것은 인간들입니다. 어떤 생명체보다 뛰어난 적응력에 엄청난 번식력, 탐욕스러운 학습 욕구에 뛰어난 전투력까지 가진 인간들에게 감히 적수가 있을 수 없습니다."

"감히 인간 따위가 지상 최강의 존재라는 말이냐?"

"도르미네스님께서도 한번 생각해 보십시오. 인간이 강하다는 것은 역사를 통해서도 충분히 증명이 된 사실입니다. 과거 인간들은 드래곤의 힘을 두려워해 감히 대항할 생각도 하지 못했던 존재들입니다. 그런 그들이 육체적인 힘을 키워 그랜드 소드 마스터란 존재들이 이 땅에 등장하기 시작한 것이 언제입니까? 5클래스의 마법이 한계라고 떠들어대던 인간들이 지금은 7클래스의 마법을 익히기 시작했습니다. 과연 그들이 9클래스의 마법을 익히지 못할까요? 물론 우리 드래곤들이 사용하는 마법과 인간 마법사가 사용하는 마법이 조금 다르기는 하지만 인간들의 마법이 드래곤의 마법보다 배우기가 쉬운 것만은 사실입니다."

밀레리오스는 자신의 말에 귀를 기울이는 사람들의 표정을 훑어보면서 말을 이었다.

"이 대륙에 사는 생명체 중에서 인간만이 살 권리가 있는 것은 아닙니다. 하지만 인간들은 세상의 모든 것을 자신들의 입장에서만 판단하는 이기적인 존재들입니다. 만약 이들을 그대로 그냥 두게 된다면 결국 우리 드래곤들조차 설 땅을 잃게 될지도 모르는 일입니다."

"무슨 사설이 그렇게 길어? 그래서 결론이 뭐야?"

"다시 한 번 정리를 하자면 우리 드래곤이 지상에 존재하는 이유가 무분별하고, 무자비하고, 무절제한 인간들을 적절하게 통제하기 위해서란 겁니다. 때문에 지금처럼 인간들을 방치해서는 안 된다는 것이 저희 다크 드래곤들의 생각입니다. 잡식성 동물처럼 자신들에게 방해되는 모든 것들을 없애 버리는 인간들을 통제하기 위해서는 좀 더 인간들의 세상에 개입할 필요가 있다는 것입니다. 필요에 따라서는 일부의 인간들을 말살시키는 한이 있어도 말입니다."

밀레리오스의 말은 끝났지만 사람들은 아직 그의 이야기에 전해지는 충격에서 헤어 나오지 못하고 있었다.

"그러니까 네 말은 본격적으로 인간들 세상을 지배하고 통제하겠단 말이냐?"

"그렇습니다. 이 세상은 인간들만의 세상은 아니니까요. 그것이 우리 다크 드래곤들의 생각입니다."

"생각? 푸하하하!"

밀레리오스의 대답에 반문하던 도네는 갑자기 웃음을 터뜨렸다. 사람들은 도네가 웃는 모습을 처음 보기에 영문을 몰라 했지만 도네와 오랫동안 같이 생활한 렉스는 그녀의 웃음에 상대를 비웃는 조소가 섞여 있다는 것을 깨달았다.

"네 말이 모두 맞다고 치자. 하면 과연 인간들이 너희 다크 드래곤들의 뜻을 순순히 따를까?"

"적어도 아직까지는 그들 인간보다 저희들의 힘이 앞서니 인간들로서는 따를 수밖에 없을 겁니다."

"호호호, 정말 가소롭구나. 너는 인간들의 능력이 언제 가장 빛을 발하는지 그 순간을 아느냐?"

도네의 뜻하지 않은 질문에 밀레리오스는 말문이 막혔다. 그보다 무슨 의도에서 그런 질문을 한 것인지 그것이 더 궁금했다. 그 자리에 모여 있던 일행 또한 드래곤인 도네가 인간을 과연 어떻게 평가하고 있는지 궁금해졌다.

"인간들은 자신의 적이 있을 때 가장 더욱 강해진다. 인간들의 역사가 그것을 증명한다. 처음 몬스터들이 지상에 등장했을 때 인간은 그들 가운데 가장 허약했다. 하지만 그 알량한 머리를 이용해 몬스터들을 물리쳤고 육체의 힘을 키운 후로부터는 대륙 전체로 무섭게 퍼져 나갔다. 그들은 자신들의 영역을 넓히기 위해 거의 모든 종족을 적으로 돌렸지. 네 말처럼 무분별하고, 무자비하고, 무절제하게 말이야. 더이상 몬스터들이 인간에게 위협적인 존재가 아니라는 것을 알게 된 후그들은 그들의 검을 다른 인간들에게로 돌렸다. 그들의 살인 기술, 전투 기술, 전투 무기, 마법과 마법 도구들이 엄청난 발전을 보인 것은 그러한 전쟁을 시작하면부터였다. 양쪽이 비슷한 전력을 보유하고 있을때 가장 타격이 심하다는 것을 알게 된 인간들은 어쩔 수 없이 싸움을 멈춰야만 했지만 비밀리에 자신들의 전력을 높이기 위해 노력했고, 그런 과정에서 네 말처럼 그랜드 소드 마스터가 이 땅에 나타나기도 했다. 인간의 역사는 투쟁과 전쟁의 역사라고 해도 과언이 아니다. 그런인간들을 지배하겠다고? 흥! 인간의 가장 커다란 특징은 비록 적대 관계에 있는 상대라고 하더라도 더 큰 적을 상대하기 위해서는 기꺼이서로의 힘을 합친다는 것이다. 한 사람이 안 되면 두 사람이 힘을 합쳐공동의 적을 상대하고, 한 나라가 안 되면 두 나라가 힘을 합친다. 그리고 과연 다른 드래곤들이 너희들이 하는 행동을 그냥 두고 보기만할까?"

평소의 도네로서는 어울리지 않는 긴말이었다. 하지만 말을 하는 동안 그녀의 얼굴에는 진한 비웃음이 걸려 있어 누가 봐도 밀레리오스를경멸한다는 것을 느낄 수 있을 정도였다. 하지만 무슨 생각에서인지밀레리오스의 안색은 전혀 변화가 없었다.

"그것이 도르미네스님의 생각이십니까? 잘 알겠습니다."

밀레리오스의 대답에 좌석엔 일순간 어색한 기운이 휘감았다. 그런와중에도 본연의 임무에 충실한 자가 있었으니 바로 렉스였다. 남들이야 심각한 이야기를 하든 말든 열심히 술과 요리를 먹고 마시고 있었다.

한동안 아무도 말을 하지 않자 단숨에 술을 들이키고는 말을 꺼냈다.

"젠장, 기다리기 무지하게 힘들구만. 도네하고 이야기가 끝났으면 이젠 나하고 이야기를 좀 할까?"

"말씀하십시오."

렉스의 반말에도 밀레리오스는 개의치 않았다.

"밀레리오스라고 했던가? 그대가 바이아니 산맥에 몬스터들을 푼 장본인이겠지?"

"그렇다고 볼 수 있겠군요. 맞습니다. 제가 산맥 주변에 몬스터를 풀어놓았습니다."

"이유는?"

"척 보기에 제가 조용한 것을 즐기게 생기지 않았습니까?"

밀레리오스의 썰렁한 멘트에 렉스의 얼굴은 심각해졌다.

"농담은 그만 하고, 무슨 이유에서 몬스터들을 풀어놓았지?"

"농담이 아니라 사실 전 조용한 것을 좋아합니다. 그런데 인간들이 세워놓은 도시 때문에 조용히 지내기 힘들더군요. 참고적으로 말씀드리면 전 인간이 아주 싫습니다. 그래서 몬스터를 풀었습니다. 잘못된 것이라도 있습니까?"

너무도 태연한 표정으로 말하는 밀레리오스의 태도에 렉스는 순간 뭐라고 대꾸를 해야 할지 몰랐다.

"몬스터를 거두어들일 수는 없는 일인가?"

"제가 왜 그래야 하죠? 제가 이곳을 제 집으로 정한 이상 이곳의 주인은 접니다. 주인이 조용하기를 원하는데 이웃에서 따라주지 않는다면 힘으로라도 조용하게 만들어야 하지 않겠습니까?"

"힘으로라도 상대를 굴복시키겠다? 다시 말하자면 더 강한 이웃이 나타나 그대를 핍박한다고 하더라도 아무 소리도 하지 않겠다는 말이군."

"저보다 더 강한 상대라면 반항하는 것 자체가 무의미한 일 아닐까요?"

"그럼 그대가 보기에 난 강한가, 아니면 약한가?"

"제가 보기에 그대는 상당히 강합니다. 거의 그랜드 소드 마스터 급이라고 봐야겠군요."

밀레리오스의 말에 안드레이나 샤리프, 크레이는 적이 놀란 표정을 지었다. 그랜드 소드 마스터라니? 그들이 놀라는 동안에도 두 사람의 대화는 계속 이어졌다.

"그렇다면 만약 내가 그대의 뜻을 가로막는다면 어떻게 하겠는가?"

"물론 그대를 죽이는 것이 간단한 일은 아니지만 그렇다고 그리 어려운 일도 아닙니다. 하지만 그런 과정에서 저 역시 부상을 당할 테고 무엇보다 블러디 드래곤이라고 불리시는 도르미네스님이 그냥 보고만 있지는 않으시겠지요? 그대를 상대하는 것이 문제가 아니라 뒤에 일어날 일까지 생각을 해야 하니 솔직히 신경이 상당히 쓰이는군요."

"난 그대가 몬스터들을 인간들의 도시에서 불러들이기를 희망한다."

"그러니까 그대의 말은 제가 몬스터들을 불러들이지 않으면 무력을 사용해서라도 제 앞을 가로막겠다, 이런 뜻입니까?"

"그렇다고 봐도 무방하다."

렉스의 말을 들은 일행들은 일촉즉발의 팽팽한 긴장감을 느끼고 있었다.

대체 렉스는 무슨 생각이 있기에 감히 드래곤 앞에서 이렇게 당당한—일행들이 보기에는 거의 죽으려고 작정을 한 것처럼 보였다—태도를 보이는 것인지 그 속을 알 수 없었다. 게다가 자신들은 이렇게 긴장을 하고 있는데 정작 렉스는 아무 일도 없다는 듯 밀레리오스를 처다보고 있었고, 밀레리오스 역시 렉스의 태도보다는 그의 말속에 담겨 있는 의미를 더 신경 쓰는 듯 보였다.

"오늘 찾아오신 손님들은 저로서는 별로 달갑지 않은 손님들이시군요. 그래서 제가 어떻게 해주기를 바라는 겁니까?"

"몬스터를 풀어 인간들의 도시를 공격하는 것만 중지한다면 그대가 원하는 대가를 지불할 생각이다."

"대가라… 무엇으로 대가를 지불해 준다는 겁니까?"

"그대가 그럴 의사가 있다면 그 도시의 시장을 불러올 것이다. 코르츠 시의 시장과 협상을 해보면 원만한 타협점을 찾을 수 있을 것이라는 게 우리의 생각이다."

"협상을 하란 말입니까? 드래곤인 내가 겨우 인간 따위와?"

밀레리오스의 음성은 그리 크지 않았다. 또한 날카롭지도 않았다. 하지만 말에서 풍겨지는 위압감이나 존재감은 같이 자리를 하고 있던 일행들을 주눅 들게 만들기 충분했다.

두 사람의 대화를 듣고 있던 샤리프는 아마도 밀레리오스가 자신의 음성에 드래곤 피어를 섞어 사용했을 것이라 생각했다. 동시에 렉스는 어떻게 드래곤 피어를 저렇게 태연하게 견딜 수 있는지 의문이 아닐 수 없었다.

"그대는 더 이상 나를 시험하지 마라. 난 그대가 이미 협상을 생각하고 있다는 것을 안다.”

마치 밀레리오스의 생각을 꿰뚫어 봤다는 듯 말하는 렉스의 태도에 맞은편에 앉아 있던 밀레리오스는 조금은 불쾌한 표정을 지었다.

렉스가 눈짓을 하자 귀찮다는 표정을 지으면서 도네가 시동어를 외쳤다.

“코울션 워프!”

쿵!

“허억! 여기는……?”

바닥에 쓰러진 채 어리둥절한 표정을 짓고 있던 시장은 렉스 일행을 발견하고는 깜짝 놀랐다. 자신이 어떻게 이곳에 오게 된 것인지 그 이유는 알 수 없지만 이곳이 어딘지는 짐작이 갔기 때문이다.

자리에서 일어나던 시장은 자신을 바라보는 일행들 가운데 본 적이 없는 검은 머리의 청년을 발견했다. 비록 차분한 자세로 앉아 있기는 했지만 그에게서는 감히 범접하기 힘든 위엄이 어려 있는 것을 온몸으로 느낄 수 있었다.

아무리 봐도 평범한 인간으로 보이지 않았다. 시장이 주눅 든 모습으로 서 있자 렉스가 서로를 소개했다.

“이쪽은 이곳 바이야니 산맥으로 이사를 온 다크 드래곤 밀레리오스라고 하오. 그리고 이쪽은 코르츠 시의 시장인…….”

눈앞의 차분하게 생긴 미남이 드래곤이라는 사실에 시장은 깜짝 놀란 표정을 지었다. 그리고 예상했던 대로 이번 사건의 배후에 드래곤이 있는 것을 확인하고는 자신이 어떻게 대처를 해야 좋을지 결론을 내릴 수 없었다.

“코르츠 시의 시장인 켈런 맥카시라고 합니다. 우선 이렇게 대화를 나눌 수 있는 기회를 주셔서 감사드립니다, 위대한 존재시여."

켈런의 저자세가 마음에 들었을까? 렉스를 대할 때와는 달리 희미하지만 미소를 머금으며 입을 열었다.

"나와 협상하기를 원한다고 들었습니다. 단도직입적으로 무엇으로 대가를 지불한다는 겁니까? 그보다 당신들이 사는 도시에서 그 대가라는 것을 지불할 능력은 되는 겁니까?"

밀레리오스의 말에 켈런은 몸을 부르르 떨었다. 이미 코르츠 시의 재정을 다 알면서 물어보는 것 같았다.

"지, 지금 당장은 곤란하지만 원하시는 것이 있다면 어떻게든 저희가 준비를 하도록 하겠습니다. 그러니 말씀을……."

"후후후, 과거의 드래곤들처럼 한 달에 열 명씩 아름다운 미녀를 제물로 받치라고 할까요? 아니면 한 달에 100만 골드씩 바치라고 할까요?"

밀레리오스가 내뱉는 말에 깜짝 놀란 켈런은 금방 그 자리에 주저앉을 듯 비틀거렸다. 자신은 지금 밀레리오스의 말이 진담인지 아니면 농담인지 구별할 정신도 없었다.

만약 그의 말이 진담이었다면 그래도 과연 그의 요구를 들어주어야 한단 말인가? 하지만 결코 그럴 수 없다는 것은 누구보다 켈런 자신이 더 잘 알고 있었다.

잠시 그런 켈런의 모습을 바라보던 밀레리오스는 뭔가 생각나는 것이 있는 듯 눈빛을 반짝였다.

"좋습니다. 나 역시 있지도 않은 것을 요구할 정도로 어리석지는 않습니다. 내가 인간들의 도시와 도시를 찾는 사람들을 공격하지 않는 대신 그대에게 두 가지를 요구하겠습니다. 첫 번째는 그대들이 사용하던 원래의 도로를 제외한 다른 도로는 만들지도 또 이용하지도 않겠다는 약속을 하셔야 됩니다. 만약 이 약속을 지키지 않을 때에는 내가 직접 인간들의 도시를 파괴하겠습니다. 약속할 수 있겠습니까?"

"명심하겠습니다, 위대한 존재시여."

켈런은 밀레리오스의 마음이 변하기라도 할까 봐 얼른 대답했다. 그런 켈런의 모습을 바라보는 밀레리오스의 여전히 희미한 미소를 짓고 있었다.

"그리고 두 번째는 내가 가르쳐 주는 곳을 채굴해서 그곳에서 나오는 황금을 모두 정제해 나에게 바치라는 겁니다. 즉, 다시 말해 당신들 도시에서 황금을 채굴할 노동력을 제공하라는 겁니다. 기간은 황금 광맥을 모두 파낼 때까지입니다. 약속할 수 있겠습니까?"

"명심하겠습니다, 위대한 존재시여!"

켈런은 대답을 하면서도 속으론 걱정이 되었다.

황금이나 보석을 바치지 않아도 되는 것은 다행이었지만 황금은 드래곤만이 좋아하는 금속이 아니었다. 매장량이 얼마나 되는지는 모르지만 드래곤이 광맥을 확인한 이상 아마도 상당한 양이 묻혀 있는 것만은 확실할 것이다.

과연 동원된 인부들 가운데 황금을 보고 욕심이 생겨 훔쳐 달아날 인간이 없다고 어떻게 장담할 수 있단 말인가? 자신의 작은 이기심 때문에 다른 사람이 목숨을 잃을 수 있다는 것을 알면서도 그런 짓을 할 인간들을 과연 어떻게 통제해야만 한단 말인가?

"그곳에서 그리 멀리 떨어지지 않은 곳에 상당한 양의 블랙 아이언이 묻혀 있으니 그것을 수고비로 제공하겠습니다. 그리고 미안한 이야기지만 황금을 캘 때 내 아이들로 하여금 감시하도록 하겠습니다. 제

이야기를 이해하겠습니까?"

"무, 물론입니다, 위대한 존재시여!"

밀레리오스의 제의에 켈런은 정신을 차릴 수 없었다.

방금 그가 제시한 요구 사항은 켈런 입장에서는 요구 사항이라고 볼 수도 없는 것이었다. 아니, 코르츠 시에 내려준 신의 축복 같았다.

블랙 아이언은 검은색을 띤 철을 가리키는 말인데 이것을 일반 철과 함께 녹여 무기나 농기구를 만들면 일반 철로 만든 것보다 거의 다섯 배 이상의 강도와 세 배 이상의 수명을 가지게 되는 것이다. 하지만 블랙 아이언의 발굴량은 너무나 적어 블랙 아이언으로 만들어진 무기들은 엄청난 고가에 거래가 되었고, 때문에 대부분 귀족들의 소장품이 되기 일쑤였다. 그런데 그런 블랙 아이언을 황금을 캐는 수고비로 제공을 하겠다니…….

켈런은 순간적으로 왜 이제야 밀레리오스와 만나게 되었을까 하는 생각까지 들었다. 그와 함께 코르츠 시가 레트로니아 왕국에서 가장 발전된 도시로 변하는 것도 시간문제라는 생각이 들었다.

"말씀하신 것을 목숨 걸고 충실히 이행하겠습니다, 위대한 존재시여!"

"그대의 말대로 원만한 협상이 된 것 같군요. 그렇지 않은가요?"

밀레리오스의 말에 렉스는 가볍게 고개를 숙였다.

"나 같은 인간의 말을 들어준 그대의 아량에 진심으로 감사를 느낀다. 그대의 기나긴 생에 비해 우리 인간들의 삶은 너무나도 짧다. 하지만 만약 내가 도울 수 있는 기회가 있다면 목숨을 걸고 그대를 돕겠다."

밀레리오스는 처음 렉스의 말을 가소롭게 들었다. 드래곤인 자신이 인간 따위에게 도움을 구할 일이라는 것이 생길 리 만무하다는 생각 때문이었다. 하지만 렉스의 태도에서 그의 말이 진심이라는 것을 눈치 챈 밀레리오스는 고개를 끄덕였다.

"과연 그럴 일이 있을지는 모르지만 그대의 뜻은 기쁜 마음으로 받아들이겠습니다. 이곳에서 하루를 쉬고 가시겠습니까? 아니면……."

"저희는 급히 처리해야 할 일이 있기에 이만 돌아가 봐야겠습니다. 오늘의 성대한 환대를 절대 잊지 않겠습니다."

안드레이의 정중한 인사에 밀레리오스는 빙그레 미소를 지었다.

"갑작스러운 방문에 접대가 충분하지 않았는데 그렇게 말씀해 주시니 제가 부끄럽군요. 다음에 다시 만날 수 있기를……. 참, 잠깐만 기다려 주십시오."

인사를 하던 밀레리오스는 가만히 오른손을 들었고, 그의 손에서 빛이 번쩍이는 순간 그의 손에는 작은 상자 하나가 들려 있었다. 밀레리오스는 그 상자를 샤이베리아에게 내밀었다.

샤이베리아가 엉겁결에 상자를 받아 들자 밀레리오스는 미소를 지으며 입을 열었다.

"성년이 된 것을 진심으로 축하합니다, 샤이베리아. 그것은 제가 당신에게 드리는 성년 축하 선물입니다. 사용법은 상자 안에 들어 있으니 나중에 읽어보십시오. 그리고 제가 드릴 수 있는 충고는 '눈에 보이는 것이 모두 진실은 아니다' 란 말입니다. 당신도 에인션트 급에 들 정도로 나이를 먹는다면 당연히 알게 되겠지만 지금은 경험이 별로 없기에 눈에 보이는 것만을 진실이라 믿기 쉽습니다. 그러니 한 번 정도는 다른 입장에서 상대나 상황을 판단해 보시기 바랍니다."

"감사합니다, 밀레리오스님."

인간들을 상대할 때와는 달리 푸근한 미소를 지으며 말하는 밀레리오스의 모습에 샤이베리아는 진심으로 고맙다는 인사를 했다. 그의 부모가 한 여행을 하면서 다크 드래곤을 만나면 절대 상대도 하지도 말라던 충고와는 달리 마치 자신과 같은 일족을 만난 것 같은 친근감을 느껴졌다.

"그럼 저희는 이만 떠나겠습니다."

"조심해서 가십시오. 그리고 코르츠 시의 시장은 제가 장소를 알려준 후 돌려보내겠습니다."

"워프!"

일행들이 미처 밀레리오스에게 작별 인사도 하기 전에 도네가 시동어를 외쳤고, 그 순간 일행들의 모습은 감쪽같이 시야에서 사라졌다. 켈런이 신기함을 감추지 못하고 있을 때 밀레리오스의 나직한 음성이 들렸다.

"블러디 드래곤 도르미네스… 정말 엄청난 존재야. 나 같은 녀석은 열 명이 있어도 상대조차 안 되겠군. 아무래도 로드에게 보고를 해야겠지?"

"예?"

"아닙니다, 가시죠. 워프."

밀레리오스의 시동어와 함께 두 사람의 모습은 감쪽같이 사라졌다. 두 사람마저 사라지자 그때까지 뻣뻣하게 서 있던 오크들이 음식과 테이블들을 치우기 시작했다.

산간 지역이기 때문일까?

벌써 산 사이로 모습을 감추는 태양은 하늘을 온통 붉게 물들이고 있었다.

밀레리오스의 레어를 떠난 일행은 다시 식당으로 향했다.

몬스터들을 막기 위해 코르츠 시의 서쪽 성벽으로 출동했던 용병들은 아무리 기다려도 몬스터들의 공격은커녕 그들의 모습조차 발견하지 못하자 허탈한 마음으로 발길을 돌려야만 했다. 물론 병사들이 연락을 하면 바로 달려갈 준비를 하고 있었지만 힘이 빠지기는 마찬가지였다.

그런 용병들의 모습을 보면서 일행들은 밀레리오스가 자신들과의 약속을 지켰다는 것을 알 수 있었다. 그리고 그 이유가 렉스 때문은 아니라는 것 역시 잘 알고 있었다.

어째서 밀레리오스는 그렇게 순순히 렉스 일행의 요구를 따라주었을까? 아무리 생각해 봐도 쉽게 이해할 수 없는 행동이었다. 일행들은 마치 실어증에 걸린 사람들처럼 한마디도 하지 않고 나름대로의 생각 속에 빠져 있었다.

"도네가 보기에 밀레리오스란 녀석은 몇 살이나 된 것처럼 보였어?"

"한 1,100살 정도… 그건 왜 물어?"

"1,100살이라면 인간으로 따지면 열서너 살에 불과한 나인데… 아무리 드래곤이라고 하더라도 생각하는 것이나 행동이 훨씬 여유가 있어 보여서."

렉스의 말에 다른 사람들도 저마다 고개를 끄덕였다. 자신들의 생각도 그랬다. 자신들을 대하는 밀레리오스의 태도는 확실히 여유가 있었다.

아무리 도네가 옆에 있었다고는 하지만 드래곤으로서의 위압감도 별로 느낄 수 없었고, 또 자신들을 대할 때에도 부드러운 태도를 잊지 않았다.

드래곤인 밀레리오스는 왜 그런 행동을 했을까?

생각을 하면 할수록 머리 속이 복잡해져 왔다.

"몬스터 토벌대가 사실상 해체가 되었으니 그것으로 여행비를 충당할 순 없을 텐데, 이제 어떻게 하실 겁니까?"

"글쎄요. 조금 힘들기는 하겠지만 다행히 날씨도 그리 춥지는 않으니 노숙이라도 해야겠습니다."

안드레이의 말에 샤리프는 난감한 표정을 지었다.

"어디로 가시던 중이었습니까?"

렉스의 질문에 샤리프는 괴로운 표정을 지으며 자신 앞에 놓여 있던 술을 단숨에 마셔 버렸다. 그리고 조금은 낮은 음성으로 입을 열었다.

"실은 실종된 딸을 찾아다니던 중이었습니다."

샤리프의 말에 안드레이나 렉스는 쉽게 이해하지 못하겠다는 표정을 지었다. 샤리프 정도의 실력을 가지고 있는 사람의 딸이 실종되었다니, 좀처럼 믿을 수 없는 일이었다.

"모든 것이 저 때문입니다. 모든 것이……."

샤리프의 음성에는 깊은 회한이 묻어 있었다.

"두 분이 보시기에 제 실력이 얼마나 될 것 같습니까?"

"제가 보기에는 귀하의 적수가 될 만한 상대는 세상에 거의 한 손에 꼽을 정도밖에 없을 것 같습니다만……."

"접근전에서 귀하보다 강한 상대는 아직 보지 못했소이다."

렉스와 안드레이의 대답에 샤리프의 얼굴에는 더욱 짙은 회한이 어렸다.

"제가 태어난 곳은 제라스탄 왕국입니다. 여러분들은 제라스탄 왕국에 대해 얼마나 아시는지 잘 모르겠지만 국토의 절반이 사막입니다.

나머지 절반도 돌산과 황무지가 대부분이어서 농토가 절대적으로 부족한 곳입니다. 제라스탄 왕국은 437년 전 투르멘시아 제국에서 독립을 하기 전까지 온갖 범죄자들을 수용하기 위해 사용되었던 땅이었습니다."

천천히 이야기를 하는 샤리프의 말에 일행들은 호기심 어린 눈으로 그의 이야기에 귀를 기울였다.

일행들 가운데 안드레이를 제외하고는 모두 레트로니아 왕국을 벗어나 다른 나라에는 가본 적이 없었다. 그러니 샤리프가 말하는 모든 것이 신기하기만 했다.

"제라스탄 왕국은 국왕의 가문인 제라스탄 가문을 제외하고는 나머지 가문들은 모두 평등합니다. 즉, 국왕을 제외하고 귀족은 단 한 명도 없습니다."

"그럴 수가……."

"귀족이 한 명도 없는 왕국이 있다니……."

샤리프의 말에 일행들의 입에서는 나직한 탄성이 흘러나왔다. 일행들은 귀족이 없는 나라가 있다는 말은 한 번도 들은 적이 없었다.

"그럼 국왕 혼자서 모든 국정을 처리한다는 말입니까?"

"그렇지는 않습니다. 국립 아카데미가 있어 국정에 필요한 인재를 뽑아 충당합니다. 외교, 경제, 산업, 기술, 치안 등에 필요한 인재들은 일정 기간 동안 특정 교육 기관에서 교육을 시켜 국정에 참여시키는 방법을 사용합니다. 또 각 분야에서 일정한 기간 안에 실적을 세우지 못하면 과감히 다른 사람으로 교체가 됩니다."

"하지만 국왕 혼자서 처리하기에는 너무 과중한 일이군요."

로니의 말에 샤리프는 고개를 흔들었다.

"제라스탄 왕국이 세워진 지 이미 400년이 지났습니다. 그런 문제가 없었던 것도 아니지만 지난 세월 동안 꾸준하게 수정을 해 지금은 그런 문제가 거의 없습니다. 국왕은 문제가 있을 때마다 각 분야의 전문가인 원로들이 모인 원로원에 자문이나 의견을 물어 문제를 해결합니다. 그러니 어느 누구든 실력만 있다면 국왕을 제외한 모든 자리까지 올라갈 수 있는 공평한 기회가 주어집니다. 그런 점만 본다면 다른 왕국에 비해 나은 점이지만 문제는 아까도 말씀드린 것처럼 농사 지을 땅이 적다는 것이 가장 큰 문제입니다. 그렇기에 제라스탄 왕국으로서는 타국의 기름진 대지를 빼앗을 수 있는 강력한 군대를 필요로 했고, 평민으로서 출세를 하고 싶다면 직업 군인이 되는 것이 가장 빠른 길 중에 하나입니다."

다시 한 잔의 술을 단숨에 들이킨 샤리프가 말을 이었다.

"그런 이유 때문에 전 군대에 지원을 했고 그에 필요한 모든 훈련을 받았습니다. 다행히 재능이 있었는지 시간이 지날수록 제 지위도 차츰 올라갔고 또 결혼도 해 귀여운 딸도 태어났습니다. 제가 제라스탄 왕국에서 가장 강한 기사단 가운데 하나의 수석 기사장이 되었을 때 저는 제가 이룰 수 있는 최고의 자리를 차지했다고 생각했습니다. 하지만… 하지만 그것이 얼마나 어리석은 생각이었는지 알게 된 것은 얼마 후의 일이 있고 나서였습니다."

테이블 위에 놓였던 손이 주먹이 쥐어지면서 섬뜩한 소리가 들렸다. 동시에 샤리프의 눈이 금방이라도 찢어질 듯 부릅떠졌다. 눈에 보이는 것은 무엇이든 파괴해 버릴 것 같은 파괴자의 눈빛이었다.

"나는 나의 행동이 출세하고자 하는 나의 욕구보다는 모두 가족들을 위한 것이라고 생각했었습니다. 그렇기에 가족들에게 조금이라도 더

편한 생활을 즐기게 해주기 위해 전 훈련장에서 동료나 부하들과 보내는 시간이 더욱 길었습니다. 다행인지 불행인지 상부에 계신 분들이 저의 그런 노력을 인정해 주셔서 드디어는 레드 그리핀 기사단의 수석 기사장이 될 수 있었습니다."

샤리프의 말에 일행들은 그가 얼마만한 노력을 했는지 짐작할 수는 없지만 그의 성공을 진심으로 축하해 주려고 했다. 하지만 그의 얼굴에는 기쁨의 기색은 전혀 찾아볼 수 없었다.

"기쁜 마음으로 아내와 딸에게 이 사실을 알리려고 집에 들렀을 때… 저를 반기는 사람은 아무도 없었습니다. 그때까지만 해도 저는 집에 무슨 일이 생겼는지 전혀 짐작도 못하고 있었습니다. 사라진 아내와 딸아이를 찾는 과정에서 과거 저희 집 하인으로 지냈던 노인에게서 전해 들은 이야기는 너무나 충격적인… 도저히 믿을 수 없는 이야기였습니다. 예전 저와 함께 훈련을 받고 누구보다 절친하게 지냈던 친한 동료가 제 아내를 폭행, 살해한 후 딸아이를 데리고 어디론가 사라졌다는 것이었습니다."

"그럴 수가……."

"어떻게 동료란 자가 그런 짓을……."

샤리프의 말에 일행들은 기가 막혀 아무런 말도 할 수 없었다. 사람들의 탄성에 샤리프의 얼굴에는 회한뿐이었다.

"나중에 알게 된 사실이었는데, 제가 진급을 계속해 직위가 올라갈 때마다 그 친구는 나로 인해 계속 진급에서 누락되었던 모양입니다. 결국 나에 대한 복수를 내 가족에게 해댄 것이지요. 너무나 기가 막혀 한동안 미칠 것 같았습니다. 매일매일을 술독에 빠져서 생활했었습니다. 그러다 아내에게는 미안한 말이지만 딸아이만은 반드시 찾아야 한다는 생각이 불현듯 들더군요."

"범인의 행방에 대한 단서는 찾으셨습니까?"

"아직 정확한 단서는 가지고 있지는 않지만 아는 사람을 동원해 조사해 본 결과 제라스탄 왕국을 떠난 것만큼은 확실한 것 같습니다."

샤리프의 음성에는 진한 회한이 어려 있어 쉽사리 위로의 말을 건네기도 힘들었다. 렉스는 그저 술병을 들어 술을 권할 뿐이었다. 묵묵히 잔을 채워준 렉스는 조용히 질문을 했다.

"그럼 그자에 대한 단서는 아무것도 없는 겁니까?"

"사라졌을 3년 전 당시 그의 검술 실력이 소드 마스터 중급 이상의 실력을 가지고 있었으니 쉽사리 흔적을 남기지는 않을 겁니다."

"그렇다면 그에게 눈에 띄는 특징은 없습니까?"

"선홍색의 머리와 눈썹, 정성 들여 다듬은 콧수염이 있기는 하지만 염색을 할 수도 있고 또 변장을 위해 깎았을 수도 있으니 특별한 특징은 없는 셈입니다. 아! 왼손잡이라는 것이 특징이라면 특징이겠군요."

샤리프의 말에 렉스는 가만히 고개를 흔들었다. 그 정도라면 특징이라고 할 수도 없었다. 그의 말대로 모발의 색은 염색으로도 충분히 바꿀 수 있는 문제였고 또 왼손을 사용하는 용병이나 기사가 얼마나 많은데 그런 것이 특징이 될 수 있겠는가? 막연함을 느끼지 않을 수 없었다.

렉스는 다시 샤리프의 빈 잔에 술을 따르면서도 어떻게 이 파티에 모인 남자들은 하나같이 슬픈 과거를 가지고 있는 것인지 의문이 들었다. 안드레이도 그렇고, 샤리프도 그렇고, 자신 또한 그러했다.

비록 로니가 말을 하지는 않았지만 그 역시 심각한 문제를 가지고 있는 것 같았고 크레이 역시 세상에 대한 단순한 호기심 때문에 여행을 시작하지는 않은 것 같았다.

문제가 없는 사람은 도네와 샤이베리아뿐이었지만 그들은 인간이 아니니 설사 문제가 있다고 하더라도 개입을 해서도, 또 할 수도 없는 일이었다.

무거운 침묵이 그들을 감쌌다고 느낄 때쯤 어느샌가 식당 안은 텅 비어 있었다. 그런 분위기가 마음에 들지 않는 듯 도네가 자리에서 벌떡 일어섰다.

"난 이만 들어가서 잘 테니 너희들은 계속 우거지상이나 짓고 있어. 흥! 샤이베리아, 따라와."

도네의 명령에 샤이베리아는 울상을 지었지만 꼼짝도 못하고 그녀의 뒤를 따라갔다.

뭔가를 곰곰이 생각하던 로니가 입을 열었다.

"저어~ 엘레테 시에 있는 검은 달 교단의 지부를 파괴했는데 왜 아직까지 별다른 반응이 없을까요?"

"참! 저도 그 점이 의심스러웠습니다. 엘레테 시에 분명히 우리들의 짓이란 흔적을 남겨놓았는데 아직까지 반응이 없다니… 혹시 검은 달 교단에서 저희가 한 짓인지 모르고 있는 것은 아닐까요?"

크레이가 동감을 표시하자 나머지 사람도 한숨을 쉬었다. 엘레테 시뿐만이 아니었다. 이미 지나쳐 온 여러 도시에 검은 달 교단의 지부를 파괴하면서 자신들의 흔적을 분명히 남겨놓았는데 왜 아직까지 아무런 반응이 없는 것인지 의문이 아닐 수 없었다.

이미 주교에게서 입수한 각 비밀 지부에 정보는 모두 사용했다. 그들이 레이토스 시로 향하는 이유는 단지 엘레테 시와 경계를 마주하고 있다는 이유 때문이었다.

렉스 일행이 지나온 도시마다 의문의 피살체들이 발견이 되었고 각 도시마다 비상 경계령이 내려져 도시의 출입조차 쉽지 않은 상황이었다.

처음 일행들은 각 지부의 우두머리들만을 찾아 처치하려고 했지만 그들을 찾아내기가 생각처럼 쉽지 않았다. 게다가 우두머리들이 위험한 상황에 빠지면 신도들이 자신의 목숨을 걸고 대항하는 바람에 어쩔 수 없이 검을 뽑아 들어야만 했다.

처음에는 로니가 나서서 신성력으로 어떻게든 상대를 정화시키려고 했지만 신념과 약효로 중무장한 검은 달 교단의 신도들을 무력화시킨 것은 결국 검이었다.

대체 신도들을 어떻게 교육시킨 것인지 그들은 자신들의 우두머리를 지키기 위해서 수단과 방법을 가리지 않았다. 자신의 목숨을 걸고 안드레이와 렉스들의 앞을 가로막아 그들이 도망칠 시간을 벌어주었다.

만약 안드레이나 렉스 혼자서 이번 일을 시작했더라면 아마도 번번이 그들을 놓쳤을 것이다. 하지만 그들로부터 입수한 정보 역시 주교에게서 입수한 정보와 비교해 다른 것은 하나도 없었다.

검은 달 교단에 대한 단서는 이미 끊어진 상태.

렉스 일행들은 어찌해야 좋을지 고심을 했지만 가슴만 답답해질 뿐 검은 달 교단에 대한 실마리를 찾을 순 없었다. 시간은 계속 흘러 새벽이 가까워졌건만 어느 누구도 자리에서 일어날 생각을 하지 않았다.

"여러분들을 만나서 반가웠습니다. 그리고 덕분에 좋은 경험도 했습니다. 다음에 다시 만날 기회가 있으면 좋겠군요."

"가시겠습니까?"

"예."

자리에서 일어서는 샤리프의 얼굴에 반드시 딸을 찾고 말겠다는 결연한 의지가 엿보였다.

"참, 범인의 이름은 어떻게 됩니까?"

"그자의 이름은… 사이나 델 마벡이라고 합니다."

"만약 그자를 찾게 된다면 저희 용병 길드와 또 협력 관계에 있는 길드에 통보를 하겠습니다. 그러니 시간이 날 때마다 들러보도록 하십시오."

안드레이의 말에 샤리프는 비록 입을 열어 감사의 말을 하지는 않았지만 정중히 고개를 숙임으로써 인사를 대신 했다.

"여러분에게 타라카스의 용맹과 자비가 언제나 함께하시길 진심으로 빌겠습니다. 그럼……."

인사를 마친 샤리프는 곧 식당을 빠져나갔고, 그런 그의 뒷모습을 일행들은 말없이 바라보고 있었다.

"그런데 레이노스 시에 가면 검은 달 교단의 흔적을 찾을 수 있을까?"

"레이노스 시는 그래도 레트로니아 왕국에서 10대 도시 중에 하나로 손꼽히는 곳이지 않은가. 게다가 수도인 포안 시에서도 그리 멀지 않고 말이야. 내가 만약 검은 달 교단의 수뇌부라면 전략적 교두보가 될 수 있는 레이노스 시에 반드시 지부를 마련할 것이네."

렉스 역시 그런 생각을 했는지 안드레이의 말에 고개를 끄덕였다. 그와 동시에 안드레이가 샤리프와 마찬가지로 상당 기간 동안 군대에 있었다고 생각했다.

"참! 아까 시미니언인가 하는 사람이 자신의 이름을 밝혔을 때 왜 그런 표정을 지은 거야?"

렉스의 질문에 안드레이는 자신이 그의 정체를 밝혀도 좋을지 잠시 고민했지만 곧 대답을 했다.

"렉스, 자네도 느꼈겠지만 그의 검술 실력은 제라스탄 왕국에서도 몇 손가락 안에 들 정도로 대단하네. 그리고 그가 수석 기사장을 지냈다는 기사단은 제라스탄 왕국 최강의 기사단이라고 일컬어지는 레드 그리핀 기사단일세. 어쩌면 바르빈스 연방 4개 국의 기사단 중에서 근접 전투에 대해서만큼은 가장 강한 기사단일지도 모르지. 자신은 느끼고 있는지 모르겠지만 그의 이름은 바르빈스 연방 전체에 널리 알려져 있고, 또한 그를 우상으로 삼아 수련에 열중인 청년들도 상당수 있네. 내가 있던 투르멘시아 제국에서도 그를 흠모하고 존경하는 기사 후보생들이 상당했다네."

안드레이의 말에 일행들은 대머리사내 샤리프를 다시 보지 않을 수 없었다. 설마 그렇게 유명한 인물일 거라고는 전혀 생각하지 않았기 때문이다.

"그렇게 유명한 인물인지는 몰랐는데? 그건 그렇고 유명한 인물치고는 눈빛이 너무 맑군."

"자네, 관상도 보는가?"

"아니. 하지만 과거 로이드 블라슈란 용병한테 여러 가지를 배울 때 상대를 빠른 시간 내에 판단하는 법을 배운 적이 있었어. 자네도 잘 알겠지만 언제 적의 공격을 받을지 모르는 용병 생활에서 나에게 접근하는 자가 적인지 아군인지 구별하는 것은 중요한 일이잖아. 꽤나 힘들게 배웠어."

"자네가 말하는 것을 들어보면 상당히 여러 사람에게서 검술과 그

밖의 것들을 배운 것 같은데…….”

“대여섯 명쯤 되려나? 자네가 살던 투르멘시아 제국 출신도 한 사람 있었는데… 혹시 에이린 파우웰이란 이란 이름을 들어본 적 있어?”

“파우웰이라고?”

안드레이는 렉스가 말한 에이린 파우웰이란 이름을 곰곰이 생각해 보았지만 아무리 생각해 봐도 그런 이름은 들은 적이 없었다.

“들어본 적이 없네.”

“그래? 정말 세상에 나온 적이 한 번도 없었나? 자기 말로는 검술의 오묘한 점을 깨우치기 위해 세상에는 한 번도 나간 적이 없다고 했거든. 하여간 그 양반이 내 첫 번째 스승이었는데 지금 생각해도 이가 갈릴 정도로 악랄한 늙은이였어. 그 악마 같은 늙은이한테 당한 걸 생각하면……. 으드득!”

얼마나 끔찍한 생활을 했는지는 모르지만 몸을 부르르 떨면서 이를 가는 렉스의 태도가 심상치 않게 느껴졌다.

“도네는 대체 어디서 그런 괴상한 늙은이를 찾아내 끌고 온 건지 모르겠지만 두 번 다시 경험하고 싶지 않은 악몽 같은 시간이었어.”

“그랬군. 그건 그렇고 어떻게 도네님과 만나게 되었는지 이야기해 줄 수 있겠나?”

“도네와 만난 거 말이야? 그건 나중에 이야기해 줄게. 레이노스 시까지는 갈 길이 뭐니까 좀 자두는 것이 좋을 거야.”

렉스의 말에 안드레이는 약간 아쉬운 표정을 지었지만 그가 나중에 이야기하겠다는 말에 위안을 삼고 자리에서 일어났다. 그와 함께 렉스에 대해 알면 알수록 그에게 점점 더 신비감이 이는 것을 느꼈다.

그는 렉스가 어떻게 해서 드래곤과, 그것도 가장 포악하다는 레드 드래곤과 인연을 맺게 되었고 또 어떻게 해서 소드 마스터 최상급이 될 수 있는지 의문이었다.

평소 조금은 돌발적인 행동을 잘하는 렉스지만 그에게서 풍겨지는 이미지는 남들에게 보이는 행동과는 달리 차분하고 생각이 많은 사람이라는 느낌도 들곤 했다.

이런저런 생각과 함께 어디서 감은 달 교단의 흔적을 찾아야 할지 머리 속이 복잡해진 안드레이는 눈을 감았지만 좀처럼 잠을 이룰 수 없었다.

제7장

이게 사랑인가?

이게 사랑인가?

코르츠 시를 떠난 렉스 일행은 나흘이 지나서야 레이노스 시에 도착할 수 있었다.

바삐 말을 몰았다면 이틀 만에도 도착할 수 있는 곳이었지만 검은 달 교단에 대한 정보를 알아보면서 가는 길이었기에 시간이 걸릴 수밖에 없었다. 하지만 단서는 하나도 찾지 못했다. 검은 사제복을 입은 사람을 본 적도, 또 마을에서 실종이 된 어린아이도 없다는 말에 일행들은 힘이 빠졌다.

그들이 레이노스 시의 외곽에 도착했을 때였다.

레이노스 시는 레트로니아 왕국의 수도인 포얀 시와 불과 80엠파렌 정도 떨어진 곳에 위치한 거대한 도시였다. 도시의 규모로만 따진다면 오히려 포얀 시보다도 컸다.

도시의 규모가 이렇게까지 커진 것에는 레이노스 시에 고대의 유적이 많이 남아 있는 것도 하나의 이유가 되겠지만 더 큰 이유는 각 종파의 교단이 이곳에 몰려 있기 때문이었다.

각 종파의 교단이 위치하고 있으니 사시사철 교단을 찾는 프리스트들과 순례자, 관광객의 발길이 끊어지지 않았고, 또 상인, 용병, 음유시인까지 레이노스 시를 찾기 때문이었다. 그리고 그들을 상대로 장사하는 여관, 음식점, 잡화점, 술집, 청과물 가게, 꽃집, 기념품점 등 각종 가게들이 속속 들어와 도시는 더욱 커져 갔다.

도시 안에 각 교단의 신전들과 교단에 속해 있는 성기사의 수가 많은 탓인지는 모르지만 레이노스 시에는 다른 도시에서는 흔히 생기는 살인이나 절도, 강간, 방화 등 각종 범죄들을 거의 찾아볼 수 없었다.

그렇다고 범죄자들이 프리스트들에게 감화를 받아 마음을 고쳐먹었다기보다는 각 교단에 소속되어 있는 성기사단 때문이었다. 교단에 속해 있는 기사들이라고는 믿을 수 없을 만큼 잔인하고 무자비한 사람들이 바로 성기사들이었다.

죄를 저지른 자는 국법으로 다스리는 것이 우선이었지만 교단의 세력권 내에서만큼은 교단들의 심판이 우선이었다. 그리고 그 심판을 실행에 옮기는 사람들이 바로 성기사들이었다. 평소 청렴한 생활을 하고 또 신앙으로 하루를 시작해 신앙으로 하루를 마치는 생활을 하는 그들이었지만 이교도들, 특히 자신이 믿고 따르는 신을 모독한 자들에게는 추호의 용서도 없었다.

그런 탓에 레이노스 시에서는 도시 경비대조차 교단과 성기사들의 눈치를 봐야만 했다.

25파렌은 족히 되어 보이는 견고한 성벽이 끝도 보이지 않게 늘어서 있었고 높이 10파렌, 넓이가 6파렌은 넘어 보이는 육중한 성문이 도개교처럼 내려와 있었다.

　　일행들의 발걸음을 멈추게 한 것은 육중한 성문이 아니라 성문 밑에서 벌어지고 있는 일 때문이었다. 한 무리의 중무장한 병사들이 레이노스 시로 들어서는 사람들의 신분증과 여행증을 철저하게 검사하고 있었다.

　　물론 병사들의 임무가 레이노스 시로 들어오는 사람이나 시에서 나가는 사람들의 출입을 통제하는 것이기는 했지만 웬만한 도시에서는 이렇게까지 철저하게 신분증과 여행증을 검사하지는 않았다.

　　성문을 통과하기 위해서 사람들이 300파렌도 넘게 줄을 지어 있었지만 병사들은 조금도 개의치 않고 철저하게 검사를 하고 있었다. 늘어선 사람들에게서 불만 섞인 말이 터져 나올 만도 했지만 심상치 않은 분위기를 감지한 탓인지 묵묵히 자신의 차례를 기다리고 있었다.

　　무엇보다 일행들의 눈길을 끈 것은 성문에 기대고 선 채 자신들끼리 잡담을 주고받고 있는 세 명의 사내들이었다. 간간이 웃음을 터뜨리는 것이 잡담에 열중하고 있는 것처럼 보였지만 그들의 시선은 성문을 출입하는 사람들의 얼굴을 빼놓지 않고 살피고 있다는 것을 일행들도 곧 눈치 챌 수 있었다. 그 눈길이 얼마나 예리한지 그들이 눈빛을 빛낼 때마다 마치 번개가 번쩍이는 것 같았다.

　　그들은 검은색의 가죽을 몇 겹이나 겹쳐 만든 브레스트 플레이트를 걸치고 있었는데 황금색 수실로 꼼꼼히 세공되어 있는 것이 상당히 고가의 아머 같았다. 아무리 봐도 평범한 신분을 가진 자들이 아닌 듯했다. 더구나 그들의 몸에 자연스럽게 어려 있는 예기는 그들의 실력이 보통이 아니라는 것을 증명해 주었다.

점점 줄어드는 줄 속에 선 일행은 일단 안드레이가 일행들의 대표가 되기로 했다. 처음 렉스가 자신이 대표를 하겠다고 주장을 했을 때 일행들은 만장일치로 반대를 했다. 그렇지 않아도 언제 터질지 모르는 화약 같은 인간인데 대표를 맡았다가 무슨 짓을 할지 모른다는 것이 반대의 이유였다.

마침내 일행들이 차례가 되었다.

안드레이가 건넨 신분증과 여행증을 받아 든 병사는 일행들의 얼굴을 하나하나 살폈다.

"이곳에는 무슨 일로 오셨소?"

"여기 계신 프리스트를 이곳까지 안전하게 경호하라는 청부를 받았소."

"다섯 명이나 말이오?"

"워낙 소중한 문서를 가지고 계신지라……."

안드레이의 태연한 대답에 병사는 안드레이와 렉스, 로니, 크레이, 도네, 샤이베리아의 얼굴을 살폈다.

정말 잘생긴 사내들에 아름다운 여자들이었다.

요즘에 용병들을 뽑을 때 용모에 대한 심사도 생겼나 하는 생각이 잠시 들었다.

그들이 제시한 신분증이나 여행증에는 아무런 하자도 없었다. 하지만 이들에게서는 다른 사람들과는 조금 이질적인 뭔가가 느껴졌기에 병사는 일행들을 통과시킬 것인지 아닐지를 잠시 고민해야만 했다.

병사가 자신들을 좀처럼 통과시키려고 하지 않자 안드레이가 조금은 초조한 마음에서 입을 열었다.

"무슨 문제가 있소?"

"그렇지는 않지만……."

"우리는 모두 카로프 용병 길드에 소속된 용병들이니 문제가 생기면 카로프 용병 길드로 문의하면 될 거요."

안드레이의 재촉에 병사는 어쩔 수 없이 일행들을 통과시키려고 했다. 하지만 그런 병사의 행동은 일행들을 향해 다가온 검은 브레스트 플레이트를 걸친 사내에 의해 멈춰야만 했다.

사내는 30대 중반 정도로 보이는 은발청년이었는데 눈빛이 상당히 날카로워 보였다.

"무슨 일인가?"

"예, 저기 계신 분이 프리스트이시고 이들은 저분을 이곳까지 경호해 온 용병들이랍니다. 하지만 조금 이상한 생각이 들어서……."

"호오~ 프리스트 한 분을 경호하기 위해 용병을 다섯 명이나 고용했다? 프리스트께선 어느 분을 따르시는지요?"

"저는 하이얀 브로넨스의 미천한 종인 로니 바로크만이라고 합니다. 제가 입수한 소중한 정보를 하이 프리스트께 전달하기 위해 이곳으로 왔고, 이분들은 신변의 안전을 위해 잠시 고용한 분들입니다."

"그렇다면 그 정보가 상당히 귀중한 정보인가 보군요, 용병을 다섯이나 고용할 정도로."

따지듯이 입을 열었던 은발청년은 일행들을 확인하다가 속으로 깜짝 놀라고 말았다.

안드레이의 눈 속에서 싸늘하게 얼어붙은 겨울 호수를 발견했기 때문이었다. 보는 것만으로 온몸이 얼어붙을 것 같은 혹한의 호수를 눈에 담고 있는 사내. 그런 안드레이와는 달리 렉스의 눈 속에는 하얀 구름이 담겨져 있었다. 불어오는 바람에, 타오르는 태양에 이리저리 모양을 바꾸는 구름의 기운이 담겨 있었던 것이다.

은발청년은 자신도 모르게 한 발 뒤로 물러섰다.

자신으로서는 도저히 어떻게 할 수 없는 상대가 앞에 있기 때문에 본능적으로 취한 행동이었다. 곧 자신의 추태를 깨닫고는 치미는 수치심을 애써 참으며 안드레이를 쳐다보았다.

"난 로열 기사단 소속 기사인 닉스 레도나 자작이라고 한다. 그대는 누구인가?"

"본인은 카로프 용병 길드 소속 안드레이라고 하오."

"카로프 용병 길드의 안드레이? 맡은 청부는 절대 실패하지 않는다는 이글 조를 이끌고 있다는 그 안드레이란 말인가?"

안드레이는 기사 중의 기사라는 로열 기사단의 기사가 용병에 불과한 자신의 이름을 알고 있다는 사실에 조금 놀란 표정을 지었다.

"그렇소. 본인이 이글 조의 조장인 안드레이가 맞소."

안드레이가 시인을 하자 은발청년 닉스는 상대를 다시 한 번 살폈다.

소문으로 전해지는 카로프 용병 길드의 이글 조는 정말 대단한 것이었다.

이글 조가 생기고 지난 2년 동안 갖가지 청부를 받아 단 한 번도 실패하지 않은 것은 물론 용병들에게는 어울리지 않는 규율과 명예를 소중히 여기며 생활하는 모습이 사람들의 입을 통해 세상에 알려지면서 이글 조는 더욱 유명해졌다.

특히 1년 전 이글 조의 명성을 시기하던 다른 길드 소속의 일부의 용병들이 산적들과 힘을 합쳐 그들을 기습하는 사태가 벌어졌었다. 하지만 결과는 참담한 패배였다.

당시 그들이 보여주었던 행동은 정규 기사단에서도 찾아보기 힘들 정도로 신속했고, 또한 정확했다.

적의 기습을 알게 된 안드레이는 먼저 일부의 부하들로 하여금 당시 청부를 맡겼던 상인들을 안전한 곳으로 대피시켰다.

그리고 부하들에게 상인들이 안전하게 피신했다는 연락을 받은 후 안드레이는 부하들과 함께 무자비하다고 할 정도로 철저히 적들을 무력화시켰다.

그날 싸움에 참가했던 용병과 산적들의 수는 이글 조의 3배가 넘는 100여 명이었지만 단 한 사람도 무사할 수 없었다. 산적과 용병들 가운데 목숨을 잃은 사람은 겨우 서넛에 불과하지만 나머지 사람들은 모두 신체의 한 부분이 잘리는 중상을 입었던 것이다.

사건이 만약 이 정도에서 수습이 되었다면 이글 조의 명성이 세상에 그렇게 유명해지지도 않았을 것이다.

안드레이는 자신을 기습한 용병들이 소속된 용병 길드를 방문해 상당한 액수의 피해 보상금을 받아냈고, 부상을 입은 산적들을 모두 도시 경비대에게 넘긴 후 산적들의 본거지를 기습해 남아 있던 산적들을 소탕해 그들 역시 모조리 도시 경비대에 넘겨 버렸던 것이다.

이 일로 인해 카로프 용병 길드의 이글 조를 잘못 건드렸다간 본전은커녕 병신이 되기 일쑤라는 소문이 퍼졌고, 조장인 안드레이는 피도 눈물도 없는 냉혈인간이라느니 살인을 즐기는 살인마라느니 하는 소문이 한동안 세상을 떠돌았다.

"바로크만 프리스트께서 입수한 정보라는 것이 무엇인지 알려주실 수 있겠습니까?"

"죄송합니다, 레도나 자작님. 교단의 하이 프리스트께 먼저 보고를 드리기 전에는 그 누구에게도 알려드릴 수 없습니다."

로니가 정중하게 고개를 숙이며 거절을 하자 닉스는 더 이상 그에게 강요할 수 없었다. 더구나 프리스트의 도시라고 알려진 이곳에서 함부로 프리스트들을 협박했다가는 프리스트들뿐만 아니라 그들을 믿고 따르는 수많은 교인들의 비난을 피할 수 없기 때문이다.

"부디 프리스트께서 입수한 정보라는 것이 별것 아니기를 진심으로 빌겠습니다."

닉스의 말이 뜻하는 것이 무엇인지 로니는 알 수 있었다.

현 국왕이 즉위한 지 비록 10여 년이 지났다고는 하지만 아직 모든 부분에서 안정을 이룬 것은 아니었다.

전대 국왕을 따르는 일부 사람들이 계속해서 갑자기 사망했다고 전해지는 전대 국왕의 사인을 밝히라고 분란을 일으키고 있었고, 각 교단에서는 국왕이 교단의 내정을 간섭하는 것을 더 이상 용납하려 하지 않았다. 비록 일반 국민들은 세금이 조금 경감된 것을 기뻐했지만, 귀족들과 상인은 예전보다 훨씬 늘어난 세금 때문에 은근히 국왕을 비난하고 있었기 때문이다.

이런 상황에서 로니가 입수한 정보라는 것이 국왕의 입지를 더욱 약화시키는 것이라면 국왕을 따르는 기사단이나 귀족들의 입지 또한 약해질 것은 분명했기 때문이다.

"통과!"

닉스의 말에 병사들은 비켜서 그들이 통과할 수 있는 틈을 만들어주었고, 안드레이와 일행들은 성문을 통과해 레이노스 시로 들어섰다. 점점 멀어져 가는 일행들의 뒷모습을 보며 한낱 용병에 불과한 안드레이와 렉스의 실력이 어떻게 자신보다 뛰어날 수 있는지 이해를 할 수 없었다.

"무슨 일이야?"

"저자가 카로프 용병 길드의 안드레이란 잔데 너무 강해. 이해할 수 없을 정도로. 나 따위는 상대도 안 될 정도로 너무 강해."

"뭐?"

닉스의 중얼거림에 곁에 서 있던 동료는 깜짝 놀란 표정을 지었다. 누구보다 자신의 실력에 자부심을 갖고 있는 닉스가 이런 표현을 쓸 정도라면 얼마나 강한 상대인지 짐작이 가지 않았던 것이다. 동시에 안드레이에게 호기심이 생겼다.

"그렇게 강한 자가 이곳에는 무슨 일로 온 것이지?"

"한 프리스트의 경호를 맡았다고 하더군."

"뭔가 석연치 않은걸. 일단 부단장에게 보고를 해야겠군."

동료의 말에도 별다른 대꾸를 하지 않고 닉스는 점점 멀어져 가는 안드레이의 뒷모습을 바라볼 뿐이었다.

한편 레이노스 시에 들어선 렉스는 조금은 감상에 젖은 눈으로 주위를 둘러보았다.

오래전, 지금은 잘 기억도 나지 않을 정도로 아주 오래전에 이곳에 온 적이 있었다. 지금처럼 초라한 모습이 아니라 자신의 부모님을 제외한 다른 사람들은 감히 자신과 눈을 마주치지도 못할 위치에서 말이다.

그가 아득한 과거의 기억을 더듬고 있을 때 일행들은 웅장하고 화려한 레이노스 시의 모습에 감탄을 금치 못하고 있었다. 곳곳에 신들의 동상이 서 있었고, 분수대와 광장, 그리고 공원이 조성되어 있었다.

거리를 오가는 사람들의 절반 이상이 프리스트거나 프리스트가 되기 위해 수도원에서 수련 중인 예비 프리스트들이었다. 나머지 절반도 각 교단을 찾아온 순례자들이거나 관광객, 교단에 물건을 납품하기 위해 찾은 상인, 또 그들을 보호하기 위해 따라온 용병들이었다.

마차 서너 대가 동시에 달린다고 하더라도 충분해 보이는 도로는 사람들로 넘쳐 나고 있었다.

곳곳에서 사람들의 눈을 즐겁게 만드는 피에로들의 공연도 있었고 애절한 음성으로 비극적인 종말을 맞이한 연인들의 사랑 이야기를 노래로 들려주는 음유 시인들도 있었다. 노래가 끝날 때마다 사람들은 아낌없이 동전을 던졌고, 그들은 그때마다 관객들에게 인사를 하고는 다시 자신들의 재주를 관객에게 선보이고 있었다.

샤이베리아로서는 전부 난생처음 보는 것들이기에 무엇을 먼저 볼까 하는 행복한 고민을 해야만 했다. 만약 그녀 곁에 도네만 없었다면 벌써 어딘가로 달려갔을 것이다.

"일단 숙박할 곳을 찾아야 할 것 같은데… 레이노스 시의 지리에 대해 알고 있는 사람 있어?"

렉스의 말에 일행들은 모두 고개를 저었다.

물론 아무 곳이나 숙소로 정할 수도 있지만 될 수 있으면 사람들의 눈에 띄지 않는 곳이었으면 하는 생각 때문에 어디로 정할 것인지 고민을 했다.

"손님들, 혹시 쉴 곳을 찾고 계시나요?"

뒤에서 들린 음성에 고개를 돌리고 보니 허름한 옷을 입은 12, 3세 정도로 보이는 소년 하나가 일행들을 쳐다보고 있었다. 하지만 일행을 쳐다보는 초롱초롱한 눈이나 꼭 다문 입을 보면 보통내기가 아닌 것 같았다.

"그래, 우리는 지금 쉴 곳을 찾고 있단다. 하지만 우리가 찾는 쉴 곳을 네가 알고 있을지 모르겠구나."

살아 있다면 소년의 나이쯤 되었을 아들이 생각나는지 안드레이가 부드러운 표정을 지으며 입을 열었다.

"어떤 숙소를 찾으시나요? 잠자리가 편한 곳? 아니면 음식이 훌륭한 곳? 그것도 아니면 싼 집? 비싼 집? 말씀만 하세요. 여기 레이노스 시의 사파이어 타운에 있는 여관은 모두 알고 있으니까요."

"사파이어 타운?"

"예, 레이디들께서도 봐서 아시겠지만 이 레이노스 시는 수도인 포얀 시보다도 훨씬 더 크거든요. 그래서 도시를 십여 개의 구역으로 나눴는데 그 구역들을 보석의 이름으로 붙여 부르고 있어요."

"그럼 에메랄드 타운이나 다이아몬드 타운도 있겠구나?"

"그럼요, 에메랄드 타운은 고대 유적이 있는 곳인데 두 블록 정도 떨어진 곳이고 다이아몬드 타운은 각 교단의 신전들이 몰려 있는 곳인데 여기서 말로 달려도 한 시간은 꼬박 걸려요."

소년의 설명에 샤이베리아는 호기심으로 눈빛을 반짝였다.

"우리는 사람들 눈에 잘 띄지 않으면서 편히 쉴 수 있는 곳이면 좋겠구나. 그리고 가능하다면 음식 솜씨도 좋은 곳이면 좋겠는데…… 가능

하겠니?'

안드레이의 말에 소년은 잠시 고심하는 표정을 짓더니 곧 환한 표정을 지었다.

"아~ 그런 곳이 있어요. 제가 안내를 할 테니 제 뒤를 잘 따라오세요."

말을 마친 소년은 일행들이 미처 뭐라고 할 사이도 없이 앞으로 달려갔다. 일행들은 하는 수 없이 소년의 뒤를 쫓았고, 잠시 후 소년이 어느 골목으로 들어서는 것을 발견했다.

도착하고 보니 조금은 허름한 간판이 붙어 있는 여관을 발견할 수 있었다. 여관이 지어진 지 오래되었는지 〈고향〉이란 글자가 희미하게 보였고 간판 옆에 소년이 서 있는 모습이 보였다.

"손님 왔어~"

"대체 여태까지 어디서 뭘 하고 있었어? 식사 시간이 되면 들어와야 할 것 아니야."

소년의 외침에 들려오는 대답이 조금 이상해 일행들의 시선이 여관의 입구를 향할 때 조금 낡기는 했지만 깨끗하게 빤 옷을 걸친 10대 후반의 여자가 나와 소년에게 꿀밤을 먹였다.

"아야! 손님을 모시고 왔단 말이야. 내가 얼마나 고생을 했는지 누나는 아무것도 모르면서……."

"손님들, 죄송해요. 잠시만 기다려 주세요."

공손하게 인사를 한 소녀는 다시 돌아서서 소년에게 잔소리를 퍼부었다.

"너, 아버지가 돌아가시고 난 후 누나하고 뭐라고 약속했어? 남자가 자신이 한 말도 지키지 못하면서 무슨 기사가 되겠다는 거야? 설사 지키기 힘든 약속을 했다고 하더라도 노력은 해봐야 할 것 아니야. 세상을 살다 보면 힘든 일이 얼마나 많은데 그때마다 자신이 한 약속을 밥 먹듯이 어기면서 살 거야? 힘들다고 피하면 남자가 아니야. 너만 보면……."

"알았어, 알았다고. 알았으니까 그만 하고 손님들이나 모셔."

소년은 입술을 쭉 내밀고 퉁명스럽게 말을 하고는 왔던 길을 되돌아 광장을 향해 달려갔다. 그런 소년의 행동에 나직하게 한숨을 쉬던 소녀는 곧 미소를 지으며 일행들에게 인사를 했다.

"기다리시게 해 죄송해요. 오늘 저녁은 제가 서비스로 드릴 테니 어서 들어오세요. 참, 말은 잠시 이곳에 묶어두세요. 잠시 후에 제가 마구간에 옮길게요."

폭포가 쏟아지듯 자신이 할 말만 하고는 소녀는 곧 여관 안으로 들어가 버렸다. 그 모습에 일행들은 자신들도 모르게 서로의 얼굴을 보고는 어이없다는 표정을 짓고 말았다.

"난 남자로서 사는 것이 이렇게 힘든 것인지 오늘 처음 알았어."

렉스의 말에 일행들의 얼굴에는 쓴웃음이 걸렸다.

여관 안으로 들어서니 깨끗하게 청소가 되어 있기는 했지만 역시 오래전에 지어졌다는 것이 확연히 드러났다. 게다가 식당으로 보이는 1층은 테이블 네 개가 겨우 들어갈 정도로 협소했다.

일행들이 테이블 두 개를 붙여놓고 앉자 주문을 받기 위해 곧 소녀가 다가왔다.

"손님, 식사는 무엇으로 준비해 드릴까요?"

"식사보다는 술을 준비해 줬으면 하는데……."

"그럼 술은 어떤 것으로 준비할까요?"

"우리는 럼을, 그리고 여기 여자 분들께는 와인을 준비해 주게."

"보시다시피 저희가 그리 부유하지를 못해 고급 럼이나 와인은 구비하고 있지 않아요. 만약 특별하게 찾으시는 술이 있으면 말씀해 주세요."

"특별하게 즐기는 것은 없네. 레이디가 알아서 갖다 주게."

안드레이가 부드러운 표정을 지으며 말하자 소녀의 얼굴이 조금 붉어졌다.

"곧 준비할 테니 잠시만 기다려 주세요."

소녀가 주방으로 들어가자 일행들은 곧 대화에 집중했다.

"수도인 포얀 시에 있어야 할 로열 기사단이 무엇 때문에 레이노스 시에 있는 거지?"

"게다가 과거 제가 이곳에 왔을 때 하고는 달리 성문에서의 검문 검색도 훨씬 엄격해진 것 같았습니다."

렉스의 말에 로니가 동조했다.

두 사람의 말에 크레이가 고개를 갸웃거렸다.

"저는 레이노스 시같이 큰 도시에는 한 번도 와보지 않았기 때문에 잘 몰라서 그러는 것인데 원래 이렇게 큰 도시에서는 검문 검색이 철저하지 않습니까?"

"크레이님이 그렇게 생각하는 것도 크게 틀린 말은 아닙니다만 이곳 레이노스 시만큼은 사정이 다릅니다. 다른 도시에 사는 사람들이 여기 레이노스 시를 뭐라고 부르는지 아십니까? 프리스트들의 도시라고 부를 정도로 다른 도시에 비해 프리스트들의 수가 많습니다. 자신의 영혼을 구원받고 안식을 얻기 위해 프리스트들을 찾는 사람들에게 안전을 이유로 검문 검색을 엄중하게 하고 그들의 자유를 구속한다면 누가 프리스트들을 찾을 것이며 또한 그들을 만나기 위해 이 도시를 찾아오겠습니까? 그런 이유로 오히려 다른 도시보다 레이노스 시의 출입이 훨씬 자유로운 것입니다. 게다가 각 교단마다 상당한 수의 성기사들이 머물고 있기에 검문 검색이 더 자유로운 것인지도 모르지요."

로니의 설명에 크레이는 고개를 끄덕이다 다시 고개를 갸웃거렸다.

"그렇다면 오늘은 왜 그렇게 검문 검색이 강화된 겁니까? 게다가 수도에 있어야 할 로열 기사단의 기사들까지 출동해서 말입니다."

쾅!

"큭!"

"이 자식이, 사람 약 올리는 거야 뭐야! 방금 우리가 했던 말이 그 말이잖아!"

"캡틴, 그렇다고 남의 머리를 그렇게 사정없이……."

"조용히 해! 머리 복잡하니까."

렉스의 매정한 말에 크레이는 어째 렉스가 며칠 조용히 지냈다는 생각을 했다.

잠시 후 소녀가 술을 가지고 나오자 일행들은 한 잔씩 하며 각자 생각에 빠졌다. 그러다 안드레이가 소녀에게 물었다.

"레이디에게 물어볼 것이 있는데……."

"리나라고 불러주세요, 손님."

"리나 양, 이 근처에서 정보를 얻을 만한 곳이 없을까?"

"정보라면 어떤 것을 말하는 것인지 모르겠군요."

"예를 들자면 평소와는 달리 레이노스 시를 출입하는 사람들의 검문 검색이 강화된 이유나 로열 기사단의 기사들이 와 있는 이유라든가 말이네."

안드레이는 리나가 자신의 말을 제대로 이해했을까 하는 의문이 들었다.

"그런 정도는 저도 알고 있어요. 요사이 검문 검색이 강화된 이유는 며칠 후에 황태자 전하께서 이곳을 방문하시기 때문이에요."

"황태자가 이곳을 방문한다고?"

리나의 대답에 대꾸를 한 사람은 렉스였다.

"황태자가 황궁에나 처박혀 있지 여기는 뭣 때문에 온다는 거지?"

"자세한 내용은 알 수 없지만 각 교단의 교황들과 만나기 위해서라고 들었어요."

리나의 말대로 각 교단의 교황들과 만나기 위해서라면 검문 검색이 강화된 이유나 로열 기사단의 기사들이 이곳에 있는 이유도 설명이 되었다. 하지만 가장 큰 이유는 황태자가 무슨 이유에서 각 교단의 교황들과 만나느냐 하는 것이었다.

렉스는 황태자에 대한 이야기를 듣자 지금은 희미해진 기억의 편린이 뇌리를 스치고 지나갔다. 자신보다 8살이 많기는 하지만 자주 자신을 찾아와 놀아주곤 했던 상냥하고 친절한 사촌, 그가 바로 하이렌 폰 자르츠 레트로니아였다.

세상에 알려진 하이렌은 금년 나이가 28세로 젊고 미남인데다 레트로니아 왕국에 하나밖에 없는 왕자였기에 결혼 적령기에 들어선 여인이라면 그와 결혼하는 꿈을 한번 정도 꾸어보지 않은 사람이 없을 정도였다. 게다가 소드 마스터에 육박하는 검술 솜씨를 가지고 있으면서도 직위 고하를 막론하고 모든 사람을 평등하게 대해 국민들로 사랑받는 인물이었다. 게다가 학문에 대한 열의도 대단해 그의 곁에는 항상 현자들이 떠나지 않았기에 국민들은 하이렌이 레트로니아 왕국을 더욱 발전시킬 것이라고 말하곤 했다.

그런 이야기를 들을 때마다 렉스는 약하기는 하지만 억울하다는 느낌이 들었다. 자신의 능력을 보여주기도 전에 기회가 박탈되어 맥없이 물러서야 했던 자신의 처지가 너무나 한심스럽기만 했다.

한때는 자신이 잘못한 것도 아닌데 자신이 왜 이런 신세가 된 것인지 원통해했던 적도 있었다. 그리고 그러한 느낌은 지금도 가지고 있다.

중심에 있어야 할 자신은 밖으로 밀려나고 타인이 자신의 자리를 차지하고 있을 때 느끼는 억울함과 비참함을 어떻게 다 말할 수 있겠는가?

생각을 하지 않으려고 해도 이 느낌만은 죽을 때까지 잊혀지지 않을 것 같았다. 렉스가 그런 생각을 하는 동안 리나에게 몇 마디를 더 물은 안드레이는 그녀가 알고 있는 것이 너무나 단편적이라 좀 더 자세한 정보를 입수하기 위해 정보를 취급하는 길드를 찾아야겠다고 생각했다.

이제나저제나 이야기가 끝나기만을 기다렸던 샤이베리아가 그 틈을 놓치지 않고 크레이에게 말을 건넸다.

"야, 크레이, 너 바빠?"

"예?"

"바쁘냔 말이야."

"특별히 바쁜 일은 없습니다만……."

샤이베리아가 눈빛을 빛내는 것을 발견한 크레이는 은근히 찜찜한 생각이 들었지만 감히 반항할 생각을 하지 못했다.

"그래? 그럼 지금부터 나랑 구경하러 가자. 참, 도네님. 얘하고 구경하고 와도 되죠?"

초롱초롱한 눈망울로 자신을 바라보는 샤이베리아의 태도에 도네는 잠시 생각을 해보고는 곧 고개를 끄덕였다.

"사람들의 시선을 끌 만한 짓은 절대 하지 마. 그리고 만약 문제가 생기면 다른 마법은 쓸 생각을 하지 말고 그 반지만 사용하도록 해. 그래도 상대를 당할 수 없다고 생각하면 즉시 이곳으로 워프를 하도록 하고. 나머지는 내가 알아서 할 테니까. 알겠어?"

"알겠어요. 그런데 제가 피해야 할 정도면 저 애도 위험할 텐데 그냥 와도 돼요?"

"저깟 녀석이야 죽든 말든 신경 쓰지 말고 오란 말이야. 알겠어?"

"예, 명심할게요."

도네의 매정한 말에 크레이의 얼굴에 당장 불만으로 가득해졌다. 그 모습을 발견한 도네가 코웃음을 쳤다.

"후후후, 며칠 함께 다녔다고 너 따위 버러지 같은 놈까지 날 우습게 볼 줄은 몰랐군. 감히 내가 결정한 일에 너 따위가 무슨 불만이라도 있다는 것이냐?"

도네의 싸늘한 웃음에는 드래곤 피어가 실려 있어 감히 그녀의 얼굴 조차 볼 수 없었다. 갑자기 분위기가 싸늘하게 가라앉자 재빨리 렉스가 크레이에게 눈짓을 했다.

굳어오는 근육을 필사적으로 움직이면서 크레이는 조금씩 도네에게서 멀어지려고 했다. 하지만 야속하게도 그의 전신 근육은 굳어져 풀어질 줄을 몰랐다. 그런 크레이의 손을 잡고 재빨리 여관을 빠져나온 것은 샤이베리아였다.

어색한 분위기에서 잠시 머뭇거리던 로니가 렉스에게 입을 열었다.

"저도 잠시 나갔다 와야 할 것 같습니다. 검은 달 교단의 존재를 다른 교단에서도 알고 있는지 확인해 봐야겠습니다. 만약 모르고 있다면 그들의 존재를 알려주기도 하고요."

"괜히 긁어 부스럼 만드는 건 아닌지 모르겠군."

"예? 무슨 말씀이신지……?"

"만약 각 교단의 수뇌부에 검은 달 교단의 스파이가 숨어 있다면 어쩔 생각이오? 괜히 그들에게 경각심만 심어줄 것 같은데?"

렉스의 말에 로니는 미처 거기까지는 생각을 못했기에 당황한 표정으로 대답을 못했다. 하지만 안드레이의 생각은 다른 모양이었다.

"그것도 나름대로는 좋지 않을까?"

"무슨 소리야?"

"여태껏 우리가 검은 달 교단의 지부를 없애면서 왔지만 그들에게서 아무런 반응도 없었잖아. 차라리 그들의 존재를 교황들에게 알려 버리면 어떤 식으로든 반응이 있지 않겠어?"

"일부러 알려서 우리의 존재를 드러낸다는 말이야?"

"그래, 다행히도 우리들은 자신의 몸 정도는 지킬 수 있는 능력이 있으니까 그 방법도 좋을 것 같아."

안드레이의 말을 듣고 보니 그런 방법도 있구나 하는 생각이 들었다. 확실히 안드레이는 상황을 유리하게 만드는 방법을 알고 있는 것 같았다.

"그럼 나도 나갔다 와야겠네. 이렇게 커다란 도시라면 틀림없이 정보를 취급하는 곳도 분명 있을 거야. 찾을 수 있을지는 모르지만 일단 알아봐야겠어. 자네는 뭘 할 건가?"

"나? 일단은 도네의 화부터 풀어줘야지."

"무슨 소릴 하는 거야?"

렉스의 말에 다시 도네가 발끈했다. 하지만 렉스는 전혀 개의치 않고 말을 이었다.

"나도 도네와 나가 정보를 알아볼 수 있는 곳이 있는가 살펴보지. 그럼 저녁에 만나."

"그래, 그러면 저녁까진 돌아오지. 도네님, 그럼 저녁에 뵙겠습니다."

"그럼 저도……."

안드레이가 나가려고 하자 로니 역시 황급히 뒤를 따라 여관을 빠져나갔다.

"렉스, 모든 것이 너 때문이야."

"뭐가?"

"저 자식들이 날 우습게 여기는 것 말이야!"

"도네, 그건 오해야. 감히 어떤 놈이 도네를 우습게 여긴다는 거야? 그런 자식이 있으면 내가 당장 박살을 내버리지 그냥 뒀겠어? 그러니 그만 화를 풀어, 응?"

렉스가 살살 눈웃음을 치며 말을 건네자 도네는 자신이 화를 낼 수 있는 시간이 이미 지나 버렸다는 것을 느꼈다. 하지만 자신이 왜 이렇게 렉스에게만은 무력해지는 것인지 그것에 대해 짜증이 났다.

도네의 얼굴에 다시 불쾌감이 번지는 것을 발견한 렉스는 자리에서 일어서며 선수를 쳤다.

"도네, 여기서 이럴 것이 아니라 아직 날도 밝으니까 구경이라도 하러 나가자."

"볼 게 뭐가 있다고……."

"일단 나가보자니까. 도시가 크니까 볼 것도 많을 거야."

렉스가 손을 끌자 도네는 마지못해 일어나는 듯 자리에서 일어났다. 그런 도네의 모습이 갑자기 너무나 사랑스러워 렉스는 와락 그녀의 허리를 끌어안았다.

"너, 지금 뭐 하는 짓이야?! 빨리 손을 풀어! 빨리 풀지 않으면……."

"잠깐만 이대로 있어. 그리고 도네에게 항상 느끼는 것이지만 너무 고마워. 도네에게는 정말 뭐라고 할 말이 없어."

건방지게 자신의 머리를 어루만지며 자신의 귓전에 대고 이야기하는 렉스를 처음에는 확 밀쳐 버릴까 생각도 했지만 그녀로서는 알지 못할 이유로 그냥 두었다.

자신이 가만히 있었기 때문일까?

렉스의 행동은 더욱 용감해졌다. 갑자기 자신의 입술을 덮친 것이다.

자신이 5,769년 동안 살아오면서 누군가에게 입술을 빼앗겨 보기는 난생처음이었다.

위생상 지저분하다는 생각에 렉스를 뿌리치려던 도네는 이상하게도 온몸에서 힘이 빠지며 나른해지는 것을 느꼈다. 눈을 뜨고 있을 힘도 없는 듯 눈까지 감은 도네는 렉스에게 자신의 몸을 맡기고는 점점 몽롱해지는 것을 느꼈다.

가슴에서는 심장이 미친 듯이 뛰었고 머리 속은 시간이 지날수록 점점 더 멍해졌다. 지저분하다는 처음 생각과는 달리 기분이 그렇게 나쁘지는 않았다. 아니, 정신을 차릴 수 없는 지금 상태가 오히려 기분 좋게만 느껴졌다.

얼마나 긴 시간이 지났는지도 알 수 없었지만 렉스의 입술이 자신의 입술에서 떨어지는 것을 느끼고서야 도네는 눈을 떴다. 부드러운 미소를 지은 채 자신을 바라보는 렉스의 눈길에 도네는 갑자기 부끄럽다는 생각이 들었다.

"그러면 바람을 쏘이러 나가시겠습니까, 레이디 도네?"

부드러운 렉스의 음성에 도네는 고개를 끄덕이는 것이 고작이었다. 서로 팔짱을 낀 두 사람은 여관을 빠져나와 광장으로 향했다.

사내들은 '저렇게 아름다운 여인을 어떻게 저런 멍청하게 생긴 놈이 차지했지?' 하는 불쾌감이 실린 눈초리로 렉스를 바라봤고, 여인들은 '저렇게 보기만 해도 기분이 좋아지는 청년을 저 여우가 얼마나 꼬리를 쳤으면 차지한 거야? 아휴, 기분 나빠' 하는 눈초리로 도네를 쳐다봤다. 그런 사람들의 시선에는 아랑곳하지 않고 두 사람은 광장을 거닐었다.

5월의 날씨치고는 제법 햇살이 따가웠지만 광장은 많은 사람들로 북적이고 있었다.

이곳저곳을 거닐던 렉스는 작은 천막을 치고 손님을 기다리고 있는 점쟁이를 발견하고는 그쪽으로 걸음을 옮겼다. 렉스가 가는 쪽으로 몸을 맡겼던 도네는 곧 그의 의도를 깨닫고는 어이없어했다.

자신이 누군데 점 따위를 보겠는가? 게다가 막상 천막으로 가보니 죽을 날이 얼마 남지 않은 듯 보이는 노파가 있었다. 노파는 눈까지 잘 보이지 않는지 자신 앞에 쪼그리고 앉은 렉스를 보고도 아무 말도 하지 않았다. 렉스가 인기척을 내고서야 백태가 잔뜩 낀 눈을 끔뻑이며 반응을 보였다.

"점을 보러 왔습니다."

"어서 오시구랴. 그래, 어떤 점을 봐드릴까?"

"제 옆에 있는 여자와 계속 행복하게 살 수 있을까요?"

"애정을 봐달라는 말이오? 아니면 앞날을?"

"가능하다면 둘 다 봐주십시오."

"그럼 두 분의 손을……."

노파의 말에 손을 내민 렉스는 도네에게 어서 손을 내밀라고 눈짓을 했다. 도네는 내키지 않았지만 천천히 손을 내밀었고 나뭇가지처럼 바싹 마른 노파의 손이 닿자 불쾌한 생각까지 들었다.

"잠시만 가만히 있어요."

노파의 말이 끝나자마자 두 사람의 손을 잡은 노파의 손에 황금색의 빛이 뿜어져 나와 렉스와 도네의 손으로 스며들었다. 그리고 잠시 후 곰곰이 생각을 정리한 노파가 두 사람에게 자신이 알아낸 내용을 이야기했다.

"먼저 남자 분부터 말씀을 드리자면 당신은 당신이 소중히 여기는 것을 지금 남에게 빼앗긴 처지지만 곧 찾게 될 테니 걱정할 필요는 없어요."

'내가 뭘 빼앗겼다는 말이지? 설마 왕위를 말하는 것은 아니겠지?'

"그리고 당신의 자손 가운데 한 명이 거대한 제국의 황제가 될 운명을 가지고 태어날 겁니다. 다음은 여자 분 차렙니다. 여자 분이 남자 분보다 훨씬 나이가 많으시군요. 고집도 세시고 또 급한 성격 때문에 남들과 잘 어울리지도 못하셨을 겁니다. 하지만 이 남자 분과는 너무나 잘 어울리십니다. 그건 아마 본인도 느끼실 겁니다."

노파의 말에 도네는 뭐라고 반박을 하고 싶었지만 그녀의 말은 틀린 곳이 없었다.

"두 분 사이에 여러 가지 일이 있겠지만 서로에 대한 믿음만 잃지 않는다면 앞으로 2년 후에 결혼을 하실 수 있을 겁니다. 그리고 조금 늦기는 하겠지만 두 분 사이에 사랑스런 자식도 태어날 것이고요. 다만……."

"다만 뭐지?"

왠지 머뭇거리는 노파의 행동이 신경 쓰여 도네는 자신도 모르게 따지듯 물었다.

"확실하게 장담할 수는 없지만 여자 분께서는 자식들보다 훨씬 오래 살 운명을 타고 나셨어요."

"아이들이 먼저 죽는단 말인가?"

"그렇습니다. 하지만 그렇다고 전쟁이나 병 때문에 사망하는 것도 아니고 모두 자신에게 주어진 운명의 시간만큼 사는 것으로 나와 있으니 어떻게 된 일인지 저도 모르겠군요."

노파는 이해가 가지 않는지 고개를 갸웃거렸지만 도네와 렉스만은 그 이유를 알고 있었다.

"그러니까 우리 둘이 사랑을 해 2년 후에 결혼을 하고 귀여운 아이들까지 태어난다는 거죠?"

"그렇습니다."

"사례비는 얼마나……."

"주고 싶은 만큼만 주세요. 많든 적든 모두 디안 케트님의 신전에 바칠 것이니."

"여기 있습니다."

렉스는 품에서 50실버짜리 은전 두 개를 꺼내 노파의 손에 꼭 쥐어 주었다. 손끝으로 렉스가 준 돈을 더듬거리던 노파는 그가 준 돈이 1골드나 되는 것을 깨닫고는 황급히 렉스를 불렀다.

"손님, 이건 너무 많습니다. 손님, 손님……."

하지만 렉스와 도네는 이미 그 자리를 떠난 후였다.

점쟁이의 천막을 떠난 두 사람은 공원으로 발길을 돌렸다.

제법 커다란 나무 밑에 도착한 렉스는 자신의 망토를 풀어 도네가 앉을 자리를 마련해 주었다. 그리고는 그녀 곁에 앉아 나무에 천천히 기대앉았다. 잠시 그런 렉스의 모습을 바라보던 도네는 천천히 그의 가슴에 머리를 기댔다. 그러자 렉스도 가만히 손을 뻗어 도네의 어깨를 감쌌다.

간간이 근처를 지나가던 사람들이 두 사람의 모습을 발견하고는 부러움에 가득한 눈길을 보냈지만 도네나 렉스는 신경도 쓰지 않았다.

멀리서 들려오는 음유 시인의 노래에 눈을 뜬 렉스가 조용히 입을 열었다.

"도네, 조금 전 점쟁이가 한 말 신경 쓰지 마."

"왜?"

"맞을 리 없잖아. 당장 오늘 일도 모르는 판국에 미래의 일을 어떻게 알 수 있겠어?"

렉스의 말에 고개를 든 도네의 표정이 조금 이상해 보였다.

"난 믿고 싶은데?"

도네의 말에 이번에는 렉스의 표정이 이상하게 변했다.

"뭘 말이야?"

"우리 둘이 사랑해 2년 후에 결혼을 하고 또 귀여운 아이들이 태어난다는 말."

"정말 나랑 결혼할 거야? 도네는 원래 그런 것에는 전혀 관심이 없었잖아."

"나도 잘 모르겠어. 렉스의 어릴 때 모습도 분명히 기억하고 또 렉스와 여행을 시작하기 전까지만 해도 좋다는 감정보다는 귀찮다는 감정이 많았던 것도 사실이야. 그런데 나도 모르게 언제부턴가 렉스가 하는 말에 신경이 쓰이고 렉스를 생각하면 이상한 감정이 들기 시작했단 말이야. 지금 이런 말을 하는 내 자신이 이상하다는 것을 나도 알지만 분명히 말해 여행을 시작하기 전과 지금은 달라. 아니야, 오래전부터 렉스에 대해 이상하고 미묘한 감정을 느끼고 있었던 것 같아. 이런 감정이 인간들이 말하는 애정이라는 감정인지는 잘 모르겠지만 기분 나쁘지는 않아. 아니, 나쁘다는 것이 아니라… 뭐라고 말해야 좋을지 모르겠어."

렉스는 도네의 말의 들으면서 그녀의 어깨를 부드럽게 어루만져 주었다.

"렉스는 잘 모르겠지만 내가 살아온 5천 하고도 몇백 년의 세월 동안 느꼈던 감정보다 이번 여행을 시작하고부터 몇 달 사이에 느낀 감정이 몇 배나 더 많아. 당황, 질투, 기원 같은 인간들의 감정을 이전의 나는 전혀 모르고 지냈단 말이야. 내가 하찮게 여겼던 그런 감정들이 지금은 나를 오히려 기쁘게 하고 있어. 인간의 전유물처럼 말하는 사랑이라는 것도 지금은 느껴보고 싶어. 그 상대가 렉스라면 말이야."

"어린 시절 도네는 나의 어머니였고, 자라서는 누나였고, 지금은 연인이야. 도네가 어떻게 변하든, 또 나를 어떻게 생각하든 도네가 곁에 없는 삶을 난 상상할 수도 없어. 지금까지 사랑했고, 또 지금 사랑하고, 그리고 앞으로도 영원히 도네를 사랑할 거야."

말을 마친 렉스가 키스를 하려고 하자 도네는 스르르 눈을 감고는 렉스의 입술을 맞았다.

꽁꽁 얼었던 몸이 모닥불의 따스함에 조금씩 녹아가는 것처럼 렉스와 도네는 몸과 마음이 따스해지는 것을 느꼈다. 얼마나 시간이 지났는지, 누가 쳐다보든 두 사람은 철저히 상대에게 몰입했다.

행복감에 젖어 있던 두 사람이 미처 입술을 떼기도 전 그들의 분위기를 완벽하게 박살 내는 음성이 있었다.

"그대들은 파렴치한 짓을 당장 멈춰라!"

거의 동시에 눈을 뜬 두 사람은 눈살을 찌푸린 채 음성이 들려온 곳으로 고개를 돌렸다. 하지만 자리에서 일어날 생각은 하지 않았다.

그곳에는 은색의 하프 플레이트를 걸친 기사 여덟 명이 말을 탄 채 서 있었고, 그 가운데 가장 나이가 많은 중년사내 하나가 분노한 표정으로 렉스와 도네를 노려보고 있었다.

"공공장소에서 이 무슨 파렴치한 짓이란 말인가! 그대들은 기본적인 예의도 없는가?"

분노에 몸을 떠는 중년기사의 말에 도네와 렉스는 더 이상 기대 있을 수 없었다. 천천히 자리에서 일어나 자신들을 포위하고 있는 기사들을 살폈다.

은색의 브레스트 플레이트의 왼쪽 가슴에 세차게 비를 뿌리는 폭풍의 모습이 음각되어 있었다. 비록 그 문장을 직접 본 것은 처음이었지만 그 문장이 뜻하는 교단을 쉽게 짐작할 수 있었다.

"루안로바스의 성기사들인 모양이군."

7월의 신인 루안로바스는 그보다는 폭풍과 비의 신으로 더 알려져 있다. 강과 하천의 여신인 보이얀과는 부부 사이로 보이얀과 사이가 좋을 때는 대지의 생명들이 잘 자랄 수 있도록 비와 바람을 적절히 잘 관리하지만 부부 싸움이라도 하는 날엔 세상에 모든 것을 날려 버릴 폭풍을 지상에 풀어놓는다고 알려져 있는 신이었다.

그런 이유로 매년 7월이 되면 루안로바스의 신전에서는 그의 기분을 달래기 위한 축제를 올리고 있다.

담담히 말을 꺼내는 렉스와는 달리 도네의 분노는 이만저만한 것이 아니었다. 자신이 나름대로의 사랑의 고백을 하고 렉스와 기념비적인 작업(?)에 들어가 좀처럼 맛볼 수 없는 행복감을 만끽하고 있는데 그것을 방해한 자들을 어떻게 그냥 둘 수 있겠는가?

"꿇어!"

도네의 짧은 명령조의 말에 기사들은 어이없다는 표정을 지었지만 이내 진정 어이없는 일이 벌어졌다. 도네의 말속에 들어 있는 드래곤 피어를 느낀 말들은 누가 먼저라고 할 것도 없이 그 자리에서 무릎을 꿇은 것이다.

미처 대비를 하지 못했던 두 명의 기사는 지면을 뒹굴었고 나머지 기사들은 황급히 중심을 잡아야 했다.

도네의 그런 행동에 렉스는 그녀를 말려야 하나 그렇지 않으면 두고 볼 것인가를 고심했다. 하지만 자신도 불쾌감을 느끼고 있었기에 일단은 그냥 지켜보기로 했다.

재빨리 중심을 잡은 중년기사의 얼굴은 분노로 붉게 물들었다. 공공장소에서 태연하게 파렴치한 짓을 한 몰상식의 극치를 달리는 한 쌍의 남녀를 발견하고 주의를 주었건만 오히려 자신들에게 반항을 하다니······.

게다가 성기사에게 대드는 남녀를 발견한 사람들이 하나둘씩 모여 이미 주위에는 상당한 숫자의 구경꾼들이 몰려들고 있었다. 감히 사파이어 타운에서 루안로바스의 성기사들에게 대항하다니······. 미친 인간들이 아니면 머리가 비었거나 겁 세포가 작동 중지 중인 인간들이 분명했다.

구경꾼들이 앞으로 벌어질 상황에 대해 흥미진진해할 때 중년기사는 발갛게 달아오른 얼굴로 렉스와 도네를 금방이라도 찢어 죽일 듯한 표정을 짓고 있었다.

"그대들은 누구를 따르는 종인가?"

제 8 장

닭살 커플

닭살 커플

"흥! 종이라니? 네가 말하는 '누구'라는 것이 너희들이 믿고 따른다는 너절한 신들을 가리키는 말이냐?"

"닥쳐라! 요망한 계집 같으니라고! 감히 누구에게 너절하다는 표현을 쓰는 것이냐?!"

"신을 부정하다니… 이교도가 확실합니다!"

"저런 년은 죽여야 합니다!"

"괘씸한 년!"

챙— 챙— 챙—

도네의 말에 성기사 일행들은 치밀어 오르는 분노를 참지 못해 일제히 자신의 검을 뽑아 들었다.

그들의 롱 소드에서 피어오르는 푸른색의 오라에는 보는 사람의 기분을 차분하게 만드는 기운이 어려 있었다. 그러나 렉스나 도네는 조금도 신경 쓰지 않았다.

　조금 떨어진 곳에서 그들의 대치를 지켜보던 군중들은 성기사들의 검에 푸른색의 오라가 순식간에 어리자 일제히 경탄을 감추지 못했다. 저토록 선명한 오라를 뿜어내는 성기사들은 아무 곳에서나 흔히 볼 수 있는 수준의 기사들이 아니기에 군중들은 렉스와 도네가 그들을 어떻게 상대할지 호기심 어린 눈으로 지켜보았다.

　성기사들은 신중한 태도로 렉스와 도네를 포위했다. 비록 시선은 그들을 향하고 있었지만 렉스의 머리 속은 어지러울 정도로 바쁘게 돌아가고 있었다. 이들을 물리치는 것은 문제가 아니었지만 이렇게 목격자가 많아서야 앞으로의 활동에 제약을 받을 것이 분명하기 때문이었다.

　"검을 뽑아라."

　중년기사의 말에도 렉스는 움직일 생각을 하지 않았다. 오히려 도네의 귀에 뭔가 소곤거리는 것이었다. 중년기사는 자신의 말에 아랑곳하지 않는 렉스의 태도에 인내심의 한계를 느껴야만 했다.

　한편 렉스의 말을 들은 도네는 곧 고개를 끄덕였다.

　"내가 알아서 조치할 테니까 이쪽은 신경 쓰지 말고 내 몫까지 혼을 내줘. 죽지만 않으면 내가 알아서 처리할게."

　"방법이 있다면 사정은 달라지지. 본인의 행복한 시간에 식초를 왕창 뿌린 이 친구들을 어디서부터 손봐 줄까?"

　렉스의 말을 들은 성기사들이나 구경꾼들은 어이가 없었다. 설사 로열 기사단의 기사들이나 근위 기사대의 기사들이라고 할지라도 이 정도 숫자의 성기사들에게 둘러싸이면 긴장하지 않고는 배길 수 없을 것이다. 그런데 저 젊은이는 대체 얼마나 뛰어난 실력을 가지고 있기에 저리도 여유를 보이는 걸까?

"나보고 검을 뽑으라고 하셨나?"

"그렇다. 우리 성기사들은 결코 무기를 들지 않은 사람은 공격하지 않는다!"

"흥! 웃기는 소리. 이교도라는 이유 하나만으로 어린아이와 여자, 노인에게까지 서슴없이 검을 휘두르는 인간들이 바로 너희 성기사들이다. 그런데 이제 와서 무기를 들지 않은 사람은 공격하지 않는다니, 그게 무슨 개수작이지?"

렉스의 빈정거림에 성기사들은 자신들이 왜 렉스의 말을 듣고도 그를 공격하지 않는 것인지 이유를 알 수 없었다. 하지만 그의 말은 아직 끝나지 않았다.

"그리고 말이야, 미안한 이야기지만 당신들 따위는 검을 뽑을 가치도 없거든. 어디 능력있으면 내가 검을 뽑도록 만들어보시지, 성기사 나리."

"죽어라, 이 사악한 이교도 놈!"

성기사 중 젊은 기사 하나가 롱 소드를 마구 휘두르며 달려들었다. 이미 준비를 하고 있던 렉스는 상대의 공격을 가볍게 피하고는 그대로 팔꿈치를 휘둘러 상대의 옆구리를 강타했다.

픽!

소름 끼치는 둔탁한 소리와 함께 젊은 기사는 비명도 지르지 못하고 뒤로 날아갔다. 그 모습을 도네는 싱긋 미소를 짓고는 양손을 번쩍 쳐들었다.

"슬립!"

도네가 시동어를 외치자 그녀의 양손에서 붉은 빛이 번쩍였고 붉은 안개 같은 것이 주위로 퍼져 나갔다. 붉은 안개에 접한 사람은 누가 먼저라고 할 것도 없이 그 자리에서 깊은 잠 속으로 빠져들었다.

붉은 안개는 도네가 가진 막대한 마나에 힘입어 무서운 속도로 주위로 퍼져 나갔다. 거의 1엠파렌 정도까지 퍼져 나간 붉은 안개에 접한 사람들은 모조리 잠들어 버렸다.

구경꾼들이 모두 잠든 것을 확인한 렉스는 제 세상 만난 맹수처럼 날뛰었다. 렉스는 성기사들의 사각 지대로 교묘히 파고들어 그들의 전신을 사정없이 난타했다.

도네는 한 걸음 떨어진 곳에서 렉스가 성기사들을 몰아세우는 것을 흐뭇한 얼굴로 지켜보고 있었다. 렉스가 싸우는 모습을 볼 때마다 그의 싸움은 마치 잘 짜여진 연극을 보는 것 같다는 생각이 들었다.

성기사들의 얼굴은 이미 선혈로 낭자했고 신체 중 한곳은 심각한 타격을 입어 제대로 움직이기조차 고통스러웠다. 하지만 자신들을 향해 이빨을 드러내며 달려드는 렉스 때문에 조금도 쉬지 못하고 손에 들고 있는 검을 휘둘러야만 했다.

심장은 금방이라도 터질 듯 뛰고 있었고 이미 입에서는 단내가 난 지 오래였다. 거칠어지는 호흡을 억지로 참으며 검을 휘둘렀지만 렉스에게 공격받아 생긴 상처 때문에 그들의 공격은 아무런 위력도 발휘할 수 없었다.

"렉스, 그만 하면 됐어. 그만 가자."

"알았어. 잠시만 기다려."

도네의 말에 렉스는 고개를 끄덕였다.

그때까지 렉스는 땀 한 방울 흘리지 않은 상태였지만 성기사들은 차마 쓰러지지 못해 서 있는 상태였다.

터지고 찢어진 상처에서 흘러내린 피는 그들이 흘린 땀에 씻겨 내려간 지 오래였고 그들이 걸친 화려했던 하프 플레이트도 그들이 지면을 굴렀을 때 생긴 상처 때문에 보기 흉할 정도로 더럽혀져 있었다.

호흡을 정리한 렉스는 먼저 중년기사에게 달려들었다. 그가 반사적으로 휘두른 검을 상체를 뒤로 눕혀 피함과 동시에 다리를 힘껏 뻗어 그의 턱을 사정없이 걷어찼다.

퍽!

묵직한 소리와 함께 중년기사는 뒤로 날아갔고, 움직임이 없는 것으로 보아 기절한 것 같았다.

그 모습에 옆에 있던 기사가 움찔하는 것을 본 렉스는 망설이지 않은 채 주먹을 휘둘렀고, 그의 검이 절반도 움직이기 전에 렉스의 주먹은 먼저 그의 턱을 사정없이 가격했다.

차례로 렉스가 휘두른 최후의 한 방에 성기사들이 전부 기절해 버리자 도네가 렉스 곁으로 다가와서는 그의 팔짱을 끼며 입을 열었다.

"수고했어."

"수고는 뭘. 그건 그렇고 우리의 모습을 기억하는 사람들은 어떻게 할 거야?"

"그거야 간단하지. 하지만 먼저 할 일이 있어. 큐어!"

도네의 손이 성기사들을 가리키자 그녀의 손에서 뻗어 나온 붉은 마나가 성기사들을 감쌌고 성기사들의 상처는 순식간에 아물었다.

"운디네, 저 자식들의 얼굴에서 핏자국만 없애도록 해."

도네의 소환을 받고 모습을 드러낸 운디네는 곧 성기사들의 몸을 휘감았고 그들의 얼굴에 묻은 선혈만을 감쪽같이 지웠다. 운디네가 사라지자 도네는 양손을 들었다.

"어블리비언!"

시동어와 함께 도네의 손에서 다시 한 번 붉은 빛이 번쩍이자 붉은 안개가 호수에 이는 파문처럼 주위로 퍼져 나갔다. 그리고 5분 정도가 지났을까?

사람들이 하나둘씩 깨어나기 시작했다. 천천히 자리에서 일어난 사람들은 자신이 왜 이곳에 서 있는 것일까 잠시 생각해 보았지만 도저히 기억나지 않았다.

고개를 갸우뚱거리는 사람들의 모습을 보며 렉스가 궁금해하자 도네가 그 이유를 설명해 주었다.

도네가 조금 전 사람들을 향해 펼친 마법은 일정한 시간 동안의 기억을 지워 버리는 망각의 스펠이었던 것이다. 어블리비언의 마법에 걸린 사람은 시술자가 원하는 시간 동안의 기억을 영원히 잃어버리게 만드는 8클래스의 마법이었다. 물론 마법에 걸린 대상이 시술자보다 고위의 마법사라면 아무 소용 없는 일이었지만.

조금 전 분명히 뭔가 꺼림칙한 일이 있었던 것 같은데 아무리 생각해 봐도 기억나지 않는 듯 사람들은 자신의 뒤통수를 벅벅 긁으며 사방으로 흩어졌다.

지면에 널브러져 있던 성기사들도 자신이 지금 땅바닥에 엎드려 뭘 하고 있던 것인지 아무리 생각해도 이해가 가지 않는 듯했다. 분명 이 근처를 지나다 아주 불쾌한 일을 경험한 것 같은데 그것이 뭔지 도무지 생각나지 않았다.

성기사들은 벌떡 일어나 신경질적으로 자신의 하프 플레이트에 묻은 흙먼지를 털어내고는 주위를 두리번거리며 자신의 말을 찾았지만 이미 사방으로 도망친 말들을 찾기란 쉬운 일이 아니었다.

조금 떨어진 곳에서 그 모습을 지켜보던 도네와 렉스는 나직하게 웃음을 짓고 있었다.

"레이디 도네, 이만 돌아가실까요?"

"당신이 에스코트해 주신다면……."

"사랑하는 레이디를 위해 기꺼이 제가 목숨을 걸고 모시겠습니다. 그럼 이리로 가실까요?"

"감사합니다, 내가 사랑하고 또 나를 사랑하시는 기사님."

갑자기 점잔을 빼는 렉스의 멘트에 도네도 닭살 돋는 멘트로 화답을 하고는 팔짱을 낀 채 여관으로 향했다.

갑자기 분위기가 닭살스럽게 느껴지는 이유는 뭘까?

살가죽을 뚫고 뭔가가 솟아오르는 것 같기도 하고 뭔가가 살갗 위를 기어 다니는 것 같아 괜히 피가 나도록 벅벅 긁고 싶어지네.

여관으로 돌아와 보니 아직 아무도 돌아오지 않은 것 같았다. 리나 는 두 사람에게 과일을 갈아서 만든 주스를 서비스했고, 주스를 한 모 금 들이킨 두 사람은 달콤하고 향긋한 주스의 맛 때문에 다시 한 번 행 복감을 느꼈다.

잠시 후 크레이의 손을 질질 끌고 나타난 샤이베리아는 주스를 마시 고 있는 도네에게 다가왔다.

"도네님, 조금 전 도네님께서 마법을 쓰신 거죠?"

"그런데?"

"역시 그랬구나. 하긴 인간 따위가 망각의 스펠인 어블리비언의 룬 어를 알 리 없지."

"구경은 많이 했어?"

"아직 다 보지는 못했어요. 하지만 재미있는 것도 많았고, 해보고 싶은 것도 많았고, 맛있는 것도 많았어요."

조금은 흥분해서 대답하는 샤이베리아의 모습은 영락없이 세상 구경 처음 하는 어린애였다.

"그래, 별일은 없었고?"

"이상하게 생긴 인간들이 따라오라고 해서 갔다가 쟤가 싸우는 것만 봤어요. 그런데 쟤도 꽤 잘 싸우던데요?"

샤이베리아의 대답에 렉스와 도네의 시선이 그에게 향했다.

"크레이, 어떻게 된 일이야?"

렉스의 질문에 대답을 하려던 크레이는 도네와 시선을 마주치자 움찔하더니 고개도 들지 못했다. 그녀의 눈만 보면 얼마 전 그녀에게서 느꼈던 절망과 공포심이 세포 속에서 스며 나오는 것 같았기 때문이다. 그런 크레이를 렉스가 위로했다.

"괜찮으니까 말해 봐."

"실은……."

크레이는 조금 전 있었던 일에 대해 조심스럽게 설명하기 시작했다.

샤이베리아의 손에 끌려 나온 크레이는 광장에 들어서고도 도네에 대한 공포에서 벗어나지 못하고 있었다. 그런 크레이를 한심하다는 듯 샤이베리아가 쳐다보았다.

"뭐야? 너, 렉슨가 뭔가 하는 인간처럼 간덩이가 부운 인간인 줄 알았더니 이제 보니 영 맹탕이잖아. 너, 그럼 대체 뭘 믿고 감히 도네님한테 반항한 거야? 같은 드래곤인 나도 도네님만 보면 오금이 저린데 말이야."

크레이를 나무라던 샤이베리아는 그가 너무 떨자 불쌍하다는 생각이 들었다.

도네의 드래곤 피어는 같은 드래곤인 자신의 입장에서도 견디기 힘든 것인데 인간에 불과한 크레이가 견디지 못하는 것은 당연한 일이었다.

그녀가 슬쩍 마나를 끌어올리자 그녀의 손에 파란색의 마나가 어렸다. 그녀가 크레이의 어깨를 어루만져 주자 크레이는 조금씩 마음의 안정을 찾을 수 있었다. 시간이 지나고 그가 진정한 모습을 보이자 샤이베리아가 애써 근엄한 표정을 지으며 입을 열었다.

"너, 도네님이 어떤 분인 줄 알아? 그분은 말이야……."

샤이베리아는 크레이에게 도네에 대해 최대한 상세하게 설명해 주었다.

그녀의 말을 듣고 보니 왜 샤이베리아가 도네를 처음 봤을 때 그렇게 공포에 떨었는지, 또 다크 드래곤 밀레리오스가 도네의 노골적인 비웃음에도 감히 대꾸를 하지 못했는지 그 이유를 이제야 짐작할 수 있었다.

같은 드래곤들도 반항할 생각을 못하는 존재에게 하물며 인간에 불과한 자신이 불만을 가졌다니……. 크레이는 자신이 아직까지 살아 있다는 사실에 신기하다는 생각마저 들었다.

현실로 돌아와 몸을 부르르 떠는 크레이를 향해 샤이베리아가 입을 열었다.

"어서 재미있는 곳으로 안내해 봐. 그리고 맛있는 것도 먹고 싶어."

샤이베리아의 말에 크레이는 자신의 목숨을 구해준 그녀를 위해 오늘 하루를 보내겠다고 결심했다.

"우선 구경부터 하러 가시죠."

크레이의 안내를 받은 샤이베리아는 피에로들이 재주를 부리는 곳부터 들렀다.

아슬아슬한 줄타기 묘기와 맹수의 입에 자신의 머리를 집어넣는 묘기를 볼 때는 자신도 모르게 긴장이 되었고, 피에로가 익살스런 행동을 할 때나 재미있는 이야기를 할 때는 배를 잡고 웃었다. 얼마나 웃었는지 뱃가죽이 당겨 눈물이 나올 지경이었다.

간이 주점에 들러 약한 술과 주스를 절반씩 섞은 칵테일을 한 잔씩 마시고는 다시 광장을 돌아다녔다. 그러다 조금은 나이가 들어 보이는 음유 시인 앞에 많은 사람들이 모여 있는 것을 발견하고는 그리로 발걸음을 옮겼다.

음유 시인은 자신이 바르빈스 연방 4개 국 중 하나인 아이루스 왕국에서 경험했던 사건에 대해 설명하고 있었다.

"…그리하여 사랑했던 두 연인은 헤어져야만 했습니다. 사내는 사랑했던 여인을 지키지 못했다는 자책에 괴로워해야만 했고, 여인 역시 사내를 택하지 않은 자신의 어리석음 때문에 많은 세월을 눈물로 지새워야만 했습니다. 그렇게 슬픈 세월을 보냈던 두 사람은……."

음유 시인의 음성은 그리 크지 않았지만 묘한 억양을 띠고 있어 사람들은 그의 이야기에 더욱 빠져들게 만들었다. 여인들은 눈물을 글썽이고 있었고 사내들은 연인의 사랑을 방해하는 귀족에 대한 분노로 치를 떨었다.

샤이베리아는 인간들의 생활, 사회, 관습에 대한 지식이 전혀 없었기 때문에 중년 음유 시인의 말의 거의 대부분을 전혀 이해하지 못하고 있었다.

재미없어하던 샤이베리아는 자신을 향해 끈적끈적한 시선을 보내는 한 사내를 발견했고 곧 그에게 관심이 두었다.

머리를 완전히 밀어버린 사내는 우람한 근육을 가진 용병이었다. 등에는 거대하다고밖에 표현할 수 없는 시미터를 메고 있었고, 그의 곁에는 그와 거의 흡사하게 생긴 대머리용병들이 서 있었다. 크레이가 보기에는 누가 더 개성있게 생겼는가 자랑이라도 하는 듯했다.

"레이디, 저런 시답잖은 이야기보다 어디 가서 시원한 맥주라도 한잔하는 게 어때? 그저 오늘 같은 날엔 술이 최고라고. 게다가 솜씨 좋은 요리사가 만든 맛있는 음식과 함께라면 더 더욱 좋지. 어때? 우리랑 같이 갈 생각 있어?"

"네가 사는 거야?"

"당연하지."

대머리용병은 자신의 말에 샤이베리아가 대꾸를 하자 당장 음흉한 미소를 지었다.

자신이 보기에 아직은 어려 보이지만 저 정도 미모라면 적당히 2, 3년 동안 교육(?)을 시키면 특등품이 될 수 있는 물건이었다. 게다가 자신처럼 개성있는 얼굴을 보고도 겁먹지 않는 것이 더 더욱 마음에 들었다.

"자아~ 레이디, 그럼 가실까요?"

흡족한 미소를 지으며 손짓을 하는 대머리용병의 태도에 샤이베리아는 당연하다는 듯 걸음을 옮겼다.

"샤, 샤이베리아님, 저런 녀석의 말을 함부로 믿어서는 안 됩니다. 저런 녀석들은 여자들을 유혹해… 유혹해서……."

대머리용병의 행동을 지켜보던 크레이는 샤이베리아가 당연히 거부할 줄 알았다가 걸음을 옮기는 모습을 보고는 기겁하지 않을 수 없었다. 그녀에게 경고를 주려고 말을 꺼냈지만 차마 끝말은 할 수 없었다.

"유혹해서 어떻게 하는데?"

"저놈들은 샤이베리아님을 유혹한 후 납치해 못된 짓을 하려고 하는 것입니다."

"못된 짓? 못된 짓이라는 것이 뭔데?"

"그게 뭐냐 하면… 뭐냐 하면……."

크레이가 붉어진 얼굴로 좀처럼 대답을 하지 못하자 샤이베리아는 고개를 갸우뚱거렸다.

그런 모습을 지켜보던 대머리용병은 갑자기 나타난 크레이의 모습을 보고는 입맛을 다셨다.

저만한 미소녀 곁에 경호하는 사내가 없을 리 없다고 생각한 자신의 예상이 맞았기 때문이었다. 하지만 그 사내라는 것이 입고 있는 옷이나 얼굴이 귀족가의 막내 도련님처럼 뻔지르르해 보여 그들의 밥맛을 떨어뜨리게 만들기 충분했다.

"이보게, 우리의 순수한 호의를 그런 식으로 생각하면 곤란하지. 자네는 자네 부모에게 그렇게 배웠는가? 사람이 사람을 믿지 못하면 이 험한 세상을 어떻게 살아갈 수 있겠나?"

대머리용병이 자신의 부모를 들먹거리며 충고하자 크레이는 그들을 노려보았다. 크레이의 눈빛이 생각보다 서늘한 것을 발견한 대머리용병은 잠시 찔끔하기는 했지만 자신이 혼자가 아니라는 사실을 떠올리고는 곧 가슴을 폈다.

"난 애들을 따라갈 테니까 넌 마음대로 해."

크레이의 걱정을 아는지 모르는지 샤이베리아는 제멋대로 대머리사내들을 따라나섰다.

물론 몸속에 바람을 집어넣은 풍선처럼 보이는 이 멍청한 용병들에게 그녀가 당할 리야 없겠지만 그대로 그냥 두었다가 나중에 도네에게 무참히 당할 것은 분명했기에 따라나서지 않을 수 없었다. 아니나 다를까, 골목 사이사이로 안내를 받아 도착한 곳은 막다른 골목이었다.

　처음엔 그냥 두고 보려던 크레이는 갑자기 도네가 샤이베리아에게 준 반지가 생각났다.

　만약 샤이베리아가 기분이 나쁘기 때문이든지, 아니면 심심하기 때문이든지, 그것도 아니라면 생명의 위협을 느꼈기 때문이든지 그 반지를 사용한다면 이 대머리들은 새까맣게 탄 통구이(?)가 될 것은 뻔한 일이다.

　만약 그렇게 된다면 자신들이 이 대머리들을 따라간 것을 목격한 목격자들이 나설 것이고, 어쩌면 자신들의 행동에 막대한 제약을 받을 수도 있었다. 이젠 어쩔 수 없이 자신이 나서야만 되는 상황이었다.

　"왜 그래?"

　"지금부터는 제가 알아서 처리할 테니 샤이베리아님은 그냥 구경만 하세요."

　"구경만 하라고? 하긴, 싸움 구경 하는 것도 재미는 있더라. 그럼 한번 해봐."

　크레이는 상황을 전혀 깨닫지 못한 샤이베리아의 무신경에 저절로 한숨이 나왔다. 그와 동시에 렉스와 도네 커플에게 당한 억압과 굴욕과 분노를 대머리용병들에게 대신 분풀이할 결심을 했다. 그리고 그때부터 크레이의 잔인한 응징이 시작되었다.

　"상황을 몰랐다니? 내가 무슨 상황을 몰랐다고 그래."

샤이베리아의 반문에 도네도 영문을 모르겠다는 표정을 지었다.

"휴우~ 샤이베리아님, 도네님께서 주셨던 그 반지가 어떤 반지입니까? 그것 라이트닝 마법이 걸려 있는 반지라고요, 그것도 8클래스의 마법이 걸린. 만약 그 녀석들이 덤벼들었으면 샤이베리아님은 당연히 그 반지를 사용했겠지요. 그럼 그 녀석들이 어떻게 되었을 것 같습니까?"

"그야 당연히 죽었겠지. 인간이 8클래스의 라이트닝 마법을 어떻게 견뎌."

"바로 그게 문제라는 것을 모르시겠습니까?"

답답한 듯 입을 여는 크레이의 말에 샤이베리아는 여전히 이해가 가지 않는다는 표정을 지었다. 나직하게 한숨을 쉰 크레이가 설명해 주었다.

"샤이베리아님이 라이트닝 마법으로 그 녀석들을 새카맣게 태워 버리면 치안을 담당하는 도시 경비대나 성기사들에게 시체가 발견될 것이고, 그렇게 된다면 당연히 이곳 레이노스 시 전체에 비상경계령이 내려질 겁니다. 그럼 저희들의 활동도 제약을 받을 것은 물론, 어쩌면 저희들이 그들을 따라가는 장면이나 죽이는 장면을 목격한 사람이 나설지도 모릅니다. 그러니 제가 어찌 샤이베리아님을 막지 않을 수 있겠습니까?"

크레이의 말에 도네나 렉스는 고개를 끄덕였지만 샤이베리아는 여전히 이해가 안 간다는 표정을 짓고 있었다.

"크레이, 이제 보니 너 세상을 아주 피곤하게 사는구나?"

"휴우~ 제가 피곤하게 사는 것이 아니라 샤이베리아님이 별 생각 없이 행동하신 거라고요. 인간들은 말입니다, 샤이베리아님이나 도네님처럼 오래 살지 못하기 때문에 항상 생각을 합니다. 이 상황에서 이렇게 행동하는 것이 가장 옳은 선택인가? 지금 내 행동은 정당한가? 가장 올바른 일은 무엇인가? 등등 말입니다."

"왜 인간들은 다른 이의 눈이나 생각에 그렇게 신경 쓰는 것이지? 난 도저히 이해가 안 돼."

"그건……."

샤이베리아의 반문에 대답을 한 것은 의외로 도네였다.

"인간은 혼자서는 살 수 없는 생물이기 때문이다. 아니, 무리를 짓지 않으면 살 수 없는 생명체들이라는 것이 더 정확한 말이겠군."

"도네님, 그게 무슨 말씀이세요? 너무 어려워요."

"너도 좀 더 세상을 돌아다니다 보면 알겠지만 인간처럼 부조리한 생물들도 없다. 모든 동물들이 자신의 영역이라는 것을 가지고 있어. 하지만 인간처럼 자신의 영역이 분명한 생물도 없고 또 인간처럼 부정확한 동물도 없다. 그 영역이라는 것 때문에 개인끼리, 집단끼리, 나라끼리 피 터지게 싸우는 것이 인간들이지만 신전, 술집, 여관, 공연장처럼 하나의 장소를 함께 공유하는 생물 역시 인간들뿐이다. 만약 내 영역 안에 나만이 산다면 다른 이의 시선이나 생각을 신경 쓸 필요가 없겠지만 인간들처럼 같이 공유하는 영역이 넓고 크다면 다른 이의 시선을 신경 쓰지 않을 수 없지. 남들에게 따돌림을 받는다면 살 수 없는 것이 인간이니까."

샤이베리아는 도네의 말을 듣고 이해가 될 듯 말 듯했다. 하지만 아직까지는 이해하는 부분보다는 이해하지 못하는 부분이 더 컸다.

"그래서 그 녀석들은 어떻게 했어?"

"한 달쯤 침대 위에서 과거의 잘못을 반성하면서 생활해야 할 정도로 자근자근 밟아놓았습니다, 캡틴."

"적당히 하지 그랬어?"

"요즘 은근히 스트레스를 받아서요. 또 어설프게 다뤘다가 샤이베리 아님께서 개입을 하시면 더 큰일이다 싶어서……."

말을 하던 크레이는 도네가 자신을 바라보는 것을 발견하고는 황급히 말을 이었다.

"스트레스는 검은 달 교단 녀석들 때문에 받은 겁니다. 저, 절대로 도네님 때문이 아닙니다. 믿어주십시오."

"누가 뭐라고 했어?"

"아, 아닙니다, 도네님."

크레이는 도네의 무덤덤한 반응에 안도의 한숨을 속으로 쉬면서 왠지 그녀가 조금 전 헤어지기 전과는 상당히 달라진 것 같다는 느낌이 들었다.

"렉스, 나나 샤이베리아나 옷차림 때문에 사람들의 시선을 끄는 것 같지 않아?"

"아~니~ 절대. 도네나 샤이베리아가 사람들의 시선을 끄는 건 옷 때문이 아니라 꽃도 부끄러워할 미모 때문이란 말이야. 그런 옷 때문이 아니라고."

"고마워."

렉스의 말에 도네는 괜히 흐뭇한 생각이 들었다.

물론 지금 모습이 본래 자신의 모습이 아니라는 것을 모를 그녀는 아니었지만 이전까지와는 달리 렉스의 칭찬이 너무나 듣기 좋았다.

"그래도 옷을 사러 다녀올게."

"내가 같이 가줄까?"

"아니야, 나와 샤이베리아가 어떻게 변할지 기대하고 있어. 멋지게 변해서 올 테니까."

"알았어, 될 수 있으면 빨리 와. 안드레이와 로니님도 올 때가 됐으니 맛있는 저녁을 먹자고."

"알았어. 기다리고 있어."

샤이베리아의 손을 잡은 도네는 그대로 여관을 빠져나갔다. 그런 도네의 모습을 쳐다보고 있던 크레이가 조심스럽게 입을 열었다.

"캡틴, 어째 도네님의 기분이 아까와는 달리 기분이 많이 좋아지신 것 같습니다."

"그럴 일이 있었어. 그보다 이 친구들 꽤 늦네."

렉스가 그 말을 하자마자 안드레이가 여관 안으로 성큼 들어섰다. 꽤나 여러 곳을 돌아다녔는지 그의 검은색 망토 위로 뽀얗게 먼지가 내려앉아 있었다.

"수고했네."

"수고는 뭐."

렉스의 수고 인사에 안드레이는 자리에 앉았고 곧 리나가 과일 주스를 내왔다. 단숨에 주스를 마신 안드레이가 미처 잔을 내려놓기도 전 로니가 땀을 뻘뻘 흘리려 여관으로 들어서고 있었다.

"어서 오십시오."

안드레이와 로니가 숨을 돌리기를 기다렸던 렉스는 자신이 궁금하게 생각했던 일들을 물었다.

"대체 황태자란 녀석은 언제 레이노스 시로 온다는 거야?"

"황태자의 정확한 방문 일자는 내일, 모레부터 시작되는 레이노스 시의 축제에 참관하기 위해서라더군."

"축제?"

"하긴 축제라고 하기는 좀 어폐가 있군. 정확하게 말하자면 이곳 레이노스 시에 있는 열한 개 교단에 소속된······."

"잠깐, 열한 개 교단이라고? 왜 열한 개뿐이야?"

"각 달을 대표하는 열두 분의 신들 가운데 얼음과 눈의 신인 다누아나 교단과 수도에 있는 자르츠 교단, 그리고 교단의 위치를 모르는 아모데우스 교단을 제외한 나머지 교단과 모든 신들의 아버지인 포르세티 교단과 어머니인 프라그마 교단이 합쳐 벌어지는 행사인데, 각 교단에 소속된 성기사들의 무술을 겨루는 대회라고 하더군."

"뭐? 성기사들이 무술을 겨룬다고?"

렉스의 노골적인 빈정거림에 안드레아나 크레이, 로니는 영문을 모르겠다는 표정을 지었다. 물론 그들의 표정을 발견하지 못한 것은 아니지만 렉스는 표정을 풀지 않았다.

"로니님, 하나만 물읍시다."

"말씀하십시오."

"교단에 소속된 성기사는 교인이오, 아니면 기사요?"

"예?"

렉스의 뜻하지 않은 질문에 로니는 당황했다.

"내가 세상에서 가장 재수없어 하는 인간들이 바로 성기사야. 칼을 휘두르는 기사가 신앙을 가진다는 것이 말이 된다고 생각해? 물론 가질 수도 있겠지. 하지만 극도로 편협한 생각을 가진 존재, 그것들이 바로 성기사들이란 말이야. 자신과 다른 종교를 믿는 자들을 언제든 성전이라는 이름 아래 말살할 준비를 하고 있는 자들, 희생과 봉사가 신에게 의탁한 자들이 마땅히 해야 할 책임과 의무라는 것조차 모르는 자들. 난 그런 성기사들이 이 땅에 존재할 이유가 없다고 생각해."

렉스의 무지막지한 말에 일행들은 아무 말도 할 수 없었다.

물론 렉스의 말이 다 맞는 것은 아니라는 것쯤을 모를 일행들은 아니었다. 하지만 렉스의 말에 틀렸다고 부정할 수도 없는 것이 종교가 세상에서 벌어지는 일에 개입하면서부터 종교의 타락이 시작되었다고 믿는 사람들이 의외로 많았기 때문이다.

일부 종단들은 교세 확장을 위해 지방의 영주들과 결탁을 했고, 또 상인들과 결탁을 해 무력 집단처럼 힘을 키우기 시작한 교단도 있었다. 또 더 많은 신도들을 포섭하기 위해 신앙의 힘보다는 정치적인 힘이나 경제적인 억압을 사용하는 교단도 있었다.

그런 종교를 믿는 성기사들이 순수하다고 누가 주장할 수 있겠는가? 하지만 자신이 믿는 신을 따르며 묵묵히 희생과 봉사의 생활을 하는 성기사 역시 분명히 존재하고 있었다. 그러나 렉스의 말처럼 자신이 믿고 따르는 신을 제외한 다른 모든 신을 믿는 이들을 이교도라고 부르며 그들과 충돌하는 사태가 발생했을 때 성기사들이 얼마나 잔인하고 처절한 응징을 가했는지 그들 역시 잘 알고 있었다.

일반적인 싸움은 자신이 지닌 힘이 상대보다 강한 것이 증명되면 중단되는 것이 일반적이다. 하지만 성기사들끼리의 분쟁에서 그런 식으로 결말을 맺는 경우는 거의 없었다.

어느 한쪽이 완전히 전멸하기 전에는 절대 끝나지 않는 것이 교단 간의 싸움이었다.

서로가 서로에게 이교도인 셈이니 절대 싸움이 쉽게 끝날 리 없었다. 싸움에서 지고 이기고 것이 바로 자신이 믿는 신에 대한 믿음, 자신이 겉으로 표현할 수 있는 신앙심의 척도였기에 항복이란 어떠한 경우에도 있을 수 없었고 자신의 숨이 붙어 있는 한 이교도를 향해 검을 휘두르는 것이 그들이 말하는 신앙심의 발로였다.

그렇기에 교단끼리의 싸움은 단순한 싸움이 아니라 교단 전체의 사활을 건 전쟁이었다. 그리고 그 전쟁으로 인해 힘이 없는 교단들은 철저히 무너져 갔고, 막강한 힘을 가진 종단들도 교세의 절반 이상을 잃는 엄청난 타격을 입어야만 했다.

결국 100여 년 전 각 교단의 교황들은 서로의 존재를 인정하고 불가침 조약을 맺었다. 하지만 당시 교황들이 인정을 했던 교단은 주신 포르세티와 프라그마, 그리고 그들 사이에서 태어난 열여덟의 신뿐이었다. 그리고 그 이외의 신들을 믿는 자들은 철저히 이교도로 몰려 학살을 당해야만 했다.

이러한 종교 탄압은 바르빈스 연방 4개 국이 거의 비슷했지만 그중에서도 레트로니아 왕국이 가장 심했다.

비록 지금은 오랜 세월이 흘렀기에 그러한 사실이 있었다는 것을 아는 사람도 적었지만 설사 사실을 알고 있는 사람이라고 하더라도 애써 처절했던 과거를 들추려 하지는 않았다.

"그렇다면 레이노스 시의 검문 검색이 그렇게 심했던 것이 이해가 가는군요."

"아니, 검문 검색이 강화된 것은 단순히 황태자가 이곳 성기사들의 경연 대회에 참관하기 때문은 아니네."

크레이의 말에 답변을 하던 안드레이의 얼굴은 조금 심각해 보였다.

"이것이 정확한 정보인지는 알 수 없지만 그 대회에서 누군가 황태자의 목숨을 노린다는 소문이 은근히 퍼져 있더군."

"암살?"

"그렇다네."

"후후후, 어쎄신이 드래곤이라도 되는 모양이군."

어이없어하는 렉스의 말에 로나나 크레이도 고개를 끄덕거리며 동조했다.

자신들이 생각해 봐도 근위 기사단과 로열 기사단의 호위를 받는 황태자의 목숨을 노린다는 것은 도저히 성공 가능성이 없어 보였다. 게다가 그들뿐만이 아니지 않는가? 수백 명이 넘는 성기사들이 몇 겹의 방어막을 치고 있을 텐데 렉스가 말한 대로 드래곤과 비슷한 능력을 가지고 있지 않다면 절대 성공할 수 없을 것이 분명했다.

"나도 처음에는 그렇게 생각했었네. 하지만 왜 그런 소문이 났을까부터 생각해 봤네. 만약 내가 황태자의 목숨을 노린다면 어떤 방법이 가장 좋을까 말일세. 그렇지 않아도 접근하기 어려운 상황에서 일부러 소문을 퍼뜨려 더 불리한 상황을 만들 필요가 있을까 하고 말일세."

안드레이의 설명에 세 사람은 고개를 끄덕였다. 아무리 생각해 봐도 어쎄신이 멍청이가 아닌 이상 스스로를 위험에 빠뜨릴 까닭이 없었다.

"하지만 반대로 위급한 상황에서 황태자의 곁으로 쉽게 접근할 수 있는 신분을 내가 가지고 있다면… 그런 이유로 그것을 노려 일부러 소문을 퍼뜨린 것이라면 상황이 어떻게 변할 것 같은가?"

"으음~ 그런 방법도 있을 수 있겠군."

"상상도 못했던 방법이긴 하지만 근위 기사단이나 로열 기사단의 기사들은 모두 신원이 확실한 사람들뿐인데……."

"그런 방법이라면 암살이 성공할 확률은 더욱 높아지겠군요."

안드레이의 설명에 일행들은 탄성을 금할 수 없었다.

특히 렉스의 놀라움은 상당했다.

안드레이가 여러 가지 상황에 상당한 경험이 있다는 것은 충분히 짐작하고 있었지만 이렇게까지 폭 넓게 생각하고 있을 줄은 생각도 못하고 있었다. 그가 자신보다 나이가 많은 것은 알지만 이렇게까지 경험의 차이가 날 줄은 미처 깨닫지 못하고 있었다.

"무슨 얘기들을 그렇게 하고 있어? 내가 온 것도 모를 정도로 재미있는 일이야?"

"어, 도네 왔구나. 사실은… 정말 잘 어울리는데! 영혼에 새겨질 정도로 강렬하고 또 정말 아름다워!"

"고마워, 렉스."

렉스의 닭살 돋는 찬사에 도네는 기분이 좋은 듯 미소를 지었다. 곁에 있던 안드레이나 크레이, 로니도 도네의 모습을 발견하고는 벌린 입을 다물지 못하고 있었다.

백설처럼 하얀 라이트 레더를 걸친 도네의 모습은 렉스의 말처럼 강렬하게 보였다.

하얀 레더 아래로 보이는 흰색 튜닉이나 라이트 레더에 묶여 있는 짧은 흰색 케이프(후드가 붙어 있는 여성용 망토) 역시 붉은 머릿결을 가진 그녀와 너무도 잘 어울려 보였다. 마치 그녀를 위해 흰색이 존재하고 또 그녀를 위해 라이트 레더나 튜닉, 케이프가 만들어진 듯 느껴졌다.

그런 반면 곁에 서 있는 샤이베리아는 도네와 거의 같은 형태의 복장이었지만 대신 은은한 핑크 빛을 띠고 있어 소녀처럼 생긴 모습을 귀엽게 보이게 만들었다.

도네를 붉은 장미라고 표현한다면 샤이베리아는 작고 귀여운 꽃을 피우는 패랭이꽃처럼 보였다.

"두 분 모두 너무 아름답습니다."

"정말 아름다우십니다, 도네님, 샤이베리아님."

사람들의 찬사에 도네와 샤이베리아는 마음에 드는지 빙그레 미소를 지었다.

두 여인이 자리에 앉자 렉스는 미리 주문해 두었던 식사를 가져오게 했고 일행들은 저녁 식사를 시작했다.

포도주를 천천히 음미하던 도네는 일행들이 조금 전 나눴던 이야기에 대해 물었다. 간략하게 정리해 도네에게 들려준 렉스는 안드레이에게 질문을 했다.

"안드레이가 일전에 코르트 시에서 검은 달 교단에 대해 이야기를 한 적 있었잖아. 아마 이곳 레이노스 시에 교두보를 만들 거라고 말이야. 곰곰이 내가 생각하기에도 그럴 것 같아. 그래서 말인데, 이번에 황태자를 암살하겠다는 작자들도 혹시 그놈들이 아닐까?"

"음~ 나도 그런 생각을 해보지 않은 것은 아니네. 하지만 검은 달 교단이 황태자를 암살해야만 할 이유가 대체 뭘까? 아무리 생각해 봐도 그 이유를 모르겠군."

안드레이의 말에 고개를 끄덕이면서도 뭔가 꺼림칙한 생각이 가슴 속을 떠나지 않았다.

"그보다 로니님, 가신 일은 어떻게 되셨습니까?"

"저어, 그게⋯⋯."

안드레이의 질문에 로니가 조금은 난처한 표정을 지었다.

"실은 교황님을 만나보지도 못했습니다. 그분을 보좌하고 계시는 하이 프리스트를 만나 교황님을 만나뵙기를 청했지만 제가 파문당했다는 이유로 거절당했습니다."

"로니님, 파문을 당하셨습니까?"

크레이가 놀라며 반문했고 로니는 어색한 미소를 지으며 고개를 끄덕였다.

"이유가 대체 뭐기에 하이 프리스트 급의 신성력을 가지신 로니님께서 파문을 당하셨단 말입니까?"

크레이의 말에 다른 사람들도 이해를 못하겠다는 듯 로니의 얼굴을 쳐다보았다. 하지만 일행들에게 말하지 못할 사연이 있는지 한동안 고심하는 빛이 역력했다. 마침내 로니가 결심한 듯 입을 열었다.

"일전에도 말씀드렸다시피 저는 하이얀 브로넨스 교단의 본부에서 기록관으로 근무했던 적이 있었습니다. 실종된 아이들에 대해 알게 된 것도 그 시절이었습니다. 여기까지는 저번에 말씀드린 사항이지만 교단의 치부에 관련되는 이야기인지라 일부러 말씀드리지 않은 일이 있습니다."

로니의 말에 일행들은 그가 말하지 않은 사항이 교단의 치부와 관련되어 있다는 말에 모두 관심을 보였다. 로니가 말하려는 사연이 뭔지는 모르지만 상당한 비중을 가진 사안일 것이란 생각이 들었기 때문이다.

"여러분들은 프리스트가 어떻게 되는지 잘 모르실 겁니다. 우선 그것에 대해 잠시 말씀을 드리겠습니다. 프리스트들을 뽑는 방법은 각 교단마다 다르고 또 지역마다 다릅니다. 먼저 프리스트가 되고자 하는 아이들을 매년마다 각 지역에서 뽑아 그들의 성별, 이름, 나이, 출신, 지위에 대한 자료를 정리해 교단에 통보를 합니다. 그럼 교단에서는 그들을 분류해 몇 개의 무리로 나눈 다음 각 신전에 분산 배치해서 그들을 집중적으로 교육시킵니다. 그리고 최소 3년이 지나야 견습 프리스트의 신분이 됩니다. 물론 그들에게 평생을 하이얀 브로넨스에게 바치겠다는 각서를 받습니다. 그리고 다시 5년 동안 교단의 교리를 공부하며 신에 대한 믿음을 키워 하이 프리스트들의 심사를 통과해야만 겨우 프리스트가 될 수 있습니다."

일행들은 프리스트가 되는 과정이 이렇게 복잡할 줄은 미처 몰랐기에 로니의 말에 더욱 귀를 기울였다.

"하지만 그렇다고 곧바로 프리스트가 될 수 있는 것은 아닙니다. 2, 3년 동안 정식 프리스트들을 보좌해 사람들에게 봉사를 하며 교단의 제가를 기다리는 보좌 프리스트의 생활을 거쳐야 비로소 정식 프리스트가 될 수 있습니다. 정식 프리스트가 된 자는 교단의 명령을 따라 지방 신전에서 봉사를 할 수도 있고 또 세상을 돌아다니며 사람들을 돕는 수행을 하기도 합니다. 프리스트의 생활을 통해 신앙심과 교단을 위해 열심히 수행한 사람만이 하이 프리스트가 될 수 있고 다른 하이 프리스트들의 절대적인 지지를 얻은 분만이 교황이 되실 수 있습니다. 제가 왜 이렇게 장황하게 설명을 하느냐 하면… 프리스트를 지원하는 소년들을 선발하는 단계에서 이상이 생긴 것을 발견했기 때문입니다."

"이상이란 것이 뭐지?"

"교단의 치부라고 할 수 있는 일이지만 솔직하게 말씀드리겠습니다. 조금 전 말씀드린 대로 프리스트가 되기 위해 지원한 아이들을 여러 부류로 나눕니다. 나누는 기준은 귀족가의 자식인가, 집안에 재산이 많은가, 부모가 있는가, 그리고 앞의 세 경우에 해당되지 않는 부류로 구분을 합니다. 이유는 짐작하시겠지만 귀족들과 부유한 상인들이 가진 힘을 이용해 교세를 확장하기 위해서입니다. 이는 다른 교단도 거의 비슷한 실정입니다."

"대체 뭐가 문제란 말이야? 설명이 너무 장황하잖아?"

도네가 눈살을 조금 찌푸리며 말하자 로니는 황급히 문제점을 말하기 시작했다.

"이상이 생겼다는 것은 조금 전 말씀드린 구분에서 가장 마지막에 속하는 부류로 대부분 고아들입니다. 간혹 부모가 죽은 후 친척집에 맡겨졌던 아이들이 오는 경우도 있지만 고아들이 프리스트가 되겠다고 자원하는 경우가 대부분입니다. 그런데 이 아이들이 분류된 후 재배치를 받는 과정에서 감쪽같이 사라진 겁니다."

로니의 설명에 일행들은 하이얀 브로넨스 교단에서 발생한 사태가 자신들의 생각보다 훨씬 심각하다는 느낌을 받았다.

"그 사실을 알게 된 저는 비밀리에 조사에 들어갔습니다. 하지만 주모자가 누구인지 또 그를 돕는 자들이 누구인지 도저히 알 수 없었습니다. 그러던 중 정체를 알 수 없는 외부인과 접촉이 잦은 프리스트 한 명을 우연히, 정말 우연히 발견할 수 있었습니다."

로니의 말에 일행들은 눈빛을 반짝였지만 그의 얼굴은 오히려 더욱 어두워졌다.

"비밀리에 그를 감시하던 중 어느 날 그가 시체로 발견되었고, 그날 전 하이 프리스트들로 구성된 원로 회의에서 살인을 했다는 모함을 받아 파문당하고 말았습니다. 이유는 그 프리스트를 살해하는 데 사용했던 흉기가 제 방에서 나왔다는 것 때문이었습니다. 하지만 저의 결백을 증명해 준 동료들이 있어 무죄는 증명되었지만 교단 내에 분란을 조성했다는 말도 안 되는 이유 때문에 파문당하고 말았습니다. 제가 기가 막혔던 것은 파문당했다는 사실보다 열여덟 분의 하이 프리스트 중에서 저의 파문을 반대하는 분이 단 한 분도 없었다는 사실입니다."

"그러니까 로니님의 말대로라면 적어도 그런 일이 벌어지려면 몇 명인지는 모르겠지만 하이 프리스트가 반드시 개입해야만 하겠군요. 그런데 살인 사건의 무죄가 증명되었는데도 파문에 반대하는 하이 프리스트가 한 사람도 없었다면 어쩌면 수뇌부 전체가 변질되었을지도 모른다. 이것이 결론입니까?"

안드레이의 결론에 로니는 힘없이 고개를 끄덕였다.

교세를 확장시키기 위해 귀족의 자식이나 돈 많은 상인들의 자식을 이용하는 것은 그래도 이해할 수 있는 일이지만 그렇다고 고아들을 빼돌리다니… 빼돌린 아이들로 대체 뭘 하려고 한 것일까?

"이건 단순한 제 짐작이기는 하지만 혹시 이 일에 검은 달 교단이 개입된 것은 아닐까 하는 생각이 들 때가 한두 번이 아니었습니다."

"검은 달 교단?"

"그렇습니다. 바르빈스 연방 4개 국에서 공통적으로 발생한 실종 사건과 거의 비슷한 시기에 프리스트가 되겠다고 자원한 고아들도 사라졌습니다."

"단지 그것 때문에 검은 달 교단의 소행이라고 생각하는 것은 좀 무리가 아닙니까, 로니님?"

"물론 그들의 소행이라고 단정 지을 수 있는 증거는 어디에도 없습니다만 왠지 고아들의 실종과 그들이 어떻게든 연관이 되었을 것이란 생각이 머리 속에서 떠나지 않습니다."

"으음……."

"휴우~"

로니의 말에 렉스와 안드레이의 입에서 거의 동시에 긴 한숨이 흘러나왔다.

　빌어먹을, 검은 달 교단이 관련 안 된 사건이 대체 뭐란 말인가? 10여 년 전부터 시작된 사건부터 지금 발생하고 있고 또 곧 발생하게 될 일까지 모조리 그들의 개입이 의심되는 사건들뿐이었다.

　철저한 점 조직으로 자신들의 실체를 감춘 채 어둠 속에서 은밀하게 사건을 진행시키고 있는 존재.

　정말 공포스러운 존재가 아닐 수 없었다.

　"한숨만 쉴 것이 아니라 어떻게 조치를 해야 할 것 아니야."

　도네의 말에 비록 고개는 끄덕였지만 해결 방법을 쉽게 찾을 수 있을 것 같지 않았다.

제 9 장

화인워커에 대한 보고서

화인워커에 대한 보고서

"어서 오세요. 무엇을 도와드릴까요?"

"여기 소속된 용병 가운데 안드레이란 분이 계신가요?"

"예? 안드레이님이오?"

친절하게 방문객을 향해 미소를 짓던 주근깨 아가씨는 상대의 말에 깜짝 놀라는 표정을 지었다.

"실례지만 그분을 찾는 이유를 알 수 있을까요?"

"그분은… 제 남편이십니다."

"풋, 호호호."

방문객의 말에 주근깨 아가씨는 갑자기 웃음을 터뜨리기 시작했다. 당황한 쪽은 오히려 방문객들이었다.

몇 번을 망설였던가?

카로프 용병 길드의 위치를 확인하고도 자신은 용서받을 수 없는 죄인이라며 로자린은 계속해서 오기를 망설였었다. 그런 그녀를 바르미아와 모네스는 안드레이가 절대 그녀를 그렇게 대할 리 없을 거라며 설득하고 달래서 겨우 이곳에 도착한 것인데 자신들이 왜 이런 대접을 받아야 하는지 그 이유를 알 수 없었다.

성미가 급한 바르미아가 그냥 참고 지나갈 리 만무했다.

쾅!

"이봐, 아가씨! 왜 웃는 거지? 지금 우리를 비웃는 거야?!"

바르미아의 태도에 정색을 한 주근깨 아가씨는 긴장한 채 자신을 바라보고 있는 로자린을 쳐다보며 대답했다.

"제가 이렇게 웃는 이유는 그분의 용모와 검술 실력에 반해 스스로를 그분의 애인이다, 아내다라고 주장하며 찾아오는 여자 분들이 너무나 많기 때문이에요. 한 달에 서너 명씩은 꼬박꼬박 찾아오거든요."

주근깨 아가씨의 대답에 로자린은 남편인 안드레이가 이곳에 있다는 것이 확인되자 다리에서 힘이 빠져 도저히 그대로 서 있을 수가 없었다. 비틀거리며 뒤로 물러선 로자린은 의자에 털썩 주저앉았다.

"그럼 지금 우릴 그런 정신 나간 여자들과 똑같이 취급하는 거야 뭐야?"

"전 그런 여자 분들이 저희 길드를 많이 찾아온다는 말씀을 드린 것뿐이에요."

또랑또랑 자신의 할 말을 하는 주근깨 아가씨에게 당장 주먹이라도 날리고 싶은 바르미아였지만 힘없이 앉아 있는 로자린 때문에 꾹 참을 수밖에 없었다.

"그래서 안드레이란 분이 지금 계시오, 안 계시오?"

"지금 그분은 청부를 맡아 길드를 떠나 있는 상태예요. 언제 돌아올지는 전혀 알 수 없어요."

　주근깨 아가씨의 사무적인 말에 로자린은 과연 자신이 안드레이를 만나야 할 것인가 아니면 이대로 돌아서야 할 것인가를 또다시 심각하게 고민했다.

　바르미아와 모네스는 그런 로자린의 표정만 보고도 쉽게 그녀가 지금 어떤 생각을 하는지 짐작할 수 있었다.

　다른 일에는 여자라고 믿을 수 없을 만큼 명쾌하게 모든 일들을 처리하는 로자린이었지만 안드레이를 만나는 일만큼은 갈피를 못 잡고 있었다. 하지만 이대로 둔다면 또다시 안드레이를 피할 떠날 거라는 생각에 모네스가 먼저 말을 꺼냈다.

　"로자린님, 강해지셔야 합니다. 여기서 물러서신다면 그분의 마음에 또다시 상처를 주는 것이 될지도 모릅니다."

　로자린이 고개를 끄덕이는 것을 보고서야 모네스는 주근깨 아가씨에게 이야기를 건넸다.

　"우리는 근처에 있는 〈고향의 언덕〉이라는 여관에 투숙하고 있소. 앞으로 2, 3일 동안 묵을 예정이오. 만약 그동안 안드레이님에게서 소식이 있으면 알려주겠소?"

　별로 큰 음성은 아니었지만 감히 거역할 수 없는 힘이 실려 있었다.

　"알겠어요. 연락이 있다면 알려드리죠."

　대답을 듣고서야 세 사람은 용병 길드를 빠져나왔다.

　〈고향의 언덕〉이란 이름을 가진 여관은 1층은 식당이었고 2층부터가 여관이었다. 바르미아는 기진맥진한 로자린을 2층에 눕히고 내려와 모네스를 찾으니 모네스는 사람들의 시선이 미치지 못하는 구석에 앉아 맥주를 홀짝거리고 있었다.

"왜 구석에 앉아 있어요?"

"예?"

반문을 하던 모네스의 입가로 씁쓸해하는 빛이 흐르고 지나갔다. 바르미아가 그런 모네스의 심정을 모르는 것은 아니지만 이렇게까지 위축될 이유가 있을까 하는 생각이 들었다.

조금은 답답한 마음에 맥주를 주문한 바르미아는 맥주가 나오자마자 한 잔을 단숨에 들이켰다.

짝짝짝!

"하하하, 정말 시원하게 들이키는군. 그 모습을 보니까 나도 마시고 싶어지는데? 우리 함께 마실까?"

바르미아의 모습을 본 누군가가 시비를 건다고 생각해 고개를 돌린 모네스의 눈빛이 조금은 이상하게 변했다. 목소리는 처음 듣는 것 같았지만 상대의 얼굴은 분명히 자신의 기억 속에 있었기 때문이다.

하기야 자신이 치매가 걸리지 않은 이상 어떻게 상대를 잊을 수 있겠는가? 상대는 자신이 난생처음 사랑을 느낀 바르미아에게 패배의 아픔을 남겨준 인물이었으니 말이다.

짙은 녹색의 머리, 슬림한 체형, 인간에서는 찾아보기 힘든 미모. 엘프였다. 엘프 메디안, 우연치 않게 이곳에서 그녀를 다시 만난 것이었다.

"그대는 랑츠 검술 콘테스트에서 3위를 차지한 엘프가 아니시오? 메디안이라고 했던가?"

뜻밖에 후드를 뒤집어쓴 상대가 자신을 알아보자 메디안은 고개를 갸웃거렸지만 도무지 상대가 누구인지 기억이 나지 않았다.

"그대는 누군데 날 알아보는 거지?"

메디안이란 말에 고개를 돌리고 보니 얼마 전 자신과 겨룬 적이 있었던 엘프가 틀림없었다. 여자 역시 자신을 알아보는 것 같은 눈치이자 메디안은 더욱 맹렬하게 머리 속을 회전시켰지만 상대에 대한 정보를 도저히 찾을 수가 없었다.

"메디안, 어지간하면 기억 좀 하고 살아라. 저 용병은 너랑 랑츠 검술 콘테스트의 준준결승에서 싸운 적이 있던 바르미아라는 여자 용병이잖아."

"랑츠 검술 콘테스트… 준준결승… 여자 용병… 바르미아… 아! 이제 생각났다. 무식하게 큰 투 핸드 소드를 휘두르던 여자잖아!"

메디안이 하도 큰 소리로 떠드는 바람에 식당 안에서 그녀의 음성을 듣지 못한 사람은 하나도 없었다. 바르미아도 설마 메디안이 그렇게 큰 소리로 떠들 줄은 몰랐기에 자기도 모르게 얼굴이 빨갛게 변했다.

"여기서 이렇게 만나게 되다니 정말 반가워. 그런데 여긴 어쩐 일로 온 거야? 그동안은 어떻게 지냈고? 근데 이 사람을 내가 어디서 봤더라? 보기는 분명히 봤는데 기억이 안 나네. 용병 생활은 재미있어? 난 별 재미를 못 봤거든. 참! 여기는 나랑 함께 다니는 동료로 화인워커라고 해. 보다시피 드워프지. 두 사람 모두 드워프를 본 적은 있겠지? 어? 왜 그런 표정을 짓는 거야? 드워프를 본 적 없어?"

쉴 새 없이 터져 나오는 메디안의 말에 화인워커나 바르미아, 모네스는 얼이 빠진 듯 멍한 표정을 짓고 있었다.

"왜 그러는 거야?"

"어떻게 하면 그렇게 빨리 말을 할 수 있지?"

"대체 뭐라는 거야?"

"메디안, 제발 한 번에 하나씩만 물어보면 안 돼?"

거의 동시에 터져 나온 세 사람의 애원에 메디안은 아무런 말도 하지 못했다. 메디안이 입을 다물자 그제야 화인워커는 나직하게 한숨을 쉬었다.

네 사람이 아무런 말을 하고 있지 않을 때 그들이 앉아 있는 테이블로 다가오는 사람이 있었다.

"바르미아, 이분들은 누구지?"

"언니, 왜 누워 있지 않고 나오셨어요?"

"이대로 누워 있을 수는 없겠다 싶어서."

"잘 오셨어요. 이쪽으로 앉으세요. 제가 이 사람들을 소개할게요. 일전에 랑츠 검술 콘테스트에 제가 참가했다고 말씀드린 적이 있었잖아요. 그때 저와 싸웠던 엘프 메디안이에요. 그리고 이쪽은 그녀의 동료인 드워프 화인워커 씨예요."

"이렇게 만나게 되어 반가워요. 전 로자린이라고 해요."

"저도……."

로자린이 인사를 하자 화인워커는 그녀의 얼굴에 걸린 미소에 얼이 빠져 엉겁결에 대꾸를 했다. 비록 자신이 인간들 세상을 오랫동안 여행한 것은 아니었지만 로자린의 미소처럼 보는 사람의 가슴을 푸근하게 만드는 미소는 본 적이 없었다.

신을 따른다고 거들먹거리는 프리스트들에게서조차 찾아보지 못한 로자린의 미소는 지금은 기억조차 아득한 고향을 생각나게 했고 또 고향에서 자신을 기다리고 있을 가족들 생각이 나게 해 조금은 우울한 표정을 지었다.

"당대의 화인워커인 게부레인이라고 하오. 이렇게 아름다운 분을 만나게 되어 영광으로 생각하오."

정중한 화인워커, 아니, 게부레인의 인사에 로자린은 약간 놀란 표정을 짓더니 곧 예의 그 푸근한 미소를 지었다.

"드워프의 화인워커이신 게부레인님을 이렇게 만나뵙게 되어 오히려 제가 영광이에요."

로자린의 미소에 정신을 차리지 못했기 때문인지 게부레인은 여행을 시작한 이후 처음으로 자신의 본명을 밝혔다. 그리고 로자린이 방금 말한 '드워프의 화인워커'란 말에 깜짝 놀라는 표정을 지었다.

인간인 로자린이 어떻게 화인워커에 대해 알고 있는 것인지 의문이 아닐 수 없었다.

"언니, 화인워커라는 것이 뭔데 그렇게 놀라는 거예요?"

"야! 화인워커, 아니, 게… 뭐라고 했지. 너, 왜 나한테는 원래 이름을 안 가르쳐 주고 이 여자… 뭐라고 했더라? 좌우지간 이 여자한테는 가르쳐 준 거야?"

거의 동시에 터져 나온 두 여자의 말에 게부레인은 곤혹스런 표정을 지었고 로자린은 여전히 미소를 짓고 있었다.

"곤란하시면 제가 설명을 해도 될까요?"

"로자린님께서 그러고 싶다면 얼마든지."

게부레인은 로자린에게 기꺼이 양보를 했지만 그 역시 그녀가 과연 화인워커에 대해 얼마나 알고 있을지 궁금했다.

"바르미아, 드워프란 종족을 생각하면 뭐가 생각나지?"

"작은 키, 수염, 지독한 복수심, 배틀 엑스, 광산… 뭐, 이런 것을 말하는 거예요?"

"그보다 더 유명한 것이 있잖아."

"아, 세공 솜씨를 말하는 거예요?"

"그래, 하지만 단지 세공만을 말하는 것이 아니야. 드워프란 종족은 말이야, 이 세상에 존재하는 모든 금속을 자유자재로 다룰 줄 아는 유일한 종족이야. 토목과 건축, 채굴, 제조, 성형, 세공 등등 무에서 유를 창조하는 모든 행위는 드워프를 위한 것이라고 할 정도로 뛰어난 장인들이지. 그런 장인들 가운데 가장 솜씨가 뛰어난 드워프를 그들은 화인워커라 불러. 즉, 다시 말해 드워프 세계에서 최고의 솜씨를 지닌 장인이라는 말이지. 방금도 말했다시피 뛰어난 장인들로 알려진 드워프들 중에서 최고의 장인이라고 불릴 정도면 어느 정도의 능력을 가지고 있는지 충분히 짐작할 수 있겠지?"

"그렇구나."

로자린의 말에 그녀의 말을 듣고 있던 사람들은 고개를 끄덕였다.

게부레인 역시 고개를 끄덕이기는 했지만 조금은 아쉬운 감정이 드는 것을 속일 수 없었다.

물론 로자린이 말한 것도 보통 사람들이 알고 있는 것에 비하면 비교적 자세히 이야기를 한 것이라 할 수 있겠지만 게부레인이 원했던 대답은 아니었다.

"일반적으로 화인워커란 말이야, 전대의 화인워커가 사망한 시점으로부터 나이 많은 드워프들의 회의를 통해 1년 안에 선출하게 되는데, 화인워커로 뽑힌 드워프는 선출된 시점으로부터 목숨을 잃는 그 순간까지 전대의 화인워커들이 남긴 명품보다 더욱 뛰어난 명품을 만들어야만 하는 규칙, 아니, 책임과 의무가 있어. 게다가 그 명품은 반드시 미스릴이나 오리하르곤, 라보넨싸이트, 자이넌나이트와 같은 금속을 찾아 만들어야 한다는 제약이 있지. 이 같은 금속은……."

"자, 잠깐!"

로자린의 말을 황급히 제지한 사람은 메디안이었다.

"왜 그러시죠?"

"미스릴에 대한 것은 들어본 적이 있지만 오리… 어쩌고저쩌고하는 금속이나 라… 뭐라는 금속, 자이… 뭐라는 금속은 들어본 적도 없어요. 그게 대체 뭐죠?"

"오리하르곤이나 라보넨싸이트, 자이닌나이트 등은 신들의 대지에 존재한다고 알려진 환상의 금속이에요. 아직까지 인간들 세상엔 등장했던 적이 없다고 전해져요."

메디안은 로자린의 말에 어이없다는 표정을 지었다.

"그런 금속을 찾아서 전대 화인워커가 만든 것보다 더욱 뛰어난 명품을 만들어야만 한다고요?"

"그래요. 화인워커가 되기도 쉬운 일은 아니지만 전대 화인워커가 만든 명품보다 뛰어난 명품을 만들기는 더 더욱 힘들고 방금 말한 미스릴이나 다른 금속들을 찾는 일은 거의 불가능에 가까운 일이에요. 전대 화인워커가 만든 명품보다 더 뛰어난 명품을 만들기 전까지 화인워커로 선출된 드워프는 끊임없이 조금 전에 말한 금속을 찾아 세상을 돌아다녀야 해요. 또 명품을 완성하기 전까지는 가족이나 동족에게 돌아갈 수도 없죠."

"그게 뭐야? 말로는 최고의 장인이라고 떠들면서 실제는 지독하게 고생만 해야 하는 이름뿐인 명예 직이잖아? 화인워커가 아니라… 게부레인, 너 화인워커 하지 마라. 생기는 것도 없는 건 고사하고 죽어라고 고생만 해야 되는데 뭐 때문에 그 딴 걸 하냐? 안 그래?"

메디안의 걱정 섞인 말에 게부레인은 쓴웃음을 지었다.

물론 종족이 달라서 그런 것도 있겠지만 아마도 이들은 화인워커란 것이 단순히 고생만 해야 하는 명예 직이라고 생각하는 듯했다.

"아니에요, 단순히 이름뿐인 명예 직이 아니에요. 만약 다른 종족과 분쟁이 발생한다면 모든 드워프를 대표해 협상을 할 수 있는 위치, 쉽게 말하면 인간들 세상의 왕과 같은 위치예요. 아니, 드워프들은 나라가 없지만 인간들 세계에 비교하면 전 세계를 지배하는 황제와 같은 지위라고 보면 되겠군요."

로자린의 말에 사람들은 벌린 입을 다물지 못하면서 게부레인을 쳐다보았다.

그런 사람들의 시선을 부담스러워하면서도 게부레인은 로자린이 어떻게 자신에 대해, 아니, 화인워커라는 드워프들만의 고유한 지위에 대해 그렇게 자세히 알고 있는 것인지 그것이 더 궁금했다. 그녀가 방금 말한 내용 가운데에는 어린 드워프들도 미처 알지 못하는 내용도 많았다.

"게부레인님, 제 설명이 부족하지는 않았나요?"

"아니오, 오히려 넘칠 정도요. 한데 일반인들은 전혀 모르는 화인워커에 대해 로자린님은 어떻게 알고 있는 건지 질문을 해도 괜찮겠소?"

"물론이에요. 제가 화인워커에 대해 알게 된 것은 우연한 일 때문이었어요. 그러니까 제가 복수를 하기 위해 갖은 노력을 다하고 있을 때였어요. 우연한 기회에 포그와르란 이름을 가진 분을 만나 한동안 그분에게서 무술을 배웠어요. 검술과 활 쏘기, 창 던지기, 대거 던지기, 다트 던지기 등 여러 가지를 배웠는데 가장 특이했던 것은 부메랑이라 부르는 무기를 다루는 법이었어요."

로자린은 말과 함께 자신의 등에 메고 있던 부메랑을 꺼내 테이블 위에 놓았다.

난생처음 부메랑이라는 것을 본 사람들은 그 괴상한 모양에 신기해했고 그것을 과연 어떻게 사용하기에 무기가 될 수 있을까 궁금해했다.

"잠시 봐도 되겠소?"

"물론이에요."

조심스럽게 부메랑을 든 게부레인은 전체적인 모양을 살폈다. 두께는 상당히 얇았고 손가락 4개 정도의 넓이를 가진 부메랑은 ∧ 자로 꺾어진 모양을 하고 있었는데 한쪽이 약간 더 길어 중심도 잡히지 않은 것이 조금은 이상하게 보였다.

꼼꼼히 부메랑을 살핀 게부레인은 곧 테이블 위에 조심스럽게 내려놓았다.

"날이 완만하게 비틀려 있는 것을 보니 바람을 이용한 무기 같구려. 여러 장의 금속을 겹쳐서 이와 같이 하나의 무기로 만들다니… 이렇게 얇게 만들 수 있는 솜씨를 가진 종족은 우리 드워프들밖에 없지."

"맞아요. 포그와르님은 원래 가이젤 대륙의 모노레가 제국 분인데 이 부메랑을 만들 수 있는 솜씨를 가진 드워프를 찾아 투르멘시아 제국까지 오셨어요. 그러던 와중에 절 만나 아무런 대가 없이 무술을 가르쳐 주셨고 에이워셔란 드워프 장인을 만나서는 한 벌의 부메랑을 더 만들게 해 저에게 선물까지 해주셨어요."

"에이워셔? 그를 만났단 말이오?"

"그분을 아시나요?"

"물론 알고 있소. 대단한 솜씨를 지닌 드워프지. 그래, 이 부메랑은 그가 만든 것이오?"

"예."

"그렇다면 그에게서 화인워커에 대해 들었겠구려."

"예, 그분께서 이런 말씀도 하셨어요. 나중에 화인워커를 만나게 되면 그에게 이 부메랑을 보여라. 그러면 그가 알아서 이 부메랑을 손봐 줄 거라고요."

로자린의 말에 게부레인은 고개를 끄덕였다.

"그의 부탁이라면 내가 안 들어줄 수 없지. 내가 보기에 다른 것은 손볼 필요 없을 것 같고 탄성만 조금 손보면 되겠소. 그리고 바르미아라고 했던가?"

"저 말인가요?"

"그래. 내 기억에 아가씨는 투 핸드 소드를 사용했던 것 같은데, 맞는가?"

"그래요. 그런데 그건 왜 묻죠?"

"여기 로자린님의 부메랑을 손보는 김에 레이디의 검도 손을 봐주지."

"제 검을 왜 손본다는 거죠?"

게부레인의 말에 바르미아는 그가 왜 자신에게 호의를 보이는 것인지 의아함을 감출 수 없었다.

"혹시 그 검술 콘테스트에서 우승을 한 렉스란 사람을 기억하나?"

"물론이죠."

"그가 그날 여기 있는 메디안과 대결을 하는 레이디를 보고 레이디의 검이 너무 무겁기 때문에 본인의 실력을 100% 다 발휘하지 못한다고 하더군. 갑자기 그 생각이 나서 내가 레이디를 만난 기념으로 손을 봐주겠다는 걸세."

"그래, 바르미아. 이분은 흔히 만날 수 있는 그런 분이 아니야. 만약 이분께서 손을 보신다면 엄청난 검으로 탈바꿈할 거야. 그러니 걱정하지 말고 어서 부탁을 드려."

로자린이 극찬하며 게부레인의 말을 거들자 바르미아는 잠시 생각하다가 곧 고개를 끄덕였다.

"그럼 부탁을 드리겠어요. …그리고 감사드려요."

"아니오, 인간들 말에 인연이라는 말이 있잖소. 우리가 이렇게 만나게 된 것은 아마도 우리에게 인연이 있었기 때문이 아닐까 생각하오. 이렇게 만나게 되어 정말 반갑소이다. 그건 그렇고 저분은 왜 후드를 벗지 않고 있는지……."

"저분에게 나름대로 사연이 있어서……."

"아닙니다, 로자린님. 전 모네스 포르샤라고 합니다."

모네스가 자신을 소개하며 천천히 얼굴을 가리고 있던 후드를 벗었다. 그러나 털북숭이 얼굴이 드러나자 나름대로 기대를 했던 게부레인은 실망(?)한 표정을 감추지 못했다.

"난 후드를 계속 쓰고 있기에 남에게 보이기 싫을 정도로 엄청나게 특이한 얼굴을 가지고 있는 줄 알았는데 상당히 평범하게 생긴 얼굴이군."

"하지만 다른 인간들에 비하면 털이 엄청나게 많잖아."

게부레인의 말에 안도의 한숨을 내쉬던 모네스는 메디안의 말에 자신도 모르게 살기를 띠었다. 그의 눈에서는 새파란 빛이 뿜어져 나왔고 전신에서 쏟아지던 살기는 곁에 있는 사람의 피부를 따끔거리게 만들 정도로 실체화되었다.

갑작스런 살기에 일행들은 모두 움찔하는 기색을 보였지만 메디안만은 그 상황에서도 뭔가를 기억하려는 듯 고개를 갸웃거렸다.

"어디서더라? 아, 정말 미치겠네? 어딘가에서 분명히 본 적이 있는데? 맞아, 이제 보니 랑츠 검술 콘테스트에서 나에게 살기를 보내던 녀석이 바로 너였구나."

좀처럼 누그러들지 않는 모네스의 살기에 로자린이 부드럽게 입을 열었다.

"모네스님, 어서 마음을 가라앉히세요. 이런 행동은 모네스님께 아무런 도움도 되지 않아요. 그건 모네스님 스스로도 잘 알고 계시잖아요?"

로자린의 말에 모네스의 살기가 조금씩 가라앉는 기색을 보이자 게부레인은 놀란 가슴을 쓸어 내리며 사건의 원흉인 메디안을 질책했다.

"하여간 넌 그놈의 입 때문에 문제야, 문제. 생각 좀 하면서 말하면 안 되냐? 이거 불안해서 어디 같이 다닐 수 있나."

"왜 항상 문제만 생기면 나한테만 뭐라고 그러는 거야! 내가 뭘 어쨌다고!"

메디안이 툴툴거리자 게부레인은 도저히 못 말리겠다는 표정으로 고개를 내저었고 다른 사람들은 두 사람의 대화를 들으며 메디안의 성격이 어떤지 대강 짐작할 수 있었다. 모네스도 그녀의 말을 듣고 발끈한 자신의 급한 성격을 자책했다.

그때였다.

"여러분 중에 누가 우리 길드의 안드레이 조장을 찾았소?"

갑자기 들린 말에 로자린은 가슴이 덜컹 내려앉는 듯한 충격을 받았다. 조금은 창백한 안색으로 고개를 돌리고 보니 중성적으로 생긴 40대 중반의 사내가 무표정한 얼굴로 일행들을 쳐다보고 있는 모습이 보였다.

로자린은 애써 흥분된 마음을 진정시키려고 했지만 떨려 나오는 음성은 어쩔 수 없었다.

"제, 제가 그분을, 안드레이님을 찾았던 사람이에요. 그분에게서 소식이 있었나요?"

"특별한 일이 발생하지 않는 한 그는 열흘에 한 번씩 길드로 연락을 취하고 있소. 그에게서 어제 연락이 왔으니 앞으로 9일 후에나 연락이 올 것이오. 하지만 그보다 궁금한 것이 있어 직접 왔소. 본인은 카로프 용병 길드의 유리 베네트라고 하오. 접수를 담당하는 아가씨에게 들으니 부인께서 안드레이 조장의 아내라고 주장한다고 들었소이다만."

유리의 말에 로자린은 흥분된 가슴을 억지로 진정시키며 대답했다.

"전 그분의 아내인 로자린 듸아 휘나가르트라고 합니다."

"휘나가르트? 흐음~ 그 사람의 성이 휘나가르트인 줄은 오늘에야 알았군."

"모르고 계셨나요?"

"그렇소이다. 자신의 관한 이야기는 거의 하지 않았기에 지금껏 그의 성도 모르고 있었소. 하지만 그의 태어난 곳만큼은 그에게서 들어 확실히 기억하고 있소. 부인께서는 그의 태어난 곳이 어딘지 알고 있소?"

로자린의 말을 의심하는 듯 계속되는 유리의 질문에 바르미아와 모네스가 눈을 치켜떴다. 하지만 당사자인 로자린이 참고 있는데 제3자인 자신들이 나설 수는 없는 일이기에 참을 수밖에 없었다.

"그분의 고향은… 투르멘시아 제국의 카작 지방의 베른이란 조용한 마을이에요."

"베른? 내가 듣기엔 투르멘시아 제국의 수도인 바그리얀 시에서 조금 떨어진 포렌코라고 들었는데?"

"지, 지금 포렌코라고 하셨나요? 포렌코는 그분의 고향이 아니라 제 고향인데 그분이 왜 그렇게 말씀하셨는지 전 도저히 영문을 모르겠어요."

유리의 말에 로자린은 안드레이가 그렇게 말한 이유를 알 수 없다는 표정을 지었지만 그녀의 눈에는 눈물이 글썽거리고 있었다.

"포렌코는… 시라고 불릴 수도 없을 정도로 작은 마을이에요. 사시사철 온화한 날씨가 계속되어 농사 짓기에는 더할 나위 없이 좋은 곳이지만 그분 같은 기사가 계시기에는 협소하고 또 세상과 완전히 격리된 곳이에요."

나지막하게 이야기를 하는 로자린의 모습에서 유리는 그녀가 안드레이의 아내가 틀림없을 것이란 느낌이 들었다. 자신의 느낌이 항상 맞는 것은 아니지만 이번만큼은 자신해도 좋을 듯싶었다.

자리에 앉은 유리는 그녀와 함께 앉아 있는 일행들을 찬찬히 둘러보았다.

엘프, 드워프, 털북숭이 청년, 근육질의 레이디, 30대 초반의 여자 용병.

흔히 볼 수 있는 파티는 아니었다. 게다가 그들에게서 느껴지는 예기는 결코 평범한 용병들에게서는 찾아볼 수 없는 것이었다.

특히 정면에 앉아 있는 털북숭이 청년의 눈빛은 잘 갈아놓은 칼날을 보는 것처럼 섬뜩한 예기를 뿜어내고 있었다.

"이분들은……?"

"아, 이분들은 저희 일행이세요. 이쪽 두 분은 바르미아님, 모네스님이시고, 그리고 저분들은 메디안님, 화인워커님이세요. 저를 많이 도와

주신 분들이세요."

"그렇군요. 이렇게 만나게 되어 반갑습니다. 제가 부인께 물어볼 것이 있습니다."

"말씀하시지요."

"부군 되시는 안드레이 조장과는 어떻게 헤어지게 되신 겁니까?"

유리의 질문에 로자린은 잠시 머뭇거렸다.

"그것은……."

"로자린님은 흉악한 악당에게 납치를 당하셨고 안드레이님은 그런 로자린님을 찾으려고 추적을 하시다가 길이 엇갈려 헤어지게 된 것이오. 안드레이님은 로자린님을, 로자린님은 안드레이님을 찾기 위해 투르멘시아 제국과 레트로니아 왕국을 헤매시다가 결국 이곳까지 오게 되신 것이외다."

모네스가 간략하게 로자린을 변호해 주었고, 유리는 모네스의 말에 감춰진 사연이 있다는 것을 짐작했지만 묻지는 않았다. 그 사연이 말할 만한 것이었다면 모네스가 굳이 감추지 않았을 것이고 로자린이 머뭇거리는 모습을 보이지도 않았을 것이란 생각이 들었기 때문이다.

"…안드레이 조장은 어제 연락이 왔을 때 코르츠 시를 출발해 레이노스 시로 향한다고 했소."

"레이노스 시라면?"

"수도인 포얀에서 그리 멀지 않은 도시오. 성직자의 도시라고 불리는 곳으로……."

"레이노스 시라면 제가 잘 알고 있어요."

유리의 말을 끊은 사람은 바르미아였다.

사람들의 시선이 자신에게 향하자 조금은 어색한 미소를 지으며 입을 열었다.

"저희 집이 그곳이거든요."

"열흘에 한 번씩 연락이 온다면 그전에 이쪽에서 연락을 취할 수 있는 방법은 없습니까?"

모네스의 질문에 유리는 조금 씁쓸한 표정을 지었다.

"미안한 말이지만 지금 길드에 있는 마법사의 실력으로 레이노스 시까지 장거리 연락을 취하는 것은 불가능하오."

"그럼 조금 전 말한 열흘에 한 번씩 온다는 연락은 그쪽에서 취하는 겁니까? 그렇다면 길드에 있는 마법사보다 더 뛰어난 마법사가 안드레이님과 함께 있는 모양이군요."

"맞소이다. 안드레이 조장은 지금 렉스란 용병과 도네라는 여자 마법사와 함께 하나의 사건을 해결하게 위해 길드를 떠나 있는 상태요. 동행하고 있는 도네란 여자 마법사의 실력이 대단해 그쪽에서는 별문제없이 이곳으로 연락을 보낼 수 있지만 이곳에는 그만한 실력을 가진 마법사가 없어 연락을 취할 수 있는 방법이 전혀 없소이다."

로자린은 그런 마법사가 안드레이와 동행을 하고 있다는 사실에 안심을 하면서도 그에게 연락을 취할 수 있는 방법이 없다는 사실에 안타까워했다. 일행들이 유리의 말을 묵묵히 듣고 있는 것과는 달리 게부레인은 도네의 이름을 듣는 순간 얼굴이 창백하게 변했다.

잠시 그런 일행들의 모습을 지켜보던 유리가 가볍게 헛기침을 했다.

"허엄~ 이 말이 도움이 될지는 모르겠지만 안드레이 조장과 연락할 수 있는 방법이 전혀 없는 것은 아니오."

"조금 전에는 방법이 없다고……."

"그건 우리 길드의 사정이고, 마법사 길드를 이용한다면 레이노스 시에 직접 갈 수 있을 것이외다."

"마법사 길드를 이용한다니요?"

모네스의 반문에 유리가 잠시 주위를 둘러보고는 곧 말을 이었다.

"이건 일반인들에게는 알려지지 않은 방법인데, 마법사 길드에 있는 이동 마법진을 이용하면 짧은 시간 안에 레이노스 시까지 갈 수 있을 것이오."

"이동 마법진?"

"그렇소이다. 각 도시에 있는 마법사 길드와 연결이 되어 있어 다른 도시로 급하게 가야만 되는 상황에 있는 사람들이 간혹 이용하고 있소. 원래는 군사용 목적으로 만든 것인데, 마법사들이 무슨 실험이다 마법 도구를 만든다고 얼마나 많은 돈을 소비하는지 여러분들도 잘 알고 있을 것이오. 간혹 마법 도구를 내다 팔기도 하지만 그것만으로 연구비를 충당한다는 것은 어림도 없는 일이오. 그런 이유로 그들에게 일정한 대가만 지불한다면 레이노스 시로 갈 수 있을 것이오."

유리의 말에 일행들의 눈이 거의 동시에 반짝였다.

설마 그런 방법이 있을 줄은 생각도 못했기에 일행들의 기쁨은 상당한 것이었다. 하지만 이동 마법진을 이용하는 데 얼마나 많은 돈이 필요할지 몰라 로자린은 근심스러운 표정을 지울 수 없었다. 사실 현재 일행들의 자금 사정은 그리 좋은 편이 아니었기 때문이다.

"돈이 얼마나 필요할까요?"

"글쎄요. 우리도 마법사 길드에 이동 마법진이 있고 그것을 이용하려면 상당한 대가를 지불해야 된다는 것만 알고 있지 한 번도 이용해 본 적이 없어 확실하게는 모르고 있소이다. 만약 부인께서 알고 싶다면 본인이 알아봐 줄 수는 있소."

"그럼 실례지만 부탁을 드리겠습니다."

"별말씀을. 본인도 안드레이 조장의 부인을 도울 수 있어 기쁘게 생각하오. 그럼 내일 알아보고 다시 이곳을 찾겠소이다."

말을 마친 유리는 일행들에게 가볍게 목례를 하고는 여관을 빠져나갔다. 일행들이 한동안 침묵을 지키자 게부레인이 가볍게 헛기침을 했다.

"허엄, 그럼 나도 서둘러야겠는걸."

"네가 뭘 서둘러? 같이 갈 것도 아니잖아."

"내가 부인과 저 레이디의 무기를 손봐주기로 했잖아. 제법 시간이 걸리는 일이거든. 대장간부터 알아봐야겠군."

게부레인이 두 사람의 무기를 들고 자리에서 일어나자 메디안이 엉뚱한 말을 꺼냈다.

"화인… 아니, 게부레인… 거, 더럽게 어색하네. 별로 할 일도 없는데 우리도 레이노스 시로 갈까?"

"뭐?"

메디안의 말에 게부레인은 질겁했다.

그 모습을 지켜보던 로자린과 두 사람은 게부레인이 놀라는 모습을 보고 눈을 크게 떴다. 그의 얼굴에 은은한 두려움과 공포가 드리워져 있는 것을 발견했기 때문이다.

드워프들은 그 짜리몽땅한 신체 구조 때문에 다른 생명체에 비해 두려움이나 공포를 느끼는 감각 기관이 거의 없다고 우스갯소리가 전해질 만큼 대담하고 용맹한 종족으로 알려져 있기에 게부레인을 바라보는 일행들의 시선은 의아함으로 가득 했다.

"너, 너, 지금 제정신으로 그런 말을 하는 거야? 안드레이란 인간과 함께 도네님이 계시다는 말을 벌써 잊어버렸어? 난 안 가. 죽어도 안 가! 가려면 너나 가. 나는 죽는 한이 있어도 그곳엔 절대로 안 갈 거야! 안 가, 아니, 절대 못 가!"

게부레인의 격렬한 반응에 메디안은 영문을 모르겠다는 표정을 지었다. 그렇기는 나머지 사람들도 마찬가지였다. 특히 실력이 대단한 마법사가 같이 있다는 말에 안심하고 있던 로자린은 게부레인의 지나치게 격렬한 반응에 갑자기 불안한 생각이 들었다.

"게부레인님, 유리란 분이 말한 도네라는 여자 마법사가 그렇게 위험한 사람인가요?"

"아니, 꼭 위험하다는 것은 아니지만… 뭐라고 할까? 상상을 뛰어넘는 어마어마한 능력을 가지신 분이랄까? 하여간 안드레이란 분과 함께 계시는 도네님은 그런 분이시오."

"위험하다는 말씀인가요, 아니면 그렇지 않다는 말씀인가요?"

로자린의 질문에 게부레인은 난감한 표정을 지었다.

"위험하기로만 따진다면야 세상에 그분보다 더 위험한 분은 없겠지만… 그래도 일행이라고 렉스란 청년이 같이 다니는 것을 보면 괜찮을 것 같기도 하고… 하지만 그분이 위험한 분인 것은 두말할 나위도 없고… 나도 확실히 뭐라고 장담할 수 없소."

게부레인의 모호한 말에 로자린의 불안은 더욱 증폭될 뿐이었다.

"일단 내일 다시 만납시다."

게부레인은 자신에게 쏟아질 질문을 피하기 위해 서둘러 식당을 빠져나갔다.

"휴우~ 그분께서는 그동안 무사히 지내셨을까?"

게부레인이 한 말이 마음에 걸려 로자린은 지난밤을 꼬박 뜬눈으로 지새워야만 했다. 또 지난 10여 년 동안 보지 못했던 안드레이가 얼마나 변했을까 하는 생각이 들어 도저히 잠을 이룰 수 없었다.

다시 한 번 긴 한숨을 내쉬고는 천천히 자리에서 일어나 창밖을 내려다보았다. 밤이 짧아진 탓인지 환하게 밝은 거리엔 벌써 많은 사람들이 오가고 있었다.

로자린의 눈에는 환한 표정으로 걸음을 옮기는 행인들 모두가 지극히 행복해 보였다. 간단하게 세면을 마친 로자린은 그때까지 깨지 않은 바르미아를 잠시 바라본 후 아래층으로 내려갔다.

그리 이른 시간은 아니건만 모두 식사를 마쳤는지 식당 안은 한산했다. 로자린은 주인에게 프렌치 토스트와 우유 한 잔을 주문하고는 우선적으로 자신이 처리해야 할 일들을 머리 속에 하나둘씩 정리해 나갔다.

게부레인에게서 부메랑을 찾은 후 유리가 이동 마법진이 있는 마법사 길드의 위치를 알아오면 지체없이 떠날 생각이다. 안드레이를 만나지 않을 생각이라면 모르겠지만 만나기로 결심한 이상 이곳에 더 머무를 이유가 없었다.

주인이 내려놓은 프렌치 토스트를 먹고 있을 때 바르미아가 테이블로 다가왔다.

"벌써 일어나셨어요?"

"잘 잤어?"

"예. 저어~ 그런데 제 잠버릇이 험하진 않았어요?"

"아니, 조용히 잘 자던데?"

"그럼 다행이네요. 야영을 한동안 하다 보면 잠버릇이 험해져서 보통 신경 쓰이는 것이 아니에요."

"일단 식사부터 해."

로자린의 말에 바르미아는 샐러드와 스튜, 비프스테이크와 후식으로 차게 식힌 초콜릿 푸딩을 주문했다. 로자린은 아침부터 고기를 주문하는 바르미아의 왕성한 식욕에 놀란 표정을 감추지 못했다.

"아침부터 그렇게 먹으면 부담스럽지 않아?"

"근육을 키우려면 할 수 없어요. 제가 들고 다니는 투 핸드 소드를 포크처럼 휘두를 수 있는 날이 올 때까지는."

"내가 뭐 한 가지만 물어도 돼?"

"물어보세요."

"바르미아는 왜 투 핸드 소드만을 고집하는 거지? 웬만큼 자신의 힘에 자신이 있는 남자들도 주로 롱 소드나 바스타드 소드를 사용하지 투 핸드 소드를 사용하진 않잖아? 물론 바르미아가 뭘 사용하든 말릴 생각은 없지만 계속 투 핸드 소드를 고집하는 데는 나름대로 이유가 있을 것 같아서……."

"휴우~"

나직하게 한숨을 내쉬던 바르미아가 포크를 내려놓았다. 그 모습에 로자린은 자신이 그녀의 식사를 방해했다는 생각에 미안한 마음이 들었다. 하지만 그건 괜한 기우였다. 바르미아의 접시는 이미 깨끗이 비워져 있었던 것이다.

"사실 저희 가문의 시조였던 양반께서는 힘이 엄청나셨던 모양이에요. 레트로니아 왕국이 건국할 당시 뮤레이 폰 자르츠 레트로니아님의 군대에서 투 핸드 소드를 양손에 든 채 적진을 향해 달려가는 모습이 하도 인상적이어서 작위까지 받은 가문이거든요. 그런 탓인지 저희 가문에서 사용하는 무기는 투 핸드 소드로 정해져 있어요."

"아무리 그래도 남자하고 여자는 완력이 다른 법인데……."

"저도 처음엔 그렇게 생각을 했어요. 하지만 남자가 하는 일을 여자가 하지 못하란 법 있나요? 저희 아버지와 오빠 둘 가운데 바스타드 소드를 사용하는 사람은 있어도 투 핸드 소드를 사용하는 사람은 없어요. 어린 시절부터 자신들에게 재능이 없다고 한탄하는 아버지와 오빠들을 보고 자란 탓인지는 모르겠지만 꼭 투 핸드 소드를 무기로 삼아 소드 마스터가 되어야 한다고 결심을 했거든요."

"그런 사연이 있었구나. 그런데 지금 사용하는 투 핸드 소드는 길이나 무게가 얼마나 되는데?"

"정확하게 재보지는 않았지만 길이는 170파레스 정도이고 무게는 아마 12엠그렌(1엠그렌=1킬로그램) 정도 될 거예요."

"뭐? 12엠그렌이나 된다고? 여태껏 그렇게 무거운 것을 휘둘렀단 말이야? 그러고도 멀쩡해?"

바르미아의 대답에 로자린은 깜짝 놀라지 않을 수 없었다.

일반적으로 롱 소드도 100파레스 미만의 길이에 무게라고 해봐야 2엠그렌이 못 된다. 또 무식하다고 알려진 바스타드 소드 역시 길이 140파레스 미만에 무게도 3엠그렌 정도에 불과하다. 그런데 바스타드 소드의 4배나 되는 검을 휘둘러 왔다니 로자린이 놀라는 것은 어쩌면 당연한 일이었다.

남자들도 꺼리는 투 핸드 소드를 바르미아가 고집하는 데 나름대로 이유가 있을 것이라고 생각은 했지만 설마 가문과 관련된 문제인 줄이야 생각도 못했다.

그러는 사이 식당 안으로 모네스가 들어왔다.

"어디를 다녀오시나 봐요?"

"예, 곧 다시 길을 떠날 것 같아 포션과 몇 가지를 사러 나갔었습니다."

"제가 해야 할 일인데……."

로자린이 말에 모네스는 고개를 저었다.

"안색이 안 좋으신 걸 보면 잠을 제대로 주무시지 못하셨나 보군요."

"왠지 걱정이 돼서 잠을 이룰 수 없었어요."

"안드레이님은 강한 분이시니 별일없으실 겁니다. 게다가 검술 솜씨가 뛰어난 렉스란 사람까지 곁에 있다니 그분께 위험한 일은 거의 없을 겁니다."

일전에 렉스에 대한 이야기를 들어 알고는 있었지만 걱정이 되는 것은 어쩔 수 없었다. 게다가 한번 걱정이 되기 시작하자 꼬리에 꼬리를 물고 이어져 지금은 당장이라도 안드레이에게 달려가고 싶은 생각뿐이었다.

"모두들 나와 있었군. 그래, 아침 식사들은 하셨나?"

"어서 오세요. 식사는 하셨어요, 화인워커님?"

"먹었소이다. 일단 이것부터 살펴보시오."

쿵!

게부레인이 테이블 위에 내려놓은 물건은 상당한 무게를 가졌는지 묵직한 소리가 났다. 물건을 둘러싸고 있는 가죽을 천천히 벗겨내자 로자린의 부메랑과 바르미아의 투 핸드 소드가 모습을 드러냈다.

부메랑은 전날 저녁보다 조금 얇아지고 색이 조금 검어졌다는 것을 제외하고는 달라진 것이 없었지만 바르미아의 투 핸드 소드는 모습이 완전히 달라졌다.

전체적인 외형은 그대로였지만 투 핸드 소드의 몸체인 블레이드 부분에는 헤아릴 수 없이 많은 문양이 양각으로 조각되어 있었다. 자세히 살펴보면 레트로니아 왕국에서 믿고 따르는 신의 모습이 섬세하게 조각되어 있었는데 커팅 에지(칼날 부분)와 조각된 부분을 제외한 나머지 부분은 완전히 파내 구멍이 뻥 뚫어져 있었다.

바르미아가 보기에는 전보다 화려해지고 아름다워진 것은 분명했지만 투 핸드 소드가 원래 가지고 있던 장점이 모조리 사라진 것 같았다. 육중한 무게에서 나오는 압도적인 파괴력을 잃어버린 투 핸드 소드를 대체 어디에다 쓰겠는가?

두 여자가 자신의 무기를 살피도록 시간을 준 게부레인은 천천히 자신이 손을 본 부분을 이야기해 주었다.

"휘나가르트 부인, 부인이 가지고 있는 부메랑은 더 이상 손볼 곳이 없었소. 그저 두께를 조금 얇게 하고 탄성을 주어 훨씬 멀리 날아갈 수 있도록 했을 뿐이오. 그리고 필요없을지 모르지만 이것을 받으시오."

"이건?"

"부메랑을 사용할 때 손을 보호하는 장갑이오. 프로텍터 마법이 걸려 있는 장갑이오. 부메랑의 칼날에서 부인의 손을 보호해 줄 거요."

"감사합니다, 화인워커."

"별말씀을. 친구가 만든 물건을 접할 수 있어서 나에게도 즐거운 시간이었소이다. 그리고 레이디 바르미아의 투 핸드 소드는……."

"이게 뭐죠? 투 핸드 소드가 이렇게 가벼우면 투 핸드 소드로서의 장점을 하나도 살릴 수 없잖아요."

"잠깐 내 말 좀 들어보겠나?"

게부레인의 말에 바르미아는 입을 다물었다. 하지만 그녀의 얼굴에는 불만스런 표정이 가득했다.

"내가 알기에 투 핸드 소드는 찌르기보다는 상대를 베기 위한 무기라고 알고 있네. 그러기 위해서는 남들보다 훨씬 강한 완력을 필요로하는 것 역시 알고 있네. 하지만 이 검은 일반적인 검보다 길이도 훨씬 길고 무게 또한 가볍지 않아 아무리 강한 완력의 소유자라 하더라도사용하기가 쉽지 않지. 내가 보기에 레이디 바르미아는 남들보다 키가월등히 큰 것도 아니고 완력 또한 강해 보이지 않다고 판단했네. 몸에맞지 않는 무기는 차라리 없는 것만도 못하다고 생각하지 않나? 그런이유로 투 핸드 소드의 무게를 줄이고 검의 강도를 늘린 것이네."

"하지만 이건 너무 가벼워요."

"허~ 나참, 기가 막혀서. 고치기 전 투 핸드 소드의 무게가 얼마나되는지 기억하는가?"

"아마 12엠그렌 정도 될 거예요."

"12엠그렌이라고? 정말 기가 막혀 할 말이 없군. 자신이 사용하는검의 무게도 모르다니. 내가 손을 보기 전 달아본 투 핸드 소드의 정확한 무게는 17엠그렌 450그렌이었네. 그것을 10엠그렌으로 줄인 것이네. 지금의 무게만 해도 일반적인 투 핸드 소드보다는 거의 배 이상 무거운 상태라는 것을 잊지 말게."

게부레인의 말에 로자린이나 모네스는 할 말을 잃었다. 그녀의 투핸드 소드가 그녀의 몸에 비해 무겁고 크다는 것은 알고 있었지만 설마 그렇게 무거울 줄은 상상도 못했다.

"무게는 전보다 가벼워졌지만 칼날의 강도는 저번보다 훨씬 강해졌을 것이네. 웬만한 싸움에서 칼날이 무뎌져 사용하지 못하거나 이빨이 빠지는 일은 없을 것이네. 나는 투 핸드 소드가 가벼워진 만큼 레이디 바르미아의 몸놀림이 빨라져 고치기 전의 검을 사용할 때보다는 상대와의 대결에서 유리할 것이라고 생각하네."

가만히 듣고 보니 게부레인의 말이 맞을 것도 같았다.

드워프 중 최고 장인이라는 게부레인이 장담을 했으니 투 핸드 소드의 성능은 분명 이전보다 나아졌을 것은 분명했다. 하지만 투 핸드 소드를 들어보니 너무 가볍게 느껴져 위화감이 조금 들기는 했다.

"모두들 나와 있었군. 잘됐어. 어서 가자고!"

낭랑한 음성에 고개를 돌려 상대를 확인하니 메디안이 식당 입구에서 큰 소리로 떠들고 있었다.

"휴우~ 메디안만 보면 도대체 정신을 차릴 수가 없어. 또 무슨 일인데 저리 수선을 떠는 건지 모르겠군."

일행들이 꼼짝도 하지 않자 일행들이 앉아 있는 테이블로 다가온 메디안이 입을 열었다.

"이봐, 안 갈 거야?"

"가다니? 어딜?"

"어디긴 어디야, 레이노스 시 말이지. 모두들 안 갈 거야?"

"그거야 용병 길드에 있는 유린가 뭔가 하는 사람이 저녁에 알려주기로 했잖아."

게부레인의 말에 메디안은 별것 아니라는 표정을 지었다.

"그 인간이 하도 늦장을 부리기에 아침부터 닦달을 좀 했지. 그랬더니 금세 알아오더라고."

아침부터 닦달을 했다는 메디안의 말에 게부레인은 유리가 새벽부터 얼마나 시달렸을지 충분히 짐작이 갔다. 모네스가 궁금한 것을 질문했다.

"이동 마법진을 이용하려면 많은 돈이 필요하다고 하지 않았습니까?"

"그거 유린가 하는 작자 말대로 많이 들긴 많이 들더라고. 한 번 이용하는 데 사람은 7골드, 동물이 3골드, 또 짐이 많으면 1골드 추가더라고. 게다가 이동 거리도 가장 길어봐야 100여 엠파렌 정도에 불과하고 말이야. 레이노스 시까지는 적어도 5, 6차례 이동 마법진을 이동해야 할 것 같아."

메디안의 말에 일행들은 놀라움을 금할 수 없었다.

당시 4인 가족 기준 생활비가 5골드 정도였으니 이들의 놀라움은 당연한 것일지도 몰랐다. 한 번 이용하는 데 말까지 10골드 정도 들어가는 셈이니 레이노스 시까지는 한 사람당 적어도 5, 60골드는 들어간단 말이지 않은가?

로자린이 속으로 돈 걱정을 하고 있을 때 게부레인이 메디안에게 질문을 했다.

"너, 조금 전 우리에게 가자고 했지? 그럼 벌써 이동 마법진의 사용 대금을 다 지불했단 말이야?"

"그래, 내가 가지고 있던 87골드와 네가 가지고 있던 100골드에 저 여자 남편이 그동안 모아두었던 돈까지 합쳐서 다 지불했지."

"넌 왜 허락도 안 받고 남의 돈을 함부로……."

"아니에요, 화인워커님. 제 남편도 이해를 할 거예요."

"그렇지만……."

"이왕 메디안님이 준비를 다 하셨다고 하니 빨리 출발하도록 하죠."

도 떠날 채비를 했다.

의기양양한 표정으로 서 있는 메디안을 눈알이 빠지도록 노려보던 게부레인은 속으로 피눈물을 흘리고 있었다.

'크으윽~ 왜 피 같은 내 돈 가지고 저 멍청한 엘프가 제멋대로 자선 사업(?)을 하도록 내버려 두시는 겁니까, 콜루 게브네시여! 당신은 당신의 귀여운 자식을 정녕 피 말려 죽이실 생각이십니까? 제발, 제발~ 통촉해 주시옵소서!'

그날 콜루 게브네는 게부레인이 울부짖는 비통하고 처절한 기도 소리에 잠을 한숨도 못 잤다는 슬픈 전설이 전해온대나 어쩐대나……

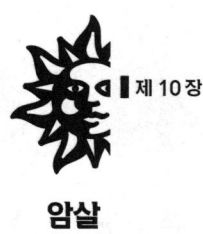

제 10장

암살

암살

"저 근육덩어리가 황태자의 경호 책임자인가?"

"내가 알아본 바로는 그렇다고 하더군."

"저 근육으로 어쎄신의 검을 막으려고 뽑았나 보군. 하지만 검술 실력은 너무 떨어져 보이는데?"

"내가 보기에도 누구를 경호할 실력은 못 되는 것 같네만 드러나지 않은 실력을 가지고 있을지도 모르지 않는가?"

안드레이의 대답에 렉스는 코웃음을 쳤다.

"흥! 저 근육덩어리가 그런 실력을 가지고 있다고? 자네와 내 눈을 피할 정도로 대단한 인물은 절대 못 돼."

"우리가 할 일은 황태자가 암살을 당할 수도 있다는 사실을 알려주는 것이네. 괜한 시비로 우리에게 경계심을 가지지 않도록 조심하도록 하게."

"알았어. 하지만 어깨에 잔뜩 힘이 들어간 폼을 보니 상대하려면 비위가 꽤나 상할 것 같군."

자신들을 향해 다가오는 청년은 렉스가 말한 근육덩어리란 표현 그대로였다.

2파렌이 넘는 키에 하프 플레이트를 걸치고 있었는데 구릿빛으로 빛나고 있는 양팔은 웬만한 아가씨의 허리보다 훨씬 굵었다. 게다가 브레스트 플레이트와 붙어 있는 테스(스커트 형 아머) 아래로 드러난 허벅지는 그가 걸음을 옮길 때마다 근육들이 역동적으로 꿈틀거리고 있었다.

30대 중반으로 보이는 청년은 한껏 거만한 표정으로 자신을 따라오는 비대한 체구의 50대 장년인과 이야기를 나누고 있었다.

"자이루스 백작님, 성기사 경연 대회가 불과 내일입니다. 시청에 속해 있는 거의 모든 사람이 콜로세움의 마지막 작업에 매달려 있기 때문에 말씀하신 만큼의 병력을 뽑기 어렵습니다. 저희 시의 사정을 살펴주십시오."

"흥! 후안 시장, 수도인 포얀 시보다 더 넓은 레이노스 시를 다스린다고 눈에 보이는 것이 없는 모양이군. 본인은 황태자 전하의 경비대장으로서 당연히 그대에게 요구할 것을 요구한 것이다. 만약 그대가 본인의 요구를 받아들일 수 없다면 경호상의 안전을 이유로 황태자 전하께 황궁으로 돌아갈 것을 강력하게 건의드릴 수밖에 없다."

자이루스 백작의 말에 후안 시장은 질겁했다.

"백작님, 그건 오해십니다. 콜로세움 건설에 워낙 많은 인원이 투입된지라 쉽게 뽑을 수 없을 뿐입니다. 루리언 3시까지 말씀하신 인원을 뽑아 묵고 계시는 여관으로 보내겠습니다. 그러니 제발 황태자 전하께 말씀드리는 것만은 피해주십시오. 이렇게 부탁드리겠습니다."

"뭐, 시장이 그렇게만 해준다면 굳이 내가 황태자 전하의 심기를 어지럽힐 만한 짓은 하지 않겠소. 그렇지만 황태자 전하를 모시는 데 소홀함이 없도록 노력하는 나의 노고도 생각을 해주었으면 고맙겠소."

"아, 알겠습니다, 자이루스 백작님."

상대가 워낙 뻔뻔하게 상납을 요구하자 레이노스 시의 시장인 후안 브라이드는 어쩔 수 없이 그렇게 하겠다고 대답을 해야만 했다.

그런 반면 황태자의 경호대장인 토라노 자이루스는 저 나이 먹도록 상대가 뭘 원하는지도 제대로 눈치 채지 못하는 후안의 멍청함이 정말 마음에 들지 않았다. 게다가 적당히 알아서 챙겨줬으면 이렇게 따로 만날 필요도 없지 않겠냐는 생각이 들자 더 더욱 후안이 못마땅했다.

그렇지 않아도 기분이 꿀꿀한 토라노 앞에 정체 불명의 청년 둘이 나타나 가로막자 그의 불쾌감은 더욱 커졌다.

"그대들은 누군데 감히 본인의 앞을 가로막는 것인가?"

"저희는 카로프 용병 길드 소속 용병들입니다. 황태자 전하의 경호대장이신 토라노 자이루스 백작님이 맞습니까?"

토라노는 용병들까지 자신을 알고 있다는 사실에 흐뭇해하면서도 감히 보잘것없는 용병 주제에 귀족인 자신의 앞길을 가로막았다는 사실에 분노를 느꼈다.

"감히 용병 따위가 내 앞을 가로막다니! 건방진 놈들! 정녕 죽고 싶으냐!"

토라노는 겁을 주려던 것인지, 아니면 정말 두 사람을 죽이려고 마음을 먹은 것인지 등에 메고 있던 바스타드 소드의 손잡이를 잡았다.

그런 토라노의 태도에 두 사람은 기가 막혔다.

식전 해장거리도 안 되는 이 인간의 눈에 대체 자신들이 어떻게 보였기에 마치 자신들 정도는 언제든 죽일 수 있다는 듯 행동하는 것인지 은근히 열이 받기 시작했다.

평소 표정의 변화가 거의 없던 안드레이의 얼굴도 평소보다 붉어진 것 같았다.

"저희는 자이루스 백작님께 말씀드릴 중요한 정보가 있기에 이렇게 찾아왔습니다. 만약 저희들의 충고를 가볍게 여기신다면 땅을 치고 후회할 일이 생길지 모릅니다."

안드레이가 조금은 싸늘한 음성으로 입을 열자 토라노는 반개(半開)한 눈으로 그의 얼굴을 노려보았다.

"내가 후회를 할지도 모른다고? 흐흐흐, 그럼 어디 지껄여 봐라. 그러나 네가 말한 그 중요한 정보라는 것이 허튼수작이라고 판단이 될 때에는 귀족을 모욕한 것이 얼마나 큰 죄인지 내 친히 채찍을 들어 온 몸으로 느끼게 해주마."

말끝마다 거드름을 피우는 토라노의 태도는 정녕 역겹기 그지없었다.

렉스는 그런 토라노의 태도를 참고 견디는 안드레이의 초인적인 인내심에 경탄을 금하지 못했다. 자신 같으면 주먹이 날아가도 몇 번이나 날아갔을 텐데 안드레이는 묵묵히 맡은 바 자신의 소임을 다하고 있었다.

"이곳엔 듣는 사람이 많으니 조용한 곳으로 장소를 옮겼으면 합니다."

"골고루 하는군. 좋다, 앞장서라."

토라노의 말에 안드레이는 몸을 돌려 걸음을 옮겼고 곁에서 따라 걷고 있던 렉스의 얼굴은 치미는 화를 삭이지 못해 빨갛게 물들어 있었다.

안드레이가 토라노를 안내한 곳은 토라노를 만나기 전 미리 보아두었던 고급 식당이었다. 안드레이와 렉스들이 들어서자 주인은 예약해 두었던 좌석으로 세 사람을 안내했다. 그곳은 밀실이었는데 10여 명이 들어가도 넉넉할 정도로 상당히 넓은 방이었다.

주인이 술과 간단한 안주거리를 내려놓고 나간 후 얼마 지나지 않아 로니가 조금은 힘없이 밀실로 들어왔다. 생각지도 않았던 로니의 출현에도 토라노의 얼굴에는 여전히 거만한 표정이 걸려 있었다.

"오늘도 거절당하셨습니까?"

"말 한마디 못하고 성기사들에게 쫓겨났습니다."

"성기사들이? 흥! 이젠 무력까지 사용하는군."

렉스의 콧방귀에 로니의 얼굴은 더욱 어두워졌다.

"그대도 용병 나부랭이인가?"

"예? 아, 아닙니다. 전 하이얀 브로넨스의 프리스트인 로니 바로크만이라고 합니다."

"하이얀 브로넨스의 프리스트라고? 그렇다면 어째서 프리스트의 복장이 아닌 그런 옷을 입고 있는 것인가?"

"죄송합니다만 사정이 있어서 말씀드리기 곤란한 점을 이해해 주시면 감사하겠습니다."

"흥! 용병 나부랭이에 사이비 프리스트까지 모였군. 그래, 내게 알려주고 싶다는 그 중요한 정보라는 것에 대해 어디 한번 지껄여 봐라."

토라노의 말에 렉스는 당장 그에게 달려들어 그의 대가리를 신전 종탑에 매달린 종을 치듯 사정없이 패버리고 싶은 것을 참느라 필사적인 인내심을 발휘해야만 했다.

"저희가 말씀드릴 중요한 정보는 하이렌 황태자 전하께서 위험한 일을 겪게 되실지도 모른다는 겁니다."

"위험한 일? 그게 뭐지?"

토라노의 반문에 안드레이는 잠시 머뭇거리다 대답했다.

"…암살입니다."

"암살? 누가 감히 황태자 전하를 암살한다는 것이냐? 바스타드 소드의 달인인 이 토라노 자이루스가 황태자 전하를 목숨 걸고 지키는데 말이다. 어서 말해 봐라. 누가, 언제, 어디서, 어떻게, 왜 황태자 전하의 목숨을 노린단 말이냐?"

얼굴 가득 비웃음을 띠고 있는 토라노의 뺨을 갈기고 싶은 마음을 꾹 참느라 렉스는 귀에서 연기가 다 날 지경이었다.

'네가 바스타드 소드의 달팽이라고? 하긴 그렇게 불어 터진 몸으로 달팽이보다 빠를 리 없겠지.'

"내일 성기사 경연 대회에서 어쎄신들이 황태자 전하의 목숨을 노릴 겁니다."

"크하하하! 황태자 전하의 목숨을 노리는 어쎄신이 전설의 소드 그렌저라도 된다는 말이냐? 나와 30명의 근위 기사들, 20명의 로열 기사들, 그리고 수백 명의 성기사들이 경호를 하는데 누가 감히 황태자 전하의 목숨을 노린단 말이냐? 내가 보기엔 본인에게 이런 말을 하는 너희들이 오히려 더 의심스럽다!"

"황태자 전하의 목숨을 노리는 자들은 검은 달 교단이 키워낸 어쎄신들입니다. 그들의 수가 얼마나 되는지, 얼마만한 실력을 가지고 있는지, 또 누구로 변신해 있는지 밝혀진 것이 아무것도 없습니다. 만약 제가 방금 한 말을 경솔하게 생각하신다면 두고두고 후회하게 될 겁니다."

"검은 달 교단? 종교 단체인가? 난 그런 이름을 가진 교단은 들어본 적도 없다. 감히 누굴 속이려고……."

"하아~ 정말 미치겠군. 뭐, 이렇게 답답하고 멍청한 인간이 다 있지? 당신을 속여 우리에게 득이 될 것이 대체 뭐란 말이오? 그리고 이름을 들어본 적이 없으면 세상에 존재하지 않는다는 말이오?"

"네가 감히 귀족의 명예를 뭘로 알고……."

"닥쳐!"

분노를 터뜨리던 토라노는 자신보다 몇 배는 더 큰 렉스의 고함 소리에 멍한 표정을 지으며 그의 얼굴을 바라보았다. 하지만 토라노가 발견한 것은 자신을 갈가리 찢어 죽일 것처럼 살벌한 표정을 짓고 있는 렉스의 무시무시한 얼굴뿐이었다.

무엇보다 토라노를 질리게 만든 것은 새빨갛게 충혈이 된 렉스의 눈이었다. 지금 렉스의 눈에서는 자신의 뜻을 조금이라도 거슬리기만 하면 당장이라도 토라노를 갈아 마실 것 같은 새파란 살기가 줄기줄기 뻗어 나오고 있었다.

"귀족의 명예라고? 네가 그렇게 자랑스럽게 생각하는 귀족의 명예라는 것도 레트로니아 왕국의 초대 국왕이었던 뮤레이가 너희 가문에 준 쓰레기 같은 것에 불과하다는 것을 어째서 모르는 거지? 인간이 인간에게 준 명예가 뭐가 그렇게 중요해? 그 따위 것보다는 신이 인간에게 베풀어준 고귀한 생명이 몇백 배는 더 소중하다는 것을 어째서 모르는 거지? 대가리 속까지 근육으로 가득 찬 이 멍청한 귀족 나부랭이야!"

렉스의 독설과 살기에 찬 눈빛에 토라노는 질려 버린 듯 멍청한 표정을 짓고 있었다.

"우리가 암살이 있을 것이란 정보를 입수한 후 백작님을 찾은 이유는 아주 간단합니다. 암살이 다만 소문에 불과한 것이라면 다행이지만 만약 검은 달 교단의 암살이 실제로 있고, 또 암살이 성공하게 된다면 왕위를 계승할 다른 왕자가 없는 레트로니아 왕국은 심각한 혼란에 휩싸이게 될 것입니다. 또 그 틈을 타 다른 나라의 침공이 있을지도 모르는 일이지요. 저희는 다만 그런 사태를 미연에 방지하고자 이렇게 자이루스 백작님을 찾은 겁니다. 저희의 호의를 부디 호의로 받아들여 주시기 바랍니다."

"이분의 말씀이 모두 사실이라는 것을 하이얀 브로넨스께 맹세하겠습니다. 그러니 부디 신중하게 처리해 주십시오."

세 사람이 밀실을 빠져나가는 것을 보면서도 토라노는 꼼짝도 할 수 없었다.

한참의 시간이 지나고 나서야 전신이 떨리기 시작하는 것을 느꼈다. 부들부들 떠는 단계를 넘어서 와들와들 떨리는 근육들의 반란을 진압하기 위해 토라노는 안간힘을 써야만 했다. 그러면서 머리 속을 지배하는 것은 대체 렉스의 정체가 뭐기에 자신이 이렇게 두려움과 공포에 몸을 떨어야만 하는 것인지 그 이유를 모르겠다는 것이었다.

30대 후반인 이 나이가 되도록 단 한 번도 상대에게서 두렵다거나 무섭다거나 하는 감정을 느껴본 적이 없었다. 그런데 왜 조금 전 렉스의 눈빛을 마주치는 순간 자신의 몸이 돌처럼 굳어버린 것인지 영문을 알 수 없었다.

물론 자신도 레이노스 시에 도착한 후 누군가 황태자를 노린다는 소문을 듣긴 했다. 하지만 안드레이에게 말한 것처럼 근위 기사단과 로열 기사단의 기사들이 철통같이 지키고 있는데 누가 감히 황태자를 노릴 수 있단 말인가? 그래서 코웃음을 쳤던 것인데 안드레이의 말처럼 그 소문이 정말이라면 보통 심각한 일이 아니란 생각이 들었다.

"검은 달 교단이 대체 뭐지? 그것들이 대체 뭔데 감히 황태자 전하를 노리고 어쎄신을 보낸다는 것이지? 홍! 어디 나타나기만 해봐라! 이 바스타드 소드의 달인께서 모조리 지옥으로 보내주마!"

그의 우렁찬 음성과는 달리 아직까지 사라지지 않고 있는 전신의 소름이 애처롭게만 보였다.

렉스는 밖에서 들려오는 웅성거리는 소리 때문에 도저히 더 이상 잠을 잘 수 없었다. 잔뜩 짜증이 난 얼굴로 창밖을 내려다보니 거리는 군중들로 물결치고 있었다.

"저 인간들은 잠도 없나? 아침부터 대체 뭐야?"

곁에 있는 침대를 보니 안드레이는 벌써 일어났는지 침대는 비어 있었다. 어쩔 수 없이 자리에서 일어난 렉스는 간단히 세면을 하고는 방을 나섰다.

아래층으로 내려가 보니 도네와 샤이베리아는 벌써 식사를 마쳤는지 후식으로 나온 커스터드 푸딩을 먹고 있었다.

"벌써 식사했어?"

"응, 방금 먹었어."

"그럼 도네도 시끄러워서 깬 거야?"

"어지간해야 그냥 자지. 도저히 그냥 잘 수가 없더라고. 그래서 샤이베리아를 깨워 같이 먹었어."

도네의 말에 렉스는 그녀가 조금씩 변하기 시작했다는 느낌이 들었다. 아마 예전 같으면 감히 자신의 잠을 깨운 건방진 인간들을 죽이네 살리네 한동안 난리를 쳤을 것이다.

간단하게 스튜와 빵을 주문해 먹고 있을 때 밖에 나갔던 안드레이와 로니가 들어왔다.

"식사는 했나?"

"먹었네."

"아침부터 어딜 갔다 온 거야?"

"오늘 행사가 치러질 콜로세움에 갔었네. 정말 규모가 엄청나더군. 게다가 시민들에게 개방을 해 경기를 관전할 수 있다고 하니 황태자를 경호하는 데 애로 사항이 많겠어."

"로니님은 오늘도 교황을 만나지 못했소?"

"만나기는 했습니다만… 제가 한 말을 전혀 믿어주지 않았습니다. 그분은 검은 달 교단이 존재한다는 것조차 부정하셨는데… 하지만 제가 보기에는 교황께서 왠지 그들의 존재를 알고 계신 것은 아닌가 하는 느낌이 들어서…….".

"교황이 검은 달 교단의 존재를 알고 있었단 말이오?"

"확실한 것은 아니고… 이건 제 느낌입니다."

로니의 말에 렉스는 여러 가지 생각을 했다. 그 모습을 본 안드레이가 질문을 던졌다.

"렉스, 자네는 무엇 때문에 황태자의 암살을 막으려는 것인가? 그의 암살을 막는다고 하더라도 자네에게 득이 될 것은 아무것도 없을 텐데."

"그러는 자네는 왜……"

"흔적이 끊긴 검은 달 교단에 대한 단서를 잡을 수 있는 기회이기 때문이라네. 그들에 대한 단서가 모두 끊긴 지금 남은 것은 검은 달 교단의 어쎄신을 잡는 것만이 유일한 방법 아니겠는가."

일행들의 시선이 자신에게 쏠리자 렉스는 스푼을 내려놓으며 대답했다.

"내가 나선 이유는 황태자와 조금은 아는 사이기 때문이네, 그가 아직까지 나를 기억하는지는 모르지만."

뒷집에 사는 누구를 잘 아는 사이라고 말하는 것처럼 황태자와 아는 사이라고 말하는 렉스의 얼굴에는 아는 사이라는 그의 말과는 달리 쓸쓸함이 어려 있었다.

황태자와 아는 사이라면 렉스 역시 황족이란 말인가?

안드레이가 생각에 빠져 있을 때 어색한 분위기가 싫은 듯 샤이베리아가 말을 꺼냈다.

"그 대회라는 것은 언제부터 시작해?"

"점심 식사 후인 루리언 1시쯤은 되어야 시작할 겁니다."

"근데 크레이는 어디 갔어? 걔랑 놀러 가야 되는데……."

"크레이는 콜로세움 근처에 배치되어 있는 병사들의 위치를 살펴보러 갔으니까 금방 올 겁니다."

안드레이의 대답에 샤이베리아는 실망한 표정을 감추지 못했다. 그러는 동안 광장은 사방에서 계속 몰려드는 인파들로 발 디딜 틈도 없이 북적거리게 되었다.

일행들이 잠시 무료한 시간을 보내고 있을 때 크레이가 땀을 뻘뻘 흘리며 식당 안으로 들어섰다. 그리고는 라나가 내민 물 컵을 받아 단숨에 들이켰다.

그가 숨을 돌리길 기다린 안드레이는 병사들의 배치 상황에 대해 질문을 했다.

"콜로세움 안으로 들어가는 문은 모두 여덟 갠데 문마다 약 100여 명의 병사들이 철통같이 지키고 있었고 약 200명의 병사들이 10개 조로 나뉘어 내부 순찰을 하고 있었습니다. 그리고 각 교단에서 선발된 성기사들이 황태자 전하와 각 교단의 교황들을 앉을 로열석과 로열석으로 통하는 통로를 지키고 있었습니다. 그리고 근위 기사단과 로열 기사단의 기사들은 황태자와 가장 가까운 곳에서 그를 경호한답니다."

말을 마친 크레이는 여섯 장의 이상한 종이를 테이블 위에 내려놓았다.

"이게 뭐야?"

"입장권입니다, 성기사 대회가 열리는 콜로세움으로 들어갈 수 있는."

"이게 왜 필요한 거지?"

"워낙 많은 사람들이 몰릴 것으로 예상되어 관람하기 가장 좋은 좌석은 이와 같이 입장권을 팔고 있었습니다. 로열석과 가장 가까운 곳은 1골드, 다음은 80실버, 50실버 순이었고, 경기 장면이 잘 보이지 않는 가장 나쁜 자리도 20실버씩 받고 있었습니다. 콜로세움을 짓는 데 필요한 경비 때문에 어쩔 수 없이 입장료를 받는 것이라고 하더군요."

"나참, 이제 타락을 해도 더럽게 타락을 하는군. 우리의 좌석은 어디쯤이야?"

"황태자 전하께서 앉을 로열석 바로 위 상단입니다. 거리상으로 따져 보면 황태자 전하에게서 약 10파렌 정도 떨어진 곳입니다. 황태자 전하의 동태를 감시하기에 용이할 것 같아 그 자리의 입장권을 사왔습니다."

"잘했네. 고생이 많았겠군. 잠시 쉬도록 하게, 대회가 열리려면 아직 시간이 있으니까."

"가긴 어딜 가? 이제부터 나하고 놀러 가야지."

"샤이베리아님, 전 지금 지쳐서……."

"웃긴 소리 하지 마."

애처로운 표정으로 호소하는 크레이의 사정에도 샤이베리아는 아랑곳하지 않고 테이블 위에 놓여 있던 두 장의 입장권을 잡은 후 그의 손을 잡아끌고는 여관을 빠져나갔다.

그 모습을 지켜보던 도네는 고개를 저었다.

"크레이가 불쌍하게 보이기는 오늘이 처음이군."

"도네가 보기에도 그렇지?"

"샤이베리아 정도의 나이가 되었을 때가 가장 호기심이 왕성할 때거든. 말로 전해 들은 것은 많은데 자신의 눈으로 확인한 것은 별로 없으니 모든 걸 직접 보고 싶어할 거야."

"도네, 우리도 슬슬 나가볼까?"

"벌써?"

"주위를 구경하다가 간단하게 요기를 하고 콜로세움으로 가면 대강 시간이 맞을 것 같은데?"

"그래? 그럼 나가지 뭐."

"안드레이, 우리 먼저 나갈게. 나중에 보자고."

"그럼 나중에 만나지."

안드레이의 대답을 들은 렉스는 도네와 팔짱을 끼고는 다정한 모습으로 여관을 빠져나갔다. 그 모습을 지켜보던 로니가 빙그레 미소를 지으며 입을 열었다.

"안드레이님, 도네님의 태도가 조금 변하신 것 같지 않습니까? 처음 만났을 때와 비교해 보면 많이 부드러워지신 것 같습니다."

"그렇군요. 확실히 예전에 비하면 도네님의 태도에서 여유가 느껴집니다. 제가 보기엔 렉스와의 관계가 한 단계 이상 발전한 것처럼 보입니다만."

"예에? 서, 설마 드래곤인 도네님께서 인간인 렉스님에게 애정을 느끼신다는 말씀은 아니겠지요?"

"제가 보기엔 그렇게 보였는데 로니님은 그런 것을 느끼지 못하셨나 보군요. 쉬운 일은 아니겠지만 도네님이 인간의 모습을 하고 계신 이상 인간에게 사랑을 느끼실 수 있다고 전 보는데…… 과연 누구의 말이 맞을까요?"

안드레이가 부드러운 미소를 지으며 한 말에 로니는 도저히 있을 수 없는 일을 목격한 사람처럼 멍한 표정을 감추지 못하고 있었다.

도네와 팔짱을 끼고 거리로 나선 렉스는 거리에 넘쳐 나는 사람들을 발견하고는 탄성을 질렀다.

"와~ 인간들 정말 많군. 세상에 존재하는 인간들 모두가 레이노스 시로 몰려든 것 같아."

"그 성기사 경연 대회라는 것이 꽤나 유명한 모양이지?"

"나도 몰랐는데 그런 모양이야."

"콜로세움에는 나중에 가기로 하고 우선 구경하러 가는 게 어때?"

"구경하고 싶은 것이 있어?"

"응, 다른 것보다 인간들이 과거에 만들어놓은 유적에 가고 싶어. 인간들이 세상에 남겨놓은 것은 많지만 난 유적이라는 것이 가장 마음에 들어."

"그래? 조금은 의외인데."

"아마 우리 드래곤들이 자신의 손으로 직접 만들어 남긴 것이 별로 없기 때문일 거야."

"잠깐만 기다려."

렉스는 재빨리 주위를 지나던 사람에게 유적의 위치를 묻고는 곧 돌아왔다.

"두 블록 정도 떨어진 곳에 에메랄드 타운에 가면 사방에 유적이 널려 있다니까 일단 그곳으로 가보도록 하는 게 어때?"

"응."

따사로운 햇살을 받으며 두 사람은 에메랄드 타운을 향해 걸음을 옮겼다.

두 블록이라고 해서 상당히 거리가 떨어져 있을 줄 알았는데 천천히 걸어서 30분밖에 걸리지 않는 곳이었다.

에메랄드 타운의 위치를 가르쳐 준 사람의 말대로 사방에 세워진 조각상과 돌을 깎아 만든 탑, 거대한 문, 오랜 세월을 느낄 수 있는 신전들이 고색창연한 모습으로 방문객을 기다리고 있었다.

이곳을 찾는 방문객들을 위해 각 교단에서 파견된 수습 프리스트들이 방문객을 안내하고 있었다. 도네와 렉스도 다른 방문객들과 섞여 견습 프리스트가 안내를 받아 걸음을 옮기고 있었다. 하지만 안내하던 견습 프리스트의 설명에는 아랑곳하지 않고 뭔가를 열심히 소곤거리며 싱글거리고 있었다.

얼마나 시간이 지났을까?

땡~ 땡~ 땡~

방문객들에게서 40파렌 정도 떨어진 옛 신전의 종탑에서 12시를 알리는 종소리가 들려왔다.

"슬슬 출발할까?"

"그래."

다정한 모습으로 걸음을 옮기던 두 사람의 발걸음은 곧 멈췄다. 그들의 눈에 난생처음 보는 이상한 음식을 파는 간이식당이 보였기 때문이다.

간이식당에서는 모양이 다른 두 가지 음식을 팔고 있었는데 도네나 렉스로서는 한 번도 본 적이 없는 음식이었다.

"이게 뭐요?"

"하하하. 손님들, 어서 오십시오. 이 음식들은 멀리 투르멘시아 제국에서 유행하는 음식들인데 간편하게 먹을 수 있는 것이 특징이랍니다. 이 넓적한 팬케이크처럼 생긴 것은 와플이라는 것인데 여기에 블루베리 잼을 발라 먹으면 그 맛이 그야말로 환상적입니다. 그리고 이 길쭉한 빵은 핫도그라고 부르는 음식인데 빵의 가운데를 쪼개 잘 구운 소시지와 겨자 버터로 구운 피클과 얇게 썬 양파 위에 매콤한 머스터드를 발라먹으면 둘이 먹다가 하나가 세상을 하직해도 모를 정도의 맛이 끝내줍니다. 어떤 것으로 드릴까요?"

"하나씩 주시오."

"예, 잠시만 기다려 주십시오."

간이식당의 주인은 곧 익숙한 솜씨로 와플과 핫도그를 만들기 시작했다.

"뜨거운 개라니… 무슨 음식 이름이 그 모양이지?"

"나름대로 이유가 있기 때문에 붙은 이름 아니겠어? 무슨 이유 때문인지는 알 수 없지만."

"하하하, 손님들 제가 그 이유를 말씀드리지요. 저도 왜 핫도그란 이름이 붙은 것인지 그 이유를 몰라 한동안 궁금했거든요. 자아, 보십시오."

주인은 둘로 가른 빵 사이에 방금 구운 소시지를 넣었다.

"보십시오, 빵 사이에 있는 소시지의 모습이 뜨거워서 개가 혀를 내밀고 있는 모습 같지 않습니까? 이런 이유 때문에 투르멘시아 제국에서는 핫도그라고 불린답니다. 저도 이유를 알고 나서야 겨우 이해를 할 수 있었습니다."

주인의 설명에 도네와 렉스는 실소를 지었다. 이어서 주인이 내민 블루베리 와플과 핫도그를 받아 든 두 사람은 크게 한입을 베어 물었다. 그리고는 와플과 핫도그의 맛을 음미했다.

"하아~ 이 핫도그라는 거 생긴 것과는 달리 정말 맛있는데? 소시지도 알맞게 익었고, 야채도 싱싱해. 그리고 매콤한 맛이 어우러져 씹는 맛도 그만이야."

"이 와플도 마찬가지야. 잘 구워서 입 안에서 바삭거리는 것도 재미있고 또 달콤새콤한 블루베리 잼을 이 과자 같은 와플과 같이 먹으니까 더 맛이 좋아. 아주 맛있어. 아주 오랜만에 먹어보는 괜찮은 맛이야."

두 사람은 와플과 핫도그를 연신 베어 먹으며 콜로세움으로 향했고, 출입구는 남들보다 먼저 들어가려는 사람들 때문에 상당히 혼잡했다. 렉스는 출입구를 지키고 있던 병사에게 입장권을 보이고서야 겨우 콜로세움 안으로 들어갈 수 있었다.

5만 명을 수용할 수 있게 지어진 콜로세움은 보는 것만으로도 압도당할 만큼 웅장한 모습이었다. 관중석의 최상단에는 크기가 15파렌은 족히 되어 보이는 웅장한 신들의 조각상이 줄지어 늘어서 있었고 그들의 시선은 콜로세움 중앙을 바라보도록 설치되어 있었다.

　남쪽 관중석의 중앙 부분에 마련되어 있는 좌석들은 누가 보아도 특별한 사람들만을 위한 자리로 보였다.

　천천히 주위를 살펴보면서 이동하던 렉스는 관중석 곳곳에서 검은 브레스트 플레이트를 걸친 사내들이 주위를 살피는 모습을 발견할 수 있었다. 복장으로 보아 아마도 로열 기사단 소속의 기사들 같았다. 렉스가 안드레이들과 만나 잠시 인사를 나누는 사이 그들의 모습은 감쪽같이 시야에서 사라졌다.

　아직 시간은 30분이나 남았건만 이미 좌석은 수많은 사람들로 가득차 있었다. 시간은 점점 흘러 루리언 1시가 넘었건만 아직까지 로열석에는 한 사람도 모습을 보이지 않았다.

　"와~"

　"와~"

　그때 갑자기 하늘이 무너질 것 같은 우렁찬 함성이 터져 나왔다.

　드디어 귀빈들이 등장한 것이다.

　가장 먼저 등장한 사람은 20대 중반으로 보이는 금발청년이었는데 180파레스 정도의 키에 탄탄한 체격을 가진 미남형의 청년이었다.

　자신을 보고 환호하는 사람들에게 손을 들어 인사를 하는 금발청년의 얼굴에는 환한 웃음이 걸려 있었다. 그가 모습을 보이자 여성들의 환호성으로 짐작되는 고함 소리가 콜로세움 곳곳에서 터져 나왔다. 귀가 멀 것 같은 함성과 비명, 고함 소리가 한데 어우러져 정신을 차릴 수 없을 지경이었다.

뒤이어 각 교단의 최고 지도자인 교황들이 따라 나와 금발청년의 좌우에 늘어섰다. 그러자 군중들의 환호성은 더욱더 커졌다.

박수를 치며 환호하는 사람들 속에서 금발청년을 바라보는 렉스의 시선에는 착잡함이 가득했다.

금발청년과 교황들이 자리에 앉자 근위 기사단의 기사들과 어느새 모습을 드러냈는지 로열 기사단의 기사들이 잔뜩 굳은 얼굴로 금발청년과 교황들을 보호하는 자세로 주위를 훑어보고 있었다. 기사들의 손은 검의 손잡이에 올려져 있어 언제든 뽑을 수 있도록 긴장을 하고 있었다.

"이 자리에 이렇게 모여주신 시민 여러분들에게 진심으로 감사의 인사를 드리겠습니다. 올해로 다섯 번째를 맞는 성기사 신앙심 경연 대회는 위로는 레트로니아 왕국을 굽어 살피시는 신들과 국왕 폐하, 밑으로는 국민 여러분들에게 각 교단에 소속된 성기사 분들께서 얼마나 독실한 신앙심을 가지고 계시는지를 공개하기 위해 마련된 자리입니다. 이는 각 교단과의 돈독한 관계를 유지하고 국민 여러분께 신의 사랑을 실천하기 위해……."

레이노스의 시장인 후안의 음성은 그의 곁에선 프리스트가 신성력으로 펼친 소리 증폭 주문을 통해 콜로세움 곳곳으로 퍼져 나갔다.

"그럼 이 자리를 빛내주기 위해 참석해 주신 귀빈들을 차례로 소개하겠습니다. 먼저 레트로니아 왕국의 황태자이신 하이렌 폰 자르츠 레트로니아 전하십니다. 열렬히 환호해……."

후안의 부탁은 쓸데없는 것이었다.

"황태자 전하 만세~"

"자르츠시여! 황태자 전하를 돌보소서~"

"황태자 전하 사랑해요~"

"저를 좀 봐주세요!"

갖가지 고함 소리로 콜로세움이 진동했다.

"다음은 루안로바스 교단의 교황이신……."

후안의 소개가 이어질 때마다 콜로세움에 모인 군중들은 환호성을 터뜨렸다. 한동안 이어진 귀빈들의 소개가 끝나자 황태자인 하이렌이 자리에서 일어섰다. 그러자 군중들의 함성은 삽시간에 사라졌다.

"신의 종인 성기사 여러분들의 신앙심을 공개하는 자리에 이렇게 참석하게 된 것을 무한한 영광으로 생각하는 바이오. 본인의 말은 이것으로 줄이고 여러분들이 기다리던 성기사 경연 대회를 시작하겠소."

"와~!"

함성과 함께 성기사 대회가 시작되자 하이렌은 교황들과 담소를 나누며 경기를 지켜봤다.

말은 성기사들의 신앙심을 겨루는 대회라고는 하지만 일반적인 여타 콘테스트와 다를 것이 별로 없었다. 다만 말을 타야 한다는 것과 다양한 무기를 사용할 수 있다는 것, 그리고 신성력이 바탕이 된 오라를 사용할 수 있는 실력을 가진 자만이 출전할 자격을 가진다는 것만이 다를 뿐이었다.

각 교단에서 자체적인 예선전을 거쳐 모두 20명씩 성기사들을 출전시켰고, 지금 그들은 네 개의 연무장에서 동시에 예선을 치르고 있었다.

상대에게 상처를 입히는 자나 반칙을 범하는 자들은 심판관에 의해 퇴장을 당하게 되어 경기가 비교적 안전하게 치러진다고는 하지만 상대를 향해 자신의 무기를 휘두르는 성기사들의 모습에서는 조금의 자비심도 찾아볼 수 없었다.

예선전이 열기를 더해갈 때였다.

쩌쩌쩌적―

군중들의 함성에 파묻혀 확인할 수는 없었지만 렉스와 안드레이는 분명 기이한 소음을 들었다. 황급히 주위를 둘러보았지만 보이는 것은 성기사들의 대결에 열광하고 있는 군중들뿐이었다. 불안한 마음을 감추지 못하고 연신 주위를 둘러보는 두 사람의 귀에 다시 한 번 기이한 소음이 들렸다.

쩌쩌쩌적!

뒤에서 들린 소리였다.

재빨리 뒤를 돌아보았지만 보이는 것은 역시 흥분한 군중들뿐이었다. 불안감을 이기지 못한 렉스가 자리에서 일어나 관중석 상단으로 걸음을 옮겼다. 그러면서 주위를 면밀히 살폈지만 이상한 조짐은 어디에서도 찾아볼 수 없었다.

하지만 렉스는 관중석 상단에 도착했을 때 무엇 때문인지는 모르겠지만 갑자기 위화감이 드는 것을 느낄 수 있었다. 아무리 주위를 둘러보아도 원인을 찾을 수 없었지만 이곳에 계속 있으면 위험하다는 느낌을 도저히 떨쳐 버릴 수가 없었다.

조급해지는 마음을 억지로 진정시키던 렉스의 눈에 조금은 이상한 것이 보였다.

10파렌 높이로 세워져 있는 자르츠의 동상이 취하고 있는 자세가 조금 이상해 보였다. 양팔을 벌리고 있었는데 이상하다고 느낄 정도로 앞으로 기울어진 자세였다.

심장이 쿵쾅거리는 것을 느낄 사이도 없이 렉스는 동상의 하단을 살폈고 가뭄에 갈라져 버린 들판처럼 금이 사정없이 사방으로 뻗어가고 있는 것이 눈에 들어왔다.

"위험해! 모두 피해! 동상이 쓰러진다!"

렉스는 비명처럼 커다란 고함을 쳤지만 그의 음성은 몇십 배는 더 큰 관중들의 함성에 파묻혀 그의 고함을 들은 사람은 몇 사람 되지 않았다.

자신도 모르게 클레이모어를 뽑아 든 렉스는 그대로 지면을 박차고 허공으로 몸을 날렸다. 그리고는 쓰러지는 동상을 향해 사정없이 클레이모어를 휘둘렀다.

쾅!

동상의 목은 클레이모어와 부딪치는 순간 요란한 소리를 내며 터져 나갔지만 동체(胴體)는 그대로 쓰러져 버렸다.

콰르르르―

육중한 동체는 그대로 관중석을 덮쳤고 영문도 모르고 있던 관중들은 그대로 동체에 깔려 비명도 남기지 못한 채 목숨을 잃었다.

"크아악!"

"으악!"

단말마의 비명 소리가 사방에서 들려왔고 자욱하게 이는 흙먼지 때문에 보이는 것은 아무것도 없었다. 렉스는 설마 검은 달 교단의 암살이 이런 방법으로 이루어질 줄은 짐작도 못했기에 당황하지 않을 수 없었다.

재빨리 정신을 차리고 일행들이 있던 곳으로 달려간 렉스는 일행들을 찾았다. 다행인지 불행인지 일행들의 모습은 보이지 않았다. 렉스는 안드레이와 도네의 능력을 믿기로 하고 황태자가 있는 곳으로 몸을 날렸다.

요란한 소리가 들리자 근위 기사단과 로열 기사단의 기사들은 일제히 황태자 주위로 몰려들었다. 무기를 뽑아 들고 주위를 살피던 그들의 머리 위로 거대한 물체가 떨어져 내리는 것을 발견하고는 그야말로 영혼이 달아날 정도로 깜짝 놀랐다.

몇몇의 기사들은 그대로 황태자의 몸 위로 자신의 몸을 던져 그의 생명을 보호하려 했고, 또 몇몇의 기사들은 자신들을 덮친 거대한 물체를 향해 자신의 무기를 힘껏 휘둘렀다. 또 기사들 가운데 일부는 시신조차 제대로 남기지 못하고 목숨을 잃었다.

"전하! 전하! 어디 계십니까? 몸은 괜찮으십니까?"

자욱한 흙먼지 속에서 들리는 우렁찬 음성은 자신의 경호대장인 토라노가 분명했다. 비록 완전하게 정신을 차릴 수는 없었지만 몸에 별다른 이상은 없는 것 같았다.

자신을 보호하기 위해 몸을 날렸던 기사들에게 자신은 괜찮으니까 비키라고 몇 번이나 말을 했지만 꼼짝도 하지 않았다. 이상한 생각이 들어 그들의 몸을 흔들었을 때 그들의 머리가 힘없이 흔들렸다.

전신에서 이는 고통을 참으며 자리에서 일어난 황태자는 그들 모두가 목숨을 잃은 것을 발견했다. 하지만 그들의 죽음은 사고 때문이 아니었다. 그들의 등에 두세 자루씩 박혀 있는 대거가 직접적인 사인(死因)이었다.

재빨리 롱 소드를 뽑아 든 황태자는 주위의 흙먼지가 가라앉기를 기다렸다.

"황태자 전하! 몸은 괜찮으십니까?"

"그대는 킬루힐 자작인가?"

"그렇습니다."

흙먼지를 뚫고 온 이는 근위 기사단의 부단장인 킬루힐 자작이었다. 상처를 입었는지 왼쪽 팔이 축 늘어져 있었다.

"부상자들은? 그리고 교황들은? 다른 사람들은?"

황태자는 갑자기 발생한 일에 정신이 멍하기는 했지만 부상자들과 교황들의 안전부터 먼저 물었다.

"교황들께서는 다행히도 무사히……."

"토라노 경, 무사해서 다행… 아니, 그 상처는……."

"저, 전하, 피하십시오!"

킬루힐의 말에 안심하던 황태자는 토라노의 모습을 발견하고 그를 부르다 그의 가슴과 옆구리에 박혀 있는 대거를 발견하고는 깜짝 놀랐다. 그리고 미처 토라노의 말이 끝나기도 전 황태자의 가슴에는 한 자루의 대거가 틀어박혔다.

"크윽! 그대가… 그대가 왜……?"

"흐흐흐, 감히 검은 달 교단에 대항하려 한 것에 대한 단죄다. 너의 어리석음을 탓하며 죽어가거라. 흐흐흐"

음산한 웃음을 터뜨리는 킬루힐의 웃음이 미처 끝나기도 전에 곁에서 휘둘러진 롱 소드에 의해 그의 목은 허공으로 치솟았고 잘린 그의 목에서는 선혈이 분수처럼 치솟았다.

"전하, 괜찮으십니까?"

"그, 그대는?"

"로열 기사단 소속 인도로스 남작입니다. 괜찮으십니까, 전하?"

"나는 괜찮네. 어서 다른 사람을…… 큭!"

"흐흐흐, 괜찮으면 곤란하지. 아모데우스님의 뜻을 거스르는 것도 부족해 우리 검은 달 교단을 음해하려고 하다니… 너는 죽어서도 영원히 단죄의 불길 속에서 울부짖어야 할 것이다. 이것이 아모데우스님의 아드님이신 카오스님의 뜻이다! 흐흐흐."

황태자의 복부에는 거의 손잡이까지 파고들 정도로 또 한 자루의 대거가 틀어박혔다. 가슴과 복부를 달궈진 인두로 지지는 듯한 뜨거움과 통증을 느끼며 황태자는 천천히 지면으로 쓰러져 갔다.

사물이 점점 뿌옇게 보인다고 느끼는 순간 어디선가 아련하게 들리는 사내의 음성이 있었다.

"안 돼! 내 손으로 널 벌하기 전엔 결코 죽을 수 없어! 정신을 차려, 하이렌! 정신을 차리란 말이야!!"

'누구지? 누가… 날 이렇게 애절하게… 부르는 거지……?'

하이렌의 생각은 이어질 수 없었다.

렉스는 정신을 잃은 하이렌의 몸을 부둥켜안고는 비통한 음성으로 도네를 찾았다.

"도네, 어디 있어! 빨리 와줘. 제발~ 도네!"

〈3권에서 계속〉

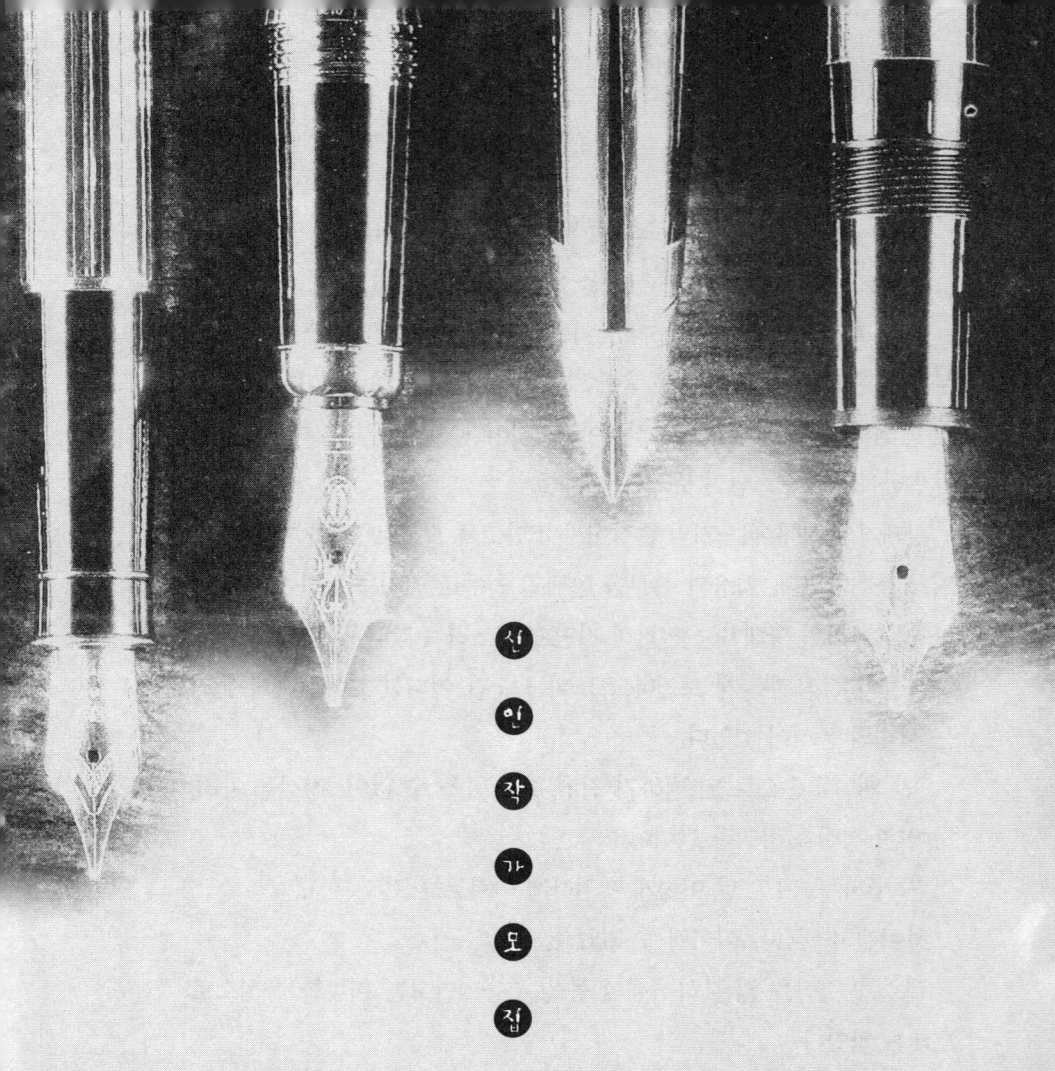

신
인
작
가
모
집

시작이 반이라고 했습니다.
작가의 길에 대한 보이지 않는 벽을 과감히 깨뜨리십시오!
청어람은 작가 지망생 여러분들의
멋진 방향타가 되어드리겠습니다.

저희 도서출판 청어람에서는
소설 신인 작가분들을 모집합니다.
판타지와 무협을 사랑하시는 분들의 많은 참여를 바랍니다.
소정의 원고(A4용지 150매)를 메일이나 우편으로 보내주시면
검토 후 출판 여부를 알려드리겠습니다.

주소:경기도 부천시 원미구 심곡1동 350-1 남성B/D 3F 우편번호420-011
TEL:032-656-4452 · **FAX**:032-656-4453
http://www.chungeoram.com
e-mail:chungeoram@chungeoram.com